KB237484

청
淸明

청명절에 비 어지럽게 내리니
길 가는 나그네는 시름겨워지네
술집이 어디 있는가 물으니
목동이 멀리 살구꽃 핀 마을을 가리키네

淸明時節雨紛紛
路上行人欲斷魂
借問酒家何處有
牧童遙指杏花村

검정말귀

검정만리 2

사암 新무협 판타지 소설

초판 1쇄 찍은 날 § 2006년 2월 24일
초판 1쇄 펴낸 날 § 2006년 3월 6일

지은이 § 사암
펴낸이 § 서경석

편집장 § 문혜영
편집책임 § 심재영
편집 § 유경화

펴낸곳 § 도서출판 청어람
등록번호 § 제1081-1-89호
등록일자 § 1999. 5. 31
어람번호 § 제2-0849호

주소 § 경기도 부천시 원미구 심곡1동 350-1 남성B/D 3F (우) 420-011
전화 § 032-656-4452 팩스 § 032-656-4453
http://www.chungeoram.com
E-mail § eoram99@chollian.net

© 사암, 2006

ISBN 89-251-0009-6 04810
ISBN 89-251-0007-X (세트)

※ 파본은 본사나 구입하신 서점에서 교환하여 드립니다.
※ 저자와 협의하여 인지를 붙이지 않습니다.

검정만고

劍情萬里

Fantastic Oriental Heroes

사암 新무협 판타지 소설

2

낭도검사(浪淘劍詞)

도서출판 청어람

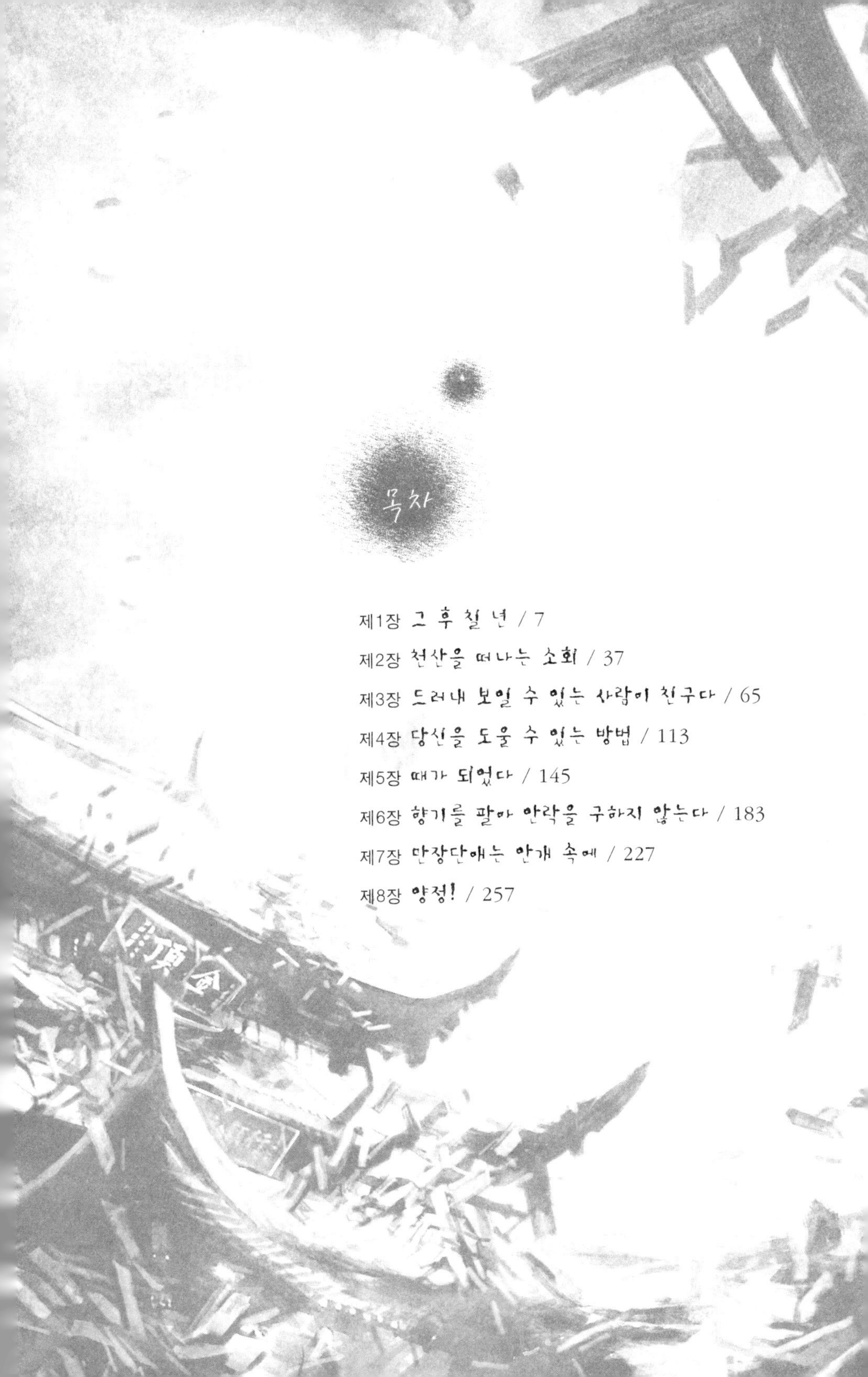

목차

第 1 章
그 후 칠 년

1

오직 대나무 한 자루를 지팡이처럼 의지하며 불망의 지친 몸은 다
시 천산을 올랐다.

갈 곳이 없었다.

돌아가고 싶어도 돌아갈 곳도 없었다.

그래서 불망은 사람들의 발길이 닿지 않는 천산의 깊은 곳으로 점점
더 몸을 숨겼다.

2

하얀 눈에 덮인 채 병풍처럼 끝없이 늘어서 있는 천산의 위용은 보
면 볼수록 위대하다. 인위적으로는 도저히 흉내조차 낼 수 없는 대자

연의 위용이 그대로 솟아오르는 곳, 바로 천산이었다.

인간은 스스로 강하다고 자부하나 더할 수 없이 초라하고 심약한 존재다. 특히 대자연의 위용 앞에서 고개를 들어 오시(傲視)할 수 있는 자는 없다.

천하제일을 꿈꾸고 도를 이루기를 갈망하며 무소불위의 권력을 휘두르는 자도 천산의 정상에 서면 하찮고 하찮다. 천만 년의 오랜 세월을 묵묵히 지켜온 그 앞에서 아무리 위대한 영웅이라 할지라도 자아의 각성을 자부하기란 쉽지 않았다.

"아아아—!"

대나무 지팡이로 몸을 의지한 채 정상에 오른 불망은 눈 덮인 산하를 향해 힘껏 고함을 질렀다. 뱃속에 가득 찬 찌꺼기를 토해낸다는 마음으로 있는 힘을 다해 악을 썼다.

그가 지른 고함은 메아리가 되어 천산의 곳곳을 누볐다.

번뇌, 고통, 허무 등 그를 사로잡고 있는 감정의 굴곡들이 천산 곳곳을 떠다니다가 조금씩 사라졌다. 맑은 대자연의 정기가 가슴 깊이 스며들었다. 인간이기 때문에 가질 수밖에 없었던 억압의 사슬들이 산산이 흩어지며 원초적 자유가 그의 몸을 감싸 안았다.

어둠이 사라지고 새벽이 왔다.

붉은 태양이 찬란한 위용을 자랑하며 동쪽 하늘로 솟아오른다.

불망의 나약한 신체가 태양의 정기를 받아 붉게 타올랐다. 일출을 보기 위해 꼬박 밤을 새운 그는 허연 입김을 토해내며 백색 천하를 붉게 물들이는 태양의 장관을 숭엄하게 감상했다.

"내가 죽는 그날까지 놓치지 말아야 할 것은 할 수 있다는 신념! 반드시 해내고야 말겠다는 의지! 사는 것이 사는 것이 아닌 이 암울한 운명의 굴레를 벗어나는 자유의 쟁취! 일월성신(日月星辰)이시여! 도와주소서!"

그의 절규와 신념을 바탕으로 태양은 떠올랐다.

그러나 얼어버린 산하는 아직 녹지 않았다.

목적지를 잃어버린 불망은 막연하게 걸었다.

그는 천산 오지를 여행하는 여행자와 같았으나, 누군가 그의 모습을 본다면 결코 여행자라고 생각하지 못할 것이다. 그는 처음 천산에 올랐던 그때처럼 피폐해지고 말았다.

능가장을 나온 후 벌써 한 달.

그는 오직 걸었을 뿐이다. 끊임없이 어디론가 떠났다. 그러다 지치면 어디서건 가부좌를 틀고 월인신공을 연마했다. 지금의 그에게 있어서 월인신공은 놓칠 수 없는 유일한 희망이자 구원의 등불이었다.

월인신공은 날카롭고 매서운 위력이 떨어지는 대신 장대함이 있었다. 때문에 호신(護身)하고 심신을 안정시키는 데는 탁월했다.

공청석유에 의해 벌모세수(伐毛洗髓)에 가까운 기연을 얻은 불망은 예전과 달리 신기를 운용할 수 있게 되었다. 특히 몸속에 심어진 십여 개의 각기 다른 성질의 공력은 그에게 상당한 도움을 주었다. 그러나 공(功)이 있으면 과(過)가 있고 득(得)이 있으면 실(失)이 있는 법이다. 십여 개의 다른 공력은 서로 융해되지 않아 불망을 쉽게 지치게 했다. 능소언이 주화입마에 빠지고 말 것이라고 예측한 것도 그 때문이었다.

그러나 능소언이 예측하지 못한 것이 하나 있었다.

월인신공이었다.

월인신공은 그 장대함으로 다른 성질의 공력들을 조금씩 흡수하여 불망의 것으로 만들어주었다. 하나, 월인신공의 운용이 조금만 빨라도 불망의 체내는 기혈이 역행하고 진기가 거꾸로 솟았다.

때문에 진도는 느렸다.

하지만 불망의 공력은 조금씩 상승되고 있었다.

불망은 기다림에 익숙해 있는 사람이었다. 그는 진보가 느리다고 초조해하거나 불안에 떨지 않았다. 조바심을 내며 길을 재촉할 줄도 몰랐다. 배가 고프면 나무뿌리나 눈, 얼음을 먹던 그가 어느 날부터 사냥이 가능하게 되었다. 절벽을 오를 때도 예전처럼 힘들지 않았으며 계곡을 뛰어넘을 때도 한 번의 진기로 일 장을 날았다.

불망은 조금씩 내가공력의 고수가 되어가고 있었다.

하지만 불망은 자신의 공력이 어느 경지에 오르면 더 이상 진보하지 않을 것임을 알고 있었다. 왜냐하면 현재 그의 월인신공으로는 체내에 존재하는 십여 개의 공력을 모조리 엮어 하나로 묶어낼 수 없기 때문이었다. 결국 그것은 치명적인 독이 되어 더 이상의 진전을 거부할뿐더러 그 경지를 넘어서기 위해 무리하게 운공하면 주화입마에 빠지게 될 것이다.

운기행공 중 그는 착잡한 생각이 들어 잠시 씁쓸한 웃음을 흘렸다.

하지만 이내 고개를 흔들며 마음을 추슬렀다.

과거는 되돌릴 수 없었다. 아무리 후회하고 통탄으로 가슴을 친다 해도 엎지른 물을 되담을 수 없는 이치와 같다. 그렇다면 과거를 있는 그대로 받아들이고 그 위에서 현명한 답을 찾아내야 하는 것이다. 다른 생각은 필요없었다.

3

　사람이라면 누구나 조금씩 방랑벽이 있다. 그러나 불망처럼 천하를 떠도는 사람이라면 한곳에 정착하고 싶은 마음이 간절하다.

　끝없는 설원의 천산.

　언제까지 헤매고 다닐 순 없었다. 정착지를 마련한 후 거기에 뿌리를 내리고 부평초처럼 떠도는 마음의 짐을 털어버려야 한다.

　능소언을 만난 후 은연중 사람에게 환멸을 느끼고 있던 불망은 인적이 없으면서도 햇볕이 잘 들고 마음껏 신선한 공기를 마실 수 있으며 경치가 뛰어난 곳을 찾아 헤맸다.

　저녁이 되자 잠깐 그쳤던 눈이 다시 내리기 시작했다.

　삽시간에 주위는 온통 눈보라에 휩싸여 아무것도 보이지 않게 되었다. 천산의 폭설은 종종 위험한 눈사태를 불러왔다. 쉬 그치지 않을 눈이라면 어딘가 몸을 피하고 눈이 그친 후 다시 움직여야 했다.

　불망은 가까운 곳에 얼어서 빙판이 되어버린 폭포가 있고, 빙판 폭포 안으로 제법 널찍한 동굴이 있다는 사실을 알고 있었다. 그는 눈이 더 거세지기 전에 부지런히 걸음을 재촉해 동굴을 찾아 들어갔다.

　동굴은 눈을 피할 수 있는 최적의 장소였다. 그러나 빙판 폭포 뒤의 동굴인만큼 뼛골이 시린 추위를 막기엔 부적합했다.

　그는 더 두껍게 얼어버리기 전에 동굴의 입구를 막고 있는 폭포의 얼음을 깼다. 그리고 추위를 잊기 위한 운기행공에 돌입했다.

몇 차례 진기를 순환시키자 전신에 더운 김이 피어오르며 한결 추위가 가셨다.

해가 완전히 떨어지자 기온이 급강하했다.

콰르르르릉!

동굴 밖에서 은은한 뇌성과 함께 눈사태가 시작되었다. 폭설의 무게를 견디지 못한 산이 무너지는 것이다.

불망은 이미 여러 번 눈사태를 경험한 바가 있었다. 천산의 눈사태는 천지개벽이라 할 만큼 가공했다. 눈과 얼음뿐 아니라 뿌리째 뽑힌 나무와 온갖 짐승들도 그 속에 섞여 부딪치는 모든 것들을 초토화시킨다.

한 번 시작된 폭설과 눈사태는 쉽게 그치지 않았다.

칠 일이 흐르자 시간의 흐름을 잊어버렸다.

이미 눈은 동굴 입구를 완전히 막아버렸다. 불망은 고립된 채 단 일각도 밖으로 나갈 수 없었다. 배가 고프면 건량을 먹고 목이 마르면 얼어버린 눈을 깨 먹었다. 그 외의 시간은 운공에 집중했다.

그러던 어느 날이었다.

그날도 불망은 아침부터 운공에 들어갔다.

그런데 그날따라 진기의 흐름이 원활해지면서 영대(靈臺)에 은은한 진동이 느껴졌다. 화롯불에 올려놓은 주전자처럼 단전이 은은하게 더워지더니 이내 전신에서 기이한 열기가 피어올랐다. 평소와 다른 흐름에 불망은 내심 당혹스러웠으나, 나쁜 현상이라곤 생각되어지지 않았다.

불망은 월인신공을 천천히 몸 안에 휘돌리며 각기 다른 십여 개의

공력들을 순응시켰다. 그는 계속적으로 구결을 암송하며 진기의 흐름
이 원활해지도록 도왔다. 이내 몰아일체의 경지에 빠져들었다. 자신이
우주의 일부분이 되더니 우주는 곧 그가 되었다.

망각이 찾아왔고 정신세계는 그의 의도와는 상관없이 꿈을 꾸는 나
비처럼 허공을 날아다녔다. 월인신공의 구결 하나하나가 마치 도장을
찍듯 선명히 뇌리에 떠올랐다. 꽃을 찾는 나비가 나풀거리며 구결에
앉아 날개를 접었다.

"아!"

불망의 입에서 자신도 모르게 희열의 탄식이 흘러나왔다.

단전에서 지금까지와는 차원이 다른 뜨거운 기운이 솟구쳐 올라 경
락을 향해 쏘아졌다. 월인신공은 장대하고 느리다. 때문에 지금까지
알고 있던 월인신공과는 너무도 달리 뜨겁게 치고 올라오는 기운에 불
망은 깜짝 놀랐으나 힘을 거부하지 않았다.

단전에서 솟구친 기운은 경락을 타고 오르며 점점 강해지고 있었다.

기운은 계속 솟구치더니 이윽고 하나의 관문에 부딪쳤다.

쾅!

하나 관문은 열리지 않고 기운은 산산이 흩어졌다.

불망은 잠시 여유를 두며 전신에 퍼져 있는 기운을 다시 단전으로
모았다. 힘이 느껴졌다. 세포 하나, 가는 힘줄 하나까지 느낄 수 있을
정도로 오감(五感)이 극대화되었다.

불망은 단전에 모아둔 힘을 일시에 쏟아냈다.

대해의 거친 파도가 삽시간에 넓은 모래사장을 집어삼키듯 힘은 그
의 전신을 휘돌아 순식간에 임맥(任脈)을 타고 흘러 관문에 부딪쳤다.

쾌앙!

단단하게 막혀 있는 관문에 틈이 벌어졌다.

누구도 생사현관(生死玄關)의 순간을 가르쳐 준 적이 없었으나 불망은 직감적으로 생사현관이 타통되기 직전임을 알았다. 정좌한 불망의 태도는 담담했으나 마음속에선 세찬 격동이 휘몰아쳤다.

폭설과 산사태를 피해 시작된 운공이 정점을 향해 치달리고 있었다.

4

그 녀석은 눈사태와 함께 굴러 떨어지더니 기어이 매몰되고 말았다.

비록 다리가 부러졌으나 죽지 않은 건 천우신조였다. 하지만 눈 속에 함몰되어 오도 가도 못하는 처지가 되고 말았다. 이러한 순간 살아야 한다는 본능을 가지는 건 사람이나 짐승이나 자각만 할 수 있다면 다 똑같다.

한기가 온몸으로 슬그머니 다가왔다. 천지는 빛을 잃은 듯 아무것도 보이지 않았다. 숨을 쉬기가 힘들다. 눈 속은 공기가 통하는 곳이 없었다. 몸 주위의 눈이 그나마 녹아서 약간의 공간은 생겼지만 움직이기도 용이치 않았다.

체온으로 인해 그 녀석은 점점 더 눈 속에 빠져 갔다. 녀석이 밀려 내려온 길이 탄광(炭鑛)의 갱도처럼 길게 이어졌다. 이런 경우 경험이 부족한 자라면 십중팔구 위로 올라가기 위해 발버둥을 칠 것이다. 하나 천산에서 잔뼈가 굵은 놈은 그렇게 우둔하지 않았다.

매몰되었다면 그 위로 몇 척의 눈이 더 쌓였는지 짐작할 수도 없다.

지금도 머리 위로 눈은 계속 쌓이고 있는 중일 것이다. 이럴 땐 오히려 밑을 파고 내려가 땅을 만나는 것이 살아날 확률이 더 높다.

녀석은 발을 움직여 눈을 옆으로 밀어내며 구덩이를 파기 시작했다. 살아남기 위해서 혼신의 힘을 다했다. 부러진 다리가 거치적거렸으나 그건 지금 아무런 문제가 되지 않았다.

그렇게 얼마를 팠을까?

어디선가 고기 냄새가 난다.

순간 허기가 물밀듯 밀려오며 녀석은 젖 먹던 힘까지 쥐어짰다.

생사현관 타통.

무림인이라면 원하지 않는 자가 어디 있겠는가.

하지만 원한다고 해서 누구나 도달할 수 있는 경지가 아니다. 그것은 어느 순간 불쑥 찾아오는 경우가 허다했으나 그렇다고 누구에게나 다 찾아오지도 않는다.

관문은 흔들렸으나 완전히 열리지 못했다.

불망은 격동을 가라앉히며 단전에 다시 기운을 모으기 시작했다.

'한 번이다. 이 한 번의 기회를 잡지 못한다면 다시 기회가 온다고 보장할 수 없디.'

그런데 그때 불망은 외부로부터 자신을 바라보는 눈을 느꼈다.

번뜩이는 안광을 가진 눈은 결코 호의적이지 않았다.

눈의 정체가 동혈 안으로 발을 들여놓았다.

불망은 움직일 수도, 눈을 떠 상대를 볼 수도 없었다. 등골이 서늘해졌다. 하지만 그는 일생에 단 한 번뿐인 이 기회를 죽는 한이 있어도 놓칠 수 없었다.

사람은 아니었다.

그것은 거대한 짐승이었다. 잔뜩 눈에 젖어 얼어버린 털이 불망의 살에 닿았다.

'하필이면……'

불망은 미쳐 버릴 것 같았다.

짐승의 코가 킁킁거리며 불망의 체취를 맡았다. 자신이 먹게 될 이 음식이 죽은 것인지 살아 있는 것인지 확인하는 중이다. 물리면 끝장이었다. 온몸이 파르르 떨리더니 등줄기에서 식은땀이 배였다.

'어머니, 제게 힘을 주세요!'

불망은 온 정신을 다 모아 간절히 원했다.

바로 그때 예상치 못했던 일이 일어났다.

그의 단전에서 갑자기 한줄기 강력한 힘이 숫구쳐 올랐다. 그 힘은 거대한 노도가 되어 경맥 속을 치달려갔다.

콰앙—!

관문이 터졌다.

꿈에 그리던 독맥(督脈)이 열린 것이다.

일심전력으로 이루어진 운공은 기어이 임맥과 독맥을 막힘없이 뚫어버리고 만 것이다.

불망은 지난날의 고초로 인해 쉽게 희로애락을 드러내거나 감상(感傷)에 빠져 마음이 흔들리는 사람은 아니었으나 지금은 한줄기 감회가 숫구침을 어쩔 수 없었다.

그는 천천히 눈을 떴다.

거대한 개 한 마리가 신기한 물건을 보듯 그를 쳐다보고 있었다.

불망이 고독진인에게 가지고 싶다고 했던, 바로 그 장오였다.

"네가 나를 도왔구나."

마지막 순간 장오의 등장이 준 위기감으로 있는 힘을 다하지 않았다면 독맥은 뚫리지 않았을지도 몰랐다.

불망은 장오의 얼어버린 털을 쓰다듬었다.

장오는 불망의 손을 거부하지 않았다. 오히려 놈은 불망을 향해 매우 측은한 표정을 지으며 낑낑거렸다.

다리가 무지하게 아파요. 부러졌나 봐요.

놈은 말했으나 불망은 알아듣지 못했다.

불망의 전신이 날아갈 듯 가벼웠다. 그토록 매서웠던 추위가 거의 느껴지지 않았다. 전에는 보이지 않았던 미세한 사물까지도 일목요연하게 보일뿐더러 느낄 수 없었던 주위의 기척까지도 환하게 알 수 있었다.

불망은 천천히 동혈 입구로 걸어갔다.

장오가 기어나온 눈의 갱도가 하나 열려 있을 뿐, 입구는 완전히 막혀 있었다.

"그도록 찾으려 한 건 찾을 수 없고 예측할 수 없었던 기연은 등잔 아래 있었으니 천지 조화가 사람의 애간장을 녹이는구나."

불망은 오늘의 그를 있게 해준 어머니와 고독진인이 미치도록 보고 싶었다.

하나, 쌓인 눈이 다 녹을 때까지 그는 천산을 나가지 못하리라.

눈 덮인 험산준령(險山峻嶺)은 끝이 보이지 않는다.

그 아래 외로운 뱀 한 마리가 기어가듯, 구불구불하게 굽이진 길 하나가 끝없이 이어져 있었다. 인간의 손길이 닿지 않는 곳, 그러나 인간의 손으로 이룩할 수밖에 없었던 길이다.

사람들은 이 길을 천산북로(天山北路)라 불렀다.

산으로 겹겹이 둘러싸인 분지 속에 이름도 없는 작은 마을이 있다. 대륙에 속해 있으나 황제의 영향력이 미치지 않는 마을이다.

집들은 대부분 중원에서는 보기 힘든 토옥(土屋)이었다. 사람들의 복장 역시 중원의 의복과는 판이하게 달라 마치 다른 세상에 온 것 같다.

석양이 지고 밥 짓는 연기가 집집마다 올라오는 한가한 초저녁의 마을은 예나 지금이나 평화롭다.

두두두두!

마을의 입구에서 자욱한 흙먼지와 함께 말발굽 소리가 들렸다. 거리를 오가던 행인들의 시선이 모조리 흙먼지가 구름처럼 이는 쪽을 바라보았다.

멀리 먼지구름과 함께 일단의 말과 마차가 보였다. 말과 마차는 오랫동안 길을 달려왔는지 본래의 색을 잃고 뿌연 먼지를 뒤집어쓰고 있었다.

선두에 선 마상인(馬上人)의 등 뒤로 붉은 깃발이 펄럭인다.

깃발에는 금빛으로 '용문(龍門)'이라는 두 글자가 새겨져 있었다.

‘중원인이다!’

단지 외부인이 마을로 들어오고 있었을 뿐인데, 사람들의 얼굴에 핏기가 가셨다. 동시에 공포가 머리를 잠식해 들었다. 그들은 며칠 전에 있었던 한 가지 사실을 기억해 냈다.

사람들은 누가 먼저라고 할 것 없이 하던 일을 팽개치고 자신들의 집으로 들어가 대문을 걸어 잠갔다.

마을은 순식간에 텅 비고 눈 덮인 거리는 을씨년스러운 바람만 불었다.

십여 대의 마차와 준마(駿馬) 이십여 기(騎), 총 인원은 칠십칠 명이다. 칠십칠 명 중 오십이 명은 등 뒤로 칼을 맨 호위무사들로 기세가 여간 만만치 않았다. 이 정도 규모의 상단 행렬이라면 제법 구색을 갖춘 일류에 속했다.

용문상단의 행렬이 을씨년스러운 마을로 들어선 건 사람들이 이미 자취를 감춘 후였다. 행렬에 비해 먼저 도착한 십여 명의 무사는 쥐새끼 한 마리 보이지 않는 텅 빈 마을을 보자 의아한 표정으로 서로를 바라보았다.

이런 일은 처음이었다.

상단 행렬은 어느 마을에서나 환영을 받기 마련이었다. 특히 이곳처럼 작은 마을은 상단이 들어오면 그 수입으로 먹고사는 것과 마찬가지다. 때문에 부족장을 비롯하여 전 마을 사람들이 모두 나와 행렬을 반기기 마련이었다.

“어? 왜 아무도 없지?”

뒤이어 달려온 마상에서 낭랑한 소녀의 음성이 들렸다.

붉게 염색한 두툼한 양털 장포에 귀마개 달린 흰색 털모자를 쓴 십칠팔 세가량의 귀하게 자란 티가 역력한 소녀다.

그녀는 천천히 말고삐를 당겨 말의 걸음을 늦추며 옆에 선 화려한 장포 차림의 중년인에게 말했다.

"마을 사람들이 우리를 만나고 싶지 않은가 봐요, 아빠."

"그런 모양이다."

장포 중년인도 그런 느낌을 가졌는지 눈살을 찌푸렸다.

그는 용문상단의 대방(大幇)인 주호산(周毫山)의 큰아들인 주대광(周大光)이다. 아버지 주호산을 대신해 십여 년 전부터 외국과의 교역을 맡고 있었으며 이번 상단 행렬의 총책임자이자 상단의 대행수(大行首)였다. 그 역시 흔히 비단길로 알려진 천산북로를 수십 차례 왕래하였으나 이런 경우는 처음이었다.

"일단 부족장을 만나보도록 하자."

용문상단이 마을에 들른 이유는 하룻밤 유하고 물과 식량을 조달하기 위함이었다.

식량을 구입하기 위해서는 시장이나 객점에 들르는 것이 상례였다. 하지만 천산 오지의 작은 마을에 따로 시장이나 객점이 있을 까닭이 없었다. 때문에 이런 경우 대부분은 부족장을 만나 마을 차원에서 식량을 조달했다.

"달평(達評), 부족장의 집을 알아보거라."

주대광은 자신의 지근(至近)거리에서 호위를 맡고 있는 청의무사를 향해 턱짓하며 말했다.

청의무사는 그에게 허리를 굽힌 후 부족장을 찾기 위해 가까운 토옥의 굳게 잠긴 문을 두드렸다.

"길을 가는 상인이오! 이곳에서 하룻밤 유하고 싶어 부족장을 만나려 하오! 안에 아무도 없소?"

두드렸으나 응답이 없었다.

청의무사는 끈질기게 두드렸다.

"계시오! 안에 누구 없소!"

한참을 그렇게 두드리고 나서야 토옥 안에서 뭐라 대꾸하는 소리가 들렸다. 그러나 한어가 아니라 뭐라는지 듣지 못한 양털 모자 소녀가 답답해하며 무사에게 물었다.

"유 사형! 뭐라는 거예요?"

"다른 곳을 찾아보라는데."

유 사형이라 불린 청의무사 유달평(劉達平)은 양털 모자 소녀를 돌아보며 난감한 듯 어깨를 으쓱거렸다.

"부족장을 만나보고 싶다는데, 뭘 다른 곳을 찾아봐? 우리가 천산의 무법자로 알려진 혈검련(血劍聯)의 마적 떼도 아니고. 참나."

양털 모자 소녀는 지금의 상황이 마음에 들지 않는 듯 양 볼이 찐빵처럼 부풀어 올랐다.

주대광도 은근히 눈살을 찌푸렸다.

"달평, 그 집에 무슨 사정이 있는 모양이겠지. 다른 집에 가서 부족장을 찾아보아라. 다음 마을까진 삼백 리가 넘어. 여기서 하루를 쉬면서 음식과 물을 구하지 않으면 안 돼."

"알겠습니다."

주대광의 명을 받은 유달평은 다른 집에 가서 똑같이 문을 두드렸으나 안에서 들린 대답은 앞집과 마찬가지였다.

유달평은 난감했다. 무뢰배가 아닌 이상 주인이 싫다는데 굳이 문을 열어달라고 버티기도 어려웠다. 그는 어찌할 바를 몰라 주대광을 바라보며 그가 뭐라고 말해주기를 기다렸다.

"좀 더 사정해 보게."

"알겠습니다."

유달평은 다시 문을 쾅쾅 치며 뭐라고 토속어로 말했다. 안에서도 연신 토속어가 흘러나왔다. 그런데 이야기가 길어지면 길어질수록 유달평은 황당하고 어이없는 표정이 되었다.

"뭐래요?"

양털 모자 소녀가 참지 못하고 다시 물었다.

"부족장의 집을 알려줄 수도 없고 식량과 물을 나눠 줄 수도 없다고 하는구나. 잘못하면 자신들 가족이 몰살당하니 제발 떠나달라는데."

"그 무슨 괴이한 말인가?"

수십 차례 천산북로를 통해 비단길을 왕래한 경험이 있는 주대광은 마적 떼의 습격으로 몇 번 목숨을 잃을 뻔한 적도 있었으나 주 수입원이 되는 상단의 출입을 거부하는 마을은 본 적도 들은 적도 없었다.

주대광은 이 괴이한 행사에는 뭔가 이유가 있을 거라고 생각했다. 원인을 모른다면 삼백 리를 더 가서 다음 마을에 도착한다 할지라도 물과 식량을 구할 수 있다는 보장이 없다.

"달평, 문을 부숴라!"

주대광은 단호하게 말했다.

유달평은 난감했으나 그의 명령을 거역할 수 없었다. 그는 몇 명의 무사에게 눈짓을 보냈다. 무사들이 달려들어 토옥의 문을 부쉈다.

주대광을 비롯하여 몇 사람이 부순 문안으로 들어갔다.

토옥 안에는 노부부와 코흘리개 어린아이가 사지를 와들와들 떨며 한곳에 웅크리고 있었다.

"안녕!"

주대광과 함께 안으로 들어온 양털 모자 소녀는 코흘리개 어린아이에게 손을 흔들었다. 그러나 어린아이는 얼른 고개를 숙이며 그녀를 외면했다. 양털 모자 소녀는 머쓱해져 뒷머리를 긁었다.

주대광은 그들에게 다가가 부드러운 음성으로 말했다.

"우리는 당신들을 해치지 않을 테니 겁먹지 마시오. 한어나 서장어(西藏語)를 할 줄 아는 사람이 있소?"

유달평이 주대광의 말을 통역했다.

떨고 있던 노인이 용기를 내며 유달평에게 뭐라고 말을 했다.

"자신들의 언어 이외에는 모른답니다."

유달평은 주대광에게 노인의 말을 전했다.

"그렇다면 전하게. 우리는 나쁜 사람들이 아니오. 서장에 물건을 팔러 가는 장사꾼들이오. 무슨 사연이 있는지는 모르나 숙박을 할 수 없다면 물과 음식만 보충해서 떠나겠소. 사례는 섭섭치 않게 해줄 테니 부족장을 만나게 해주시오."

유달평은 주대광의 말을 정중하게 전했다.

그러나 노인은 고개를 저으며 애원했다.

"뭐라고 하느냐?"

"딸린 식구가 일곱이랍니다."

"그런데?"

"그들의 목숨이 달려 있으니 가달라는 거지요."

"참나, 우리가 칼을 들고 물건을 강탈하겠다는 것도 아닌데 웬 호들갑이야. 유 사형, 이유가 뭐냐고 물어보세요. 분명한 이유가 있으면 떠나겠다고."

"그렇게 전하게."

유달평이 다시 노인에게 말했다.

노인은 한참 망설이더니 입을 열었다.

순간 유달평의 얼굴에 크게 놀라는 빛이 어렸다. 그는 노인의 말을 주대광에게 전했다.

"혈불이 누구를 막론하고 마을에 머물게 하지 말고 먹을 것과 마실 것도 주지 말라고 천산의 모든 마을에 명령했답니다. 보름 전에 살랍(薩拉)에 사는 어떤 사람이 그걸 모르고 지나가는 사람에게 음식을 주었는데 다음날 전 가족과 함께 시체로 발견되었답니다."

"혈불이!"

주대광의 얼굴이 경직되었다.

하지만 혈불을 모르는 양털 모자 소녀는 눈을 동그랗게 뜨며 주대광에게 물었다.

"아빠, 혈불이 누구예요?"

"그는."

용문상단은 파황성과도 몇 차례 교역을 한 적이 있었다. 직접 혈불과 만나 거래를 성사시키지는 않았으나, 주대광은 먼발치에서 혈불을 본 적이 있었다. 그는 오직 붉다는 것 외에 다른 감정을 느낄 수 없는 사람이었다.

"천산에서 가장 위대한 인물로 칭송받는 파황성의 주인이자 이들의 살아 있는 태양이다."

6

주지 않는다면 빼앗을 수도 있었다.

하지만 혈불의 이름을 듣는 순간, 주대광은 모든 것을 순순히 포기했다. 중원이라면 용문상단은 혈불을 두려워할 필요가 없다. 하지만 이곳은 천산이었고, 천산에서 혈불의 한마디는 곧 법이다. 그와 대립한다면 다시는 천산을 지나지 못할 것이다.

하지만 혈불을 알지 못하는 양털 모자 소녀는 마을에서 물 한 모금 마시지 못하고 쫓기듯 떠나왔다는 것이 마땅치 못했다.

"그래도 그냥 가는 게 아니었어요. 그가 천산의 모든 마을에 그런 명령을 내렸다면 어딜 가도 마찬가지잖아요."

"우리가 도적의 무리가 아닌 이상 빼앗을 수는 없지 않느냐."

주대광은 쓰게 웃었다.

"혈불이란 자가 신이 아닌 다음에야 모든 것을 다 파악할 수 있겠어요? 주고 나서 안 줬다고 하면 그만이지. 바보 같은 사람들."

"우리는 혈불을 속일 수 있을지 몰라도 그들은 혈불을 속일 수가 없다."

"왜요?"

"아까 말했듯 혈불은 그들의 태양이기 때문이다."

"하지만 우리는 천산에서 굶어 죽을지도 모른다구요."

"허허허, 은아(恩兒), 너는 지금 이 아비를 탓하는 거냐?"

"제가 감히 아빠를 탓할 수 있겠어요."

양털 모자 소녀 주자은(周慈恩)은 헤헤 웃었다.

"설마 하나밖에 없는 딸을 굶겨 죽이기야 하겠느냐? 걱정 마라. 가지고 있는 음식이 떨어지면 들짐승을 잡아먹으면 된다."

"물은요?"

"허허허. 십여 년 동안 이 아비는 천산북로를 수십 차례 드나들었다. 마을을 찾지 못해도 물이 없어 갈증으로 죽는 일은 없을 게다."

"저는 지금도 목이 말라요."

"쯧쯧. 다 큰 처녀가 어찌 그리 참을성이 없어? 화산(華山)에 삼 년간 보냈어도 달라진 것이 없으니. 이번에 돌아가면 네 어머니가 반대해도 삼 년을 더 보내야겠다."

"헤헤. 아빠, 농담이라도 그런 말씀은 하지 마세요. 아빠는 안 가보셔서 모르시겠지만 화산은 정말 재미없는 곳이에요. 사부님은 근엄하시고, 대사형도 근엄하시고, 둘째 사형도 근엄해요. 새로 들어온 막내 사제도 저보다 어린 주제에 근엄하단 말이에요."

"네가 말을 잘 듣는다면 보내지 않겠다."

"말을 잘 듣겠어요. 헤헤. 하지만 물은 마셔야…… 아, 목말라."

"조금만 기다리거라. 여기서 이십여 리 더 가면 폭포가 있다. 천산의 추운 기후에 얼어버려 물이 떨어지지 않는 폭포지. 그곳에 들른다면 얼음을 깨고 물을 구할 수 있을 게다."

"네, 어서 가요!"
주자은은 얼른 대답하며 말을 몰고 앞으로 달려갔다.
주대광은 그런 그녀가 귀여워 죽겠다는 듯 환하게 웃었다.

7

이틀간 물 한 모금 마시지 못한 그녀의 입술은 바싹 말라 단내가 났다. 얼음으로 꽝꽝 얼어버린 폭포였으나 그나마 발견한 것이 행운이었다. 드디어 눈 대신 물을 먹을 수 있게 되었다고 생각하자 눈물이 날 정도로 반가웠다.

그녀는 주변에서 돌덩이를 찾아 급히 폭포수 아래 웅덩이의 얼음을 깨기 시작했다.

꽝꽝 얼어버린 웅덩이의 얼음은 그녀의 얼굴만 한 돌덩이를 몇 번 내려쳤으나 파편만 튈 뿐 깨지지 않았다.

그때 멀리서 말발굽 소리가 들렸다.

그녀는 깜짝 놀라며 말발굽 소리가 들린 쪽을 향해 고개를 돌렸다. 일단의 무리가 폭포를 향해 다가오고 있었다.

'벌써 여기까지!'

기겁한 그녀는 물을 포기하고 황급히 자리를 떠났다.

"바로 저곳이다."
주대광의 손가락이 골짜기를 가리켰다.
골짜기 위로 폭포가 떨어졌다. 하지만 폭포수는 얼어붙어 거대한 빙판이 밑으로 쭉 뻗어 있을 뿐, 한 방울의 물도 흘러내리지 않았다.

"참 고요한 폭포네요."

주자은은 아버지를 바라보며 웃었다.

"폭포도 웅덩이도 모두 얼어버렸으니 소리가 날 까닭이 있겠느냐."

폭포의 아래는 깊은 웅덩이가 패어 있었다. 주대광의 말대로 웅덩이의 물도 모조리 얼어 있었다. 무사들이 우르르 달려가 얼음을 깨고 마른 목을 축였다.

유달평은 가죽 물통에 물을 담아 주대광에게 바쳤다.

"고맙네."

그런데 주대광이 물통의 물을 마시려던 찰나였다.

"으윽!"

"으으윽!"

웅덩이에서 물을 마시던 무사들이 돌연 자신들의 목줄을 움켜쥐고 그대로 쓰러졌다. 창졸간에 일어난 일이었다.

"무, 무슨 일이냐?"

깜짝 놀란 주대광은 마상에서 몸을 날리며 웅덩이로 달려갔다.

주자은도 말에서 뛰어내렸다.

웅덩이의 물을 마신 무사들의 얼굴은 보기 흉할 정도로 일그러져 있었는데 입과 코에서 검은 연기가 분출되었다. 연기와 함께 핏물이 흘렀다. 그러면서 그들은 자신들이 왜 죽는지조차 알지 못하고 죽었다.

졸지에 삼십여 명의 사람이 몰살을 당했다.

"이, 이럴 수가!"

살아남은 자들의 얼굴에 공포가 새겨졌다.

유달평은 은수저를 꺼내 웅덩이 속에 담갔다 꺼냈다. 은수저의 색깔이 검게 변했다.

"물속에 독이 들어 있습니다!"

유달평은 온몸을 파르르 떨며 부르짖었다.

"독이라니! 그게 무슨 말이냐?"

그때였다.

쿠쿵! 쿠쿵!

그들이 디디고 서 있는 땅거죽이 지진을 만난 것처럼 흔들렸다.

깜짝 놀란 사람들은 급히 뒤로 물러났다.

바로 그때, 땅이 갈라지며 그 아래에서 뭔가 거대한 물체가 튀어나왔다.

8

달은 칼날처럼 솟아오른 암봉에 관통당해 있다. 그 위로 외로운 늑대 한 마리가 달을 밟고 올라서 긴긴밤의 외로움을 울음으로 토했다.

휘이이이잉.

살을 에일 듯한 차가운 바람이 눈과 함께 천지사방 어디에서건 불고 있다.

을씨년스러운 밤이다.

"아악!"

여자의 날카로운 비명이 천산의 봉우리를 뒤흔들었다.

흠뻑 땀에 젖은 그녀는 반쯤 덮인 낡은 담요를 젖히며 벌떡 상체를 일으켰다.

악몽인가?

그녀는 넋 나간 얼굴로 땀에 젖은 자신의 이마를 닦았다.

그녀는 악몽이기를 바랐다. 지난 모든 것이 꿈이었으면 했다. 하지만 아니었다. 살점을 파고드는 칼바람이 숭숭 몰아닥치는 이곳은 그녀의 아늑한 침실이 아니었다. 하체를 덮고 있는 넝마 조각 같은 담요는 단 한 번도 대한 적이 없는 더러운 물건이다.

현실을 인식한 그녀는 부르르 몸을 떨었다. 그녀의 온몸이 사시나무 떨 듯 파닥거린다.

그녀는 자신도 모르게 소리쳤다.

"아빠!"

거대한 괴물의 촉수가 아버지의 몸을 관통했다. 아버지는 창자를 흘리며 괴물의 촉수가 움직이는 대로 허공을 날아다녔다.

어떤 위험 속에서도 호탕하게 웃으며 세계를 질타하던 아버지였다. 천하에 못할 것이 없었던 아버지가 얼마나 자랑스러웠던가! 그런데 아버지의 눈에 공포가 보였다. 황제 앞에서도 당당하게 어깨를 펴고 소신껏 행동하던 아버지의 눈에 절망의 그림자가 뒤덮였다.

믿었던 아버지가 거대한 괴물에 의해 유린당하자 그녀는 너무 무서워 뒷걸음질을 쳤다. 죽음의 공포는 그녀로 하여금 아버지를 버리게 했다.

그녀는 뒤도 돌아보지 않고 뛰었다.

자은아, 도망가!

아버지의 음성이 귀가 아닌 마음으로 들렸다.

'정말 아버지는 온 힘을 다해 그렇게 말했을까? 하나밖에 없는 딸의 목숨을 살리기 위해 당신의 몸을 희생하며 그렇게 부르짖었을까? 혹시 그것은 아버지가 아니라 내 속에 있는 또 다른 나의 음성이 아니었을까? 그렇게 해서라도 살고 싶은, 내가 도망친 것에 대한 정당성을 부여하기 위한 내 마음속의 울림…….'

뒤를 돌아보았을 때, 아버지는 괴물의 다른 촉수에 의해 잘려지고 있었다. 극한의 공포를 넘어선 아버지의 눈동자는 초점을 잃었으며 저항의 의지도 상실했다.

그녀는 눈물도 나오지 않았다. 아버지를 구해야 한다는 생각도 들지 않았다. 허리가 두 동강 나 땅으로 떨어지는 아버지를 보며 그녀는 오직 도망쳐야 한다고 생각했을 뿐이다.

그래서 미친 듯이 달렸다.

죽지 않기 위해 옥녀심공(玉女心功)을 극한까지 끌어올려 구궁보(九宮步)를 밟았다. 어떻게 달렸는지 모른다. 나뭇가지에 몸이 긁혔고 꽝꽝 얼어버린 빙판에 나뒹굴었다. 하지만 그녀는 달리기를 멈추지 않았다. 숨이 턱까지 차 올랐고 입에서 단내가 났다.

더 이상은 안 돼!

그녀의 몸이 헐떡거리며 소리쳤다.

이대로 더 달리면 심장이 견디지 못하고 파괴되고 말 거야!

다리가 풀리고 엉덩이가 무거워지자 무릎이 꺾였다.

그녀는 쓰러졌고 정신을 잃었으며 다시 깨어났다.

죽지는 않았다.

다행인가?

아니다.

오히려 죽지 않았기에 그녀는 슬펐다. 아버지와 칠십여 명의 사람이 몰살되었다. 아비규환 속에서 그녀는 혼자 살아남았다. 죽음의 그림자가 덮쳐 왔을 때는 살고 싶었으나 살아나자 죽지 않은 것에 대한 슬픔이 찾아왔다. 살아남은 자의 슬픔을 죽은 자는 알 수 없다. 홀로 살아남았다는 것이 얼마나 비참하고 고독한 일인지를.

하지만 그것 역시 웃긴 말이다.

살아남은 자는 죽은 자의 슬픔을 알지 못한다. 그저 살아남은 자기 자신의 정당성을 부여하기 위해 슬픔과 비참과 고독을 끌어다 쓴다. 인간의 간사함이란 끝이 없다.

잠에서 깬 그녀는 온몸으로 절규하며 깊은 절망 속에서 헤어나지 못했다.

"깨어났소?"

그때 그녀에게 겨울바람보다 더 삭막한 음성이 들렸다.

그녀는 소스라치게 놀라며 담요를 끌어 올려 자신의 상체를 덮었다. 몸을 지키려는 여자의 본능적인 행동이었으나, 그녀는 곧 쓰게 웃었다. 아버지를 잃고 수많은 사람의 죽음을 보았건만 몸은 지켜서 무슨 소용 있겠는가.

주자은은 소리가 나는 쪽으로 시선을 돌렸다.

한차례 정신이 환기되자 새로운 곳에 대한 불안과 함께 주위 사물이 눈에 들어왔다. 그녀가 누운 곳은 어둠이 짙게 깔린 더러운 동굴 안이었다. 그래서 음성의 주인을 찾아낼 수 없었다.

"누구… 세요?"

그녀는 사방을 경계하며 떨리는 음성으로 물었다.

그때, 먼 곳에서 반딧불만 한 파란 인광(燐光)이 일더니 그녀를 향해 날아왔다.

"헉!"

공포를 느낀 그녀는 본능적으로 몸을 움츠렸다.

인광은 팟! 소리와 함께 그녀의 옆으로 떨어지며 불을 타 올랐다. 누군가 멀리서 인광을 날려 장작더미에 불을 붙인 것이다. 불은 주변을 환히 밝혔으나 음습한 동굴은 그녀를 더 큰 공포와 괴기 속으로 몰아넣었다. 더욱이 아버지를 죽인 알 수 없는 촉수동물과 연관 지어 생각하자 그녀의 공포는 극점을 향해 치달렸다.

"누, 누구……?"

공포를 잊기 위해 입을 열었으나 음성이 너무 커 동굴이 울렸다. 그녀는 자신의 음성에 다시 놀랐다.

입구로 짐작되는 곳에서 괴그림자가 걸어나왔다.

괴그림자는 하나가 아니라 둘이었다. 그중 하나는 두 발로 걷고 있었고 다른 하나는 네 발로 걷고 있다.

그녀는 두 발로 걷고 있는 자를 보았다.

스무 살은 넘고 서른 살은 되어 보이지 않는다.

큰 키에 타는 듯 이글거리는 한 쌍의 눈, 마구 헝클어진 머리카락과 초췌한 얼굴, 지독히 낡은 옷차림에 등 뒤로 메고 있는 대나무는 산속에서 오랫동안 수련해 온 고행자 같은 분위기였다. 그는 특이하고 고독해 보였으나, 그녀는 화산에 있을 때 사부와 사형제들로부터 강호의 기인이사들에 대한 말을 많이 들어왔던 터라 이 사람의 모습에 특별히 놀라지는 않았다.

하지만 네 발로 걷고 있는 자를 보자 그녀의 눈이 커졌다.

그것은 거대한 개였다.

길이는 여섯 자가량, 무게는 백오십 근은 넘어 보이는 놈이다.

온몸에 수북이 덮인 털은 검고 희다. 얼굴 주변의 털은 사자의 갈기처럼 성난 듯 바짝 서 있었다. 그녀는 단지 보기만 하였는데도 위압감이 들어 놈을 똑바로 쳐다볼 수 없었다.

"그, 그거… 개인가요?"

"그렇소. 장오요."

남자의 음성은 여전히 삭막했으나 그녀는 그런대로 그의 음성이 들어줄 만하다고 생각했다.

"장오요? 그 개 이름이 장오인가요?"

"이름은 무결(武玦)이오. 장오는 종(種)을 말하는 것이오."

남자는 어깨 위에 무언가를 걸머메고 있었다. 죽은 늑대였다. 남자는 그것을 그녀의 발밑으로 툭 던졌다.

그녀는 깜짝 놀라며 발을 움츠렸다.

조금 전은 무슨 용기로 '그거 개인가요?' 라고 물었는지 모르겠다. 그녀는 남자를 향해 누구냐고 묻고 싶었으나 입이 떨어지지 않았다. 하지만 그가 자신을 해칠 거라는 생각도 들지 않았다.

침묵이 흘렀다.

그녀는 다시 슬픔 속으로 빠져들었다.

그때, 다가온 남자가 늑대의 다리를 쭉 찢으며 말했다.

"나는 불망이라고 하오."

第 2 章
천산을 떠나는 소회

탁, 타탁.

장작은 제 몸을 불사르며 작은 불꽃을 만들고 이내 재가 되어 대기 중에 흩날렸다. 환기 시설이 없는 동굴 안은 매캐한 연기로 뒤덮였다. 연기 속에는 사람의 후각을 자극하는 맛있는 냄새가 섞여 있었다. 그것은 늑대가 나무 꼬챙이에 꿰여 구워지는 냄새였다.

불망은 나무 꼬챙이를 이리저리 돌리며 늑대가 잘 구워지도록 보살폈다. 불망의 옆에는 장오 무결이 얌전히 앉아 침을 흘리며 먹이를 기다렸다.

원래 무결은 야생견(野生犬)이다. 때문에 구운 고기보다 생고기에 익숙했고 맛도 그쪽이 훨씬 좋았다. 그래서 불망이 고기를 구워주는 것을 원치 않았다. 하지만 불망은 고기를 굽고 자신을 보살필 때 가장 행복한 모습을 했다. 무결은 눈물을 머금고 불망이 구워주는 맛없는 고기를 맛있게 먹어야 했다. 안 그러면 불망은 '왜? 맛이 없어? 덜 익었나? 라며 점점 더 태운 고기를 먹이는 이상한 습성을 가지고 있었다.

"드시오. 배고프실 텐데."

불망은 노릇노릇하게 익은 늑대의 앞다리를 먹기 좋게 칼로 잘라 주자은에게 내밀었다. 주자은은 왕방울만 한 눈으로 머뭇거리다가 고기를 받았다. 불망은 주머니에서 꼬깃꼬깃하게 접은 천 조각을 꺼내 주자은의 앞에 놓았다. 금보다 비싸다는 소금이었다.

소금을 보자 무결은 쓰라린 지난 과거가 떠올랐다. 소금에 대한 안 좋은 기억이 있었던 건 일 년 전이었다.

그때, 무결은 불망과 함께 곰을 사냥하다 크게 몸을 다쳤다. 웅담은 보신에 좋은 음식이었다. 함께 곰을 잡았으니 부상당한 전리품으로 불망이 웅담을 자신에게 줄 거라고 무결은 생각했다. 그런데 그는 웅담을 꺼내 겹겹이 천에 싼 후 시장에 가서 소금과 바꿨다.

그때의 배신감이란!

무결은 웅담을 도로 찾아오고 싶었지만 소금을 들고 좋아하는 불망의 뒷모습을 보자 입도 뻥긋 못하고 다친 상처를 그저 침으로 닦을 수밖에 없었다. 온몸에 털이 난 이후 그때 처음으로 무결도 소금 맛을 보았다. 물론 그날 이후로 소금을 구경한 적은 없었다.

나쁜 놈, 그 귀한 소금을 내놓다니!

"내가 소저를 발견했을 때, 소저는 온몸에 상처를 입고 제정신이 아닌 상태였소. 뭔가에 크게 놀란 듯 계속 뒤를 돌아보며 도망치고 있었소.”

“…….”

불망이 말했으나 주자은은 기억하지 못했다.

아마 그랬을 것이다. 반쯤 혼이 나가 미친 듯이 달렸을 것이다.

아버지가 축수에 꽂힌 채 토막나던 모습이 다시 떠올랐다. 고통과 너만이라도 살아야 해! 라고 소리치는 아버지의 눈에는 다시 기억하기 싫은 공포가 담겨 있었다.

슬픔은 주체할 수 없이 밀려왔다.

그녀는 들고 있던 늑대 구이를 땅에 떨어뜨리며 오열을 터뜨렸다. 아버지를 그렇게 버리고 배가 고파 음식물을 입에 넣는 자신을 용서할 수 없었다.

그녀가 늑대 구이를 떨어뜨리자 무결은 슬금슬금 불망의 눈치를 보며 앞발을 쓰윽 앞으로 내밀었다. 소금을 칠한 늑대 다리가 무결의 발 끝에 걸렸다. 불망의 발이 무결의 발을 밟았다. 무결의 눈이 비굴하게 불망을 쳐다보았다. 불망의 인상이 험악했다. 앞으로 내밀어졌던 무결의 발이 흙바닥만 벅벅 긁으며 다시 뒤로 미끄러졌다.

“내가 아버지를 버렸어요!”

그녀는 오열하며 소리쳤다.

“나에게 피와 살, 뼈와 영혼을 주신 아버지를 버리고 혼자 살겠다고 도망쳤어요!”

“…….”

“이게 있을 수 있는 일인가요?”

“있을 수… 있는 일이오.”

　불망은 늑대의 한쪽 다리를 뜯어낸 후 나머지 부분을 무결에게 넘겼다. 무결은 소금에 대한 배신감을 까맣게 잊어버리고 좋아라 늑대를 물어뜯기 시작했다.

　"어째서죠? 어째서 그게 있을 수 있는 일이죠? 인간의 탈을 쓰고 짐승보다 못한 짓을 했는데… 그게 어째서 있을 수 있는 일이죠?"

　그녀는 모든 것이 불망의 책임인 듯 그에게 따졌다.

　불망은 물끄러미 그녀를 바라보더니 말했다.

　"소저는 한 가지 착각을 하고 있소."

　"……?"

　"인간은 별로 대단한 작자들이 아니오. 이 녀석만 봐도 무서워서 도망치는 게 사람이오."

　불망은 맛있게 늑대 고기를 먹고 있는 무결의 부들부들한 머리털을 쓰다듬었다.

　"사람에게 가장 끔찍한 적대자도 바로 사람이오. 주군을 배신하고 부모를 배신하며 자식을 이용하고, 생존의 문제가 아닌 오직 가지고 싶다는 욕망 때문에 다른 사람들의 것을 빼앗는 생물체는 이 세상에 사람뿐이오. 소저도 삶과 역사의 모든 것을 경험하고 난다면 이 말을 반박하기 어려울 게요."

　"……!"

　"해가 뜨는 대로 큰길까지 바래다주겠소. 피곤하실 테니 쉬시오."

　불망은 주자은이 떨어뜨린 소금 칠한 늑대 다리를 집어 들며 일어났다.

　무결의 눈이 늑대 다리, 아니, 좀 더 정확히 말하면 소금을 보며 빛났다.

"도와주세요!"

불망의 일어선 뒷모습을 향해 주자은은 소리쳤다.

"어쨌든 아버지를 여기에 버리고 갈 순 없어요!"

불망은 늑대 다리를 무결에게 던졌다.

"제발 저를 도와주세요! 우리는 서장으로 가던 길이었어요. 그러던 중 변고를 만나 아버지를 비롯한 모든 일행이 죽임을 당했어요. 저만 이대로 돌아갈 순 없어요. 아버지의 시신이라도 찾아야 해요!"

그녀는 절규하듯 소리쳤다.

"인연은 갈대밭에 부는 바람처럼 덧없는 것이니, 너무 집착하지 마시오."

"제발……."

그녀의 눈에서 닭똥 같은 눈물이 뚝뚝 떨어졌다.

"도와주신다면 은혜를 갚겠어요. 아버지는 중원의 용문상단 대행수세요. 돈이 필요하다면 돈을 드리겠어요. 당신을 부자로 만들어 드리겠어요. 나는 길을 몰라요. 아버지의 시신을 찾으러 가고 싶어도 어떻게 가야 하는지 모른다구요!"

주자은의 음성은 애절했다.

불망은 무심한 시선으로 주자은을 돌아보았다.

그녀의 얼굴은 눈물로 세수를 한 것처럼 온통 눈물범벅이었다.

"돈은… 쓸데없소."

"그, 그럼… 다른 걸 원하시나요? 제가 당신의 종이라도 되어드릴까요?"

“종이라?”

불망은 물끄러미 주자은을 내려다보았다.

주자은은 입술을 깨물었다. 있는 집 자식으로 평생 금지옥엽으로 자라온 그녀다. 다급하여 ‘당신의 종이라도 되어드릴까요?’ 라고 말했지만 그 말을 뱉어놓고 보니 대단히 굴욕적이었다. 하지만 주자은은 지독한 굴욕감을 애써 누르며 애원의 눈빛을 보냈다.

불망은 긴 침묵을 깨며 입을 열었다.

“날이 밝으면 가봅시다.”

2

휘이이이잉.

아침부터 지척을 분간할 수 없는 눈보라가 휘날렸다. 살갗에 와 닿는 눈의 냉기는 따갑다 못해 피부를 파고드는 것처럼 쓰라리다. 죽립을 깊이 눌러쓴 불망은 천산의 추위에 익숙해져 있어 아무리 거센 폭풍설이라 하더라도 문제되지 않았다.

그러나 주자은은 걷기조차 힘들었다.

특히 그녀의 의복은 이미 다 찢어져 속옷이 보일 정도였으며 귀엽고 앙증맞은 흰색 양털 귀마개 모자도 어디론가 사라져 헝클어진 머리는 눈보라에 단단하게 얼어 길게 늘어선 고드름 같다.

눈 오는 날 좋아라 뛰어노는 강아지라는 말도 있듯 무결도 개다.

비록 덩치가 산(山)만 한 그였지만 이런 날이라면 팔짝팔짝 뛰며 좋아서 어쩔 줄 모른다. 하지만 오늘은 좋아라, 할 수 없었다. 불망이 그에게 주자은의 옆에서 떨어지지 말라고 명령했기 때문이다. 그래 놓고 자기는 앞에서 혼자 걸어간다. 무슨 고독한 사나이처럼.

어울리지 않게!

불망이 걸음을 멈췄다.

불만을 눈치채기라도 한 것일까? 무결은 흠칫했다.

걸음을 멈춘 불망은 뒤를 돌아보며 무심하게 말했다.

"소저가 말한 폭포가 이곳이오?"

주자은이 다가와 꽁꽁 얼어버린 손으로 눈앞을 가리며 힘겹게 안력을 집중했다. 휘몰아치는 폭풍설을 앞에 두고 텅 빈 공간이 보인다. 그녀는 지금 자신이 폭포수의 정상에 서 있음을 알았다. 폭포 아래로 다시 얼어버린 웅덩이가 보였다. 시신은 없었다. 아마 눈 속에 다 파묻혀 버린 것이리라.

"맞아요! 바로 이곳이에요!"

그녀는 격전의 현장을 다시 보자 견딜 수 없다는 듯 휘청거렸다. 폭풍설은 그녀를 단번에 날려 버릴 듯 휘몰아쳤다.

무결은 주자은의 뒤에서 자신의 몸을 들이밀어 그녀가 뒤로 쓰러지지 않게 중심을 잡아주었다.

"그런데 어떻게 내려가죠? 아버지가 저곳에 계실 텐데……."

폭포의 꼭대기라면 올라가는 것도 힘들지만 내려가는 것도 쉽지 않다. 특히 꽁꽁 얼어버린 폭포는 빙석 그 자체였다.

불망은 주자은의 가는 허리를 낚아챘다. 그녀의 얼어버린 허리가 나무토막처럼 부딪쳐 왔다.

'왜?'

주자은이 바라보는 순간, 그녀는 자신의 몸이 허공으로 붕 떠오름을 느꼈다. 폭포의 높이는 거의 십 장에 가까웠다. 불망은 그 높이를 수직 낙하했다.

"아아악!"

주자은은 너무 무서워 자신도 모르게 눈을 감은 채 소리 질렀다. 눈을 떠보니 폭포 아래였다.

무결은 절벽 위를 서성거렸다.

그는 한 번도 이런 높이에서 뛰어내린 적이 없다. 처음 불망을 만났을 때, 그는 다리를 다쳤다. 눈사태를 피하려고 절벽에서 뛰어내리다 그만 눈에 갇히고 오른쪽 앞발이 골절된 것이다. 그 인연이 지긋지긋하게 이어져 오늘에 이르렀다. 저 눈 속을 뛰어내리다 또 다리가 부러지면? 굉장히 아플 것이다.

몸무게도 많이 늘었는데…….

그러나 이 땅의 충직한 개로 태어나 어찌 주인의 뒤를 따르지 않겠는가! 한 번 정을 준 게 원수다.

눈을 질끈 감은 백오십 근이 하늘을 날았다.

쾅!

주자은은 눈 속에 파묻힌 시신들을 헤집었다. 그녀는 정신 나간 여자처럼 아버지의 시신을 찾았다. 눈 속에서 얼어버린 팔다리는 그녀가 힘껏 당길 때마다 뚝뚝 끊어졌다.

불망은 묵묵히 그녀의 뒤에 서서 지켜볼 뿐이었다.

아버지의 시신을 찾기 위해서라면 다른 사람의 팔다리는 끊어져도 상관없다는 그녀의 태도는—비록 그것이 무의식중에 일어나는 본능적인 행위라 할지라도—별로 마음에 들지 않았다. 내게 하찮은 것이라도 다른 누군가에겐 소중한 법이다. 하나 불망은 간섭하지 않았다.

이윽고 그녀는 수많은 시체들 중에서 아버지 주대광을 찾아낼 수 있었다.

"아빠!"

하체는 어디론가 사라지고 상체만 남아 있는 그는 하얗게 얼어 있었다. 주자은은 주대광의 상체를 부여잡고 통곡했다. 어쩌다가 이토록 기구한 운명이 되었단 말인가? 서러움이 눈물을 불렀고 눈물은 폐부를 송곳으로 찌른다.

불망은 발치에 뒹구는 시신을 피하며 웅덩이로 다가갔다. 그는 얼어버린 웅덩이의 얼음을 발로 차 깼다. 그리고 그 안의 물을 한참 동안 응시하더니 허리를 굽히고 샘물을 손으로 떠 마셨다.

"안 돼요! 물에 독이 있어요!"

주자은은 깜짝 놀라 소리쳤다.

그러나 불망은 이미 물을 마신 상태였다.

그는 아무렇지 않다는 듯 억양없는 음성으로 말했다.

"녹갈혈정산(毒蠍血精酸)이오. 마시기만 하면 일각 내에 몸 안의 내장이 모두 녹아버릴 거요."

"그, 그럼 당신은?"

"이 정도의 독으론 나를 어쩌지 못하오."

불망은 지난 칠 년간 천산에서 수행하며 이곳에서 일어나는 많은 일들을 알게 되었다. 천산은 높고 깊은 만큼 사람이 알지 못하는 신비한 형태의 괴물들이 산다. 어떤 부족은 그것들을 신성시하고 또 어떤 부족은 그것들에 의해 완전히 몰살당하기도 했다.

"나타난 놈이 전갈이었소?"

"모, 모르겠어요. 너무 커서……. 하지만 소협의 말을 들으니 그런 것 같기도 하고……."

"내 짐작이 맞다면 놈은 흑갈왕(黑蠍王)인 것 같소."

파황성의 영물(靈物)이었다.

그렇다면 불망은 더 이해할 수 없었다.

파황성은 천산의 법이다. 성주 혈불은 파괴적이긴 하나 서장의 독립을 위해 싸우는 사람이었다. 그런 자가 폭포에 독을 풀어 불특정 다수를 향한 살해 음모를 꾸밀 수 있겠는가? 민초들의 지지를 받지 못한다면 일어설 수 없는 자가?

그럼에도 불구하고 혈불이 불특정 다수를 향해 독수를 내린 것이라면?

'그것은 토번이 독립을 위해 움직일 때가 되었다는 것!'

불망은 웅덩이에서 천천히 허리를 펴며 중년 남자의 시신을 수습하고 있는 주자은을 바라보았다.

'그녀가 내게 온 것은 우연인가? 우연을 가장한 필연인가?'

그때 무결이 경기를 일으키듯 마구 짖어댔다.

쿠르르르릉!

불망은 무결을 쳐다보았고, 그 순간 지진이라도 난 것처럼 지각이 흔들렸다.

"이, 이건!"

주자은의 얼굴이 핼쑥해졌다.

이미 한 번 당해본 그녀는 이 흔들림이 무엇인지 알았다.

푸와왓!

땅거죽이 깨지며 인간의 냄새를 맡은 거대한 촉수 괴물이 불망의 눈앞으로 떠올랐다.

처음 불망이 본 것은 놈의 머리가슴이었다. 얼마나 큰 놈인지 오직 그것만으로도 불망의 시선을 가득 채웠다. 머리가슴 가운데 한 쌍의 큰 눈이 있다. 눈은 혈광이 번뜩이듯 붉게 타오르며 불망을 노려보았다.

놈의 몸은 머리가슴과 긴 배로 나뉘며 두꺼운 껍질로 덮여 있다. 수염다리는 여섯 마디로 나뉘며 끝마디는 억세고 큰 집게로 되어 있다. 걷는 다리는 네 쌍이고 끝에 두 쌍의 발톱이 나 있다. 배는 일곱 마디로 된 앞배와 다섯 마디로 된 뒷배로 나뉘어져 있었다.

검은색으로 된 놈의 표피는 윤기가 흘러 번들거렸다.

"흑갈왕!"

소문은 들었지만 직접 본 적은 없었다.

불망의 키는 큰 편이었으나 놈이 머리가슴을 드러내며 덮쳐 오자 그 속에 파묻혀 버리고 말았다.

휘리리리릭!

불망의 신형이 허공에서 맹렬히 회전하며 주자은을 한 손으로 낚아챘다.

'파황성의 영물이다. 놈에게 상처를 입힌다면?'

불망은 번개처럼 등 뒤에서 대나무를 뽑았다.

슈슈슈슈슉!

대나무가 활처럼 휘며 공기를 갈랐다.

흑갈왕의 머리가슴을 대나무가 할퀴었다. 흑갈왕이 움찔거렸으나 보잘것없는 인간의 반격에 '감히' 라는 듯 눈을 크게 떴다.

불망은 주자은의 허리를 잡은 채 허공으로 치솟으며 사정권을 벗어났다.

주자은은 어제의 공포가 되살아나자 기절초풍할 지경이었다.

"아아아악!"

그녀가 할 수 있는 일은 비명을 지르는 것뿐이었다.

쿵쾅! 쿵쾅!

흑갈왕은 지축을 흔들며 다가왔다.

놈의 머리가슴에 난 여섯 개의 촉수가 앞으로 쭉 늘어나며 불망을 찔러왔다.

불망은 대나무를 휘저으며 급급히 뒤로 물러났다. 촉수에 부딪친 대나무가 산산조각이 났다. 불망은 손에 쥔 대나무를 버리며 등 뒤에서 다른 대나무를 뽑았다.

그 찰나의 순간을 놓치지 않고 놈의 촉수가 고무줄처럼 쭉 늘어나며 불망을 휘감으려 든다. 불망은 위험해 보였다. 뒤는 폭포였으니 물러난 곳도 없다.

"무결! 뭐 해!"

무결은 꼬리를 내리고 있었다. 견중지왕(犬中之王) 또는 사자견이란 과분한 호칭을 받고 있는 무결이었으나 자신보다 열 배는 더 커 보이는 이 거대한 갑각류(甲殼類) 앞에서는 공포를 느낄 수밖에 없었다. 하지만 주인이 부르니 목숨을 초개와 같이 버려야 한다.

무결은 포악하게 인상 쓰며 몸을 날렸다.

흑갈왕은 말도 안 되는 괴음을 내지르며 촉수를 휘저었다. 무결은 죽기 살기로 촉수를 물고 늘어지며 휘날렸다. 백오십 근의 무결이 이리저리 휘날릴 때마다 윙윙 소리가 났다.

"한 손만으론 안 되겠소."

불망은 공포에 젖은 주자은을 바위 뒤로 숨겼다.

"나, 나를 버리지 말아요……."

이 순간 그녀가 믿을 수 있는 건 오직 불망뿐이었다. 하지만 의문이다. 나약한 인간의 힘으로 저 거대한 촉수괴물을 죽일 수 있을는지.

불망은 대나무를 등에 꽂고 양팔을 가슴에서 교차시켰다. 동시에 내력을 끌어올렸다.

쿠아아아아아앙!

불망의 일신에서 뿜어지는 가공할 내력이 대지를 폭발시킬 듯 발출되었다.

콰앙!

천지굉음과 함께 사방으로 피떡이 된 놈의 파편이 튀었다. 그와 동시에 도저히 코를 틀어막지 않고서는 견딜 수 없는 역겨운 냄새가 밀려왔다. 냄새로 인해 머리가 어지러웠다.

기어이 촉수를 물어뜯어 낸 무결은 실 끊어진 연처럼 휙! 날아가 눈 속에 파묻혔다가 벌떡 일어났다. 등뼈에서 우두둑 소리가 났다.

흑갈왕은 반쯤 터진 상태에서 내장을 줄줄 흘리며 불망을 공격했다.

불망은 대나무를 고쳐 잡고 천라지망을 펼쳤다.

무결이 흑갈왕의 등을 향해 날아올랐다. 흑갈왕의 등은 딱딱하고 번들거리는 철갑이었다. 무결은 올라탔으나 미끄러졌다. 무결은 발톱을 세워 놈의 철갑에 박아 미끄러지지 않으려 하였으나 불가항력이었다. 무결은 다시 눈 바닥으로 떨어졌다.

내공이 실린 대나무가 흑갈왕의 촉수를 잘라냈다.

한 손으로 자신의 코를 막고 있는 주자은은 공포에 떨고 있었으나 눈동자에서 뿜어지는 한 가닥 원독의 빛은 강렬했다.

불망의 대나무가 터진 흑갈왕의 머리가슴을 파고들어 가며 휘저었다

산산이 부서진 놈의 잔해가 사방으로 튀었다.

역겨운 냄새는 견딜 수 없을 만큼 진동했다.

그나마 폭풍설이 없었다면 냄새에 중독되어 코가 막히고 머리 속이 몽롱해져 결국 터져 버리고 말았을 것이다.

일격을 더한다면 흑갈왕은 죽을 것 같았다.

불망은 더 이상 공격하지 않고 뒤로 물러났다.

흑갈왕은 꾸르륵! 소리를 내며 술에 취한 것처럼 흔들리고 있었다.

불망은 등 뒤에서 새로운 대나무를 뽑아 주자은의 손에 쥐어주었다.

"왜?"

주자은은 겁에 질린 얼굴로 그를 바라보았다.

"부친의 원수를 갚아 마음의 빚을 털어내시오."

"……!"

주자은의 손에 들린 대나무가 부들부들 떨린다. 그녀는 힘껏 무공을 배우지 않았으나 그래도 당당한 화산의 속가제자였다.

주자은은 대나무를 양손으로 움켜쥔 상태에서 다시 불망을 바라보았고 그는 고개를 끄덕였다.

"죽엇!"

그녀는 난생처음 살아 있는 생명체에 살의를 가졌고 살의는 옥녀소심검법(玉女素心劍法)이 되어 대나무를 통해 쏟아졌다.

"멈춰!"

그때, 눈보라를 헤치며 십여 명의 사람이 날아왔다.

3

이들은 모두 무릎 밑까지 오는 긴 상의에 알록달록한 옷들을 여러 겹 겹쳐 입고 있었다. 금속 장식이 박힌 가죽 요대와 오색 목걸이는 눈에 확 들어올 정도로 화려했다. 챙이 있는 모자를 쓰고 있었고 손에는 수레처럼 생긴 마니차를 들고 있다. 전형적인 토번의 복장이었다.

나타난 자들은 멈춰! 라고 소리쳤으나, 주자은의 옥녀소심검법은 흑갈왕의 머리가슴을 관통했다. 놈은 꾸룩 소리를 내며 마지막 진저리를 친 후 숨을 거뒀다.

토번인들은 내장을 쏟아낸 채 눈 속에 길게 누워버린 흑갈왕을 보자 얼굴색이 대변했다.

"옴마니반메훔……."

누가 먼저랄 것 없이 그들은 마니차를 돌리며 흑갈왕의 극락왕생을 비는 진언(眞言)을 읊조렸다.

옴마니반메훔은 연꽃 속의 보석이란 뜻으로 부처와 같은 순수한 상태로의 회귀를 추구하는 서장불교의 대표적인 진언이다. 마니차는 중원의 염주와 같은 것으로 토번인들은 마니차 안에 불교경전을 말아 넣고 진언과 함께 돌리는 습성이 있었다. 마니차가 돌아가는 만큼 우리의 번뇌도 끝나지 않을 거라는 심오한 이치가 거기에 있다.

절망으로 가득 찬 세상이 다하지 않는 한 번뇌를 담은 마니차는 영원히 멈추지 않을 것이다.

불망은 우두커니 서서 진언을 읊는 그들을 지켜보았다.

주자은은 눈을 둥그렇게 뜬 채 불망의 뒤에 숨었다.

무결은 흑갈왕이 먹을 수 있는 음식인지 아닌지 확인하기 위해 쏟아진 놈의 내장 앞에서 킁킁거리며 냄새를 맡고 있었다.

"네놈은 누구냐?"

이윽고 진언을 마친 토번인들 중 한 명이 불망을 향해 살기를 번뜩이며 그들의 언어로 말했다. 불망은 칠 년 동안 천산에 있으면서 토번어를 배운 적이 있다. 길게 이야기하라라면 어렵겠지만 간단한 언어 소통은 가능했다.

"그렇게 묻는 당신은 누구인가?"

불망은 한어로 물었다.

토번인들이 일제히 동료 중 한 사람을 쳐다보았고 그 사람이 불망의 말을 통역했다.

"그렇게 묻는 당신은 누구인가? 라고 말했습니다."

그의 통역에 토번인들의 얼굴에 분노가 떠올랐다. '그렇게 묻는 당신은 누구인가? 라는 말은 어떤 경우 상당히 도전적이다. 그리고 지금이 그 '어떤 경우' 다.

적열견건(赤熱堅巾)은 이들 중 우두머리였다.

그는 분노하는 동료들을 제지하며 앞으로 나섰다.

"우리는 파황성의 제자들이다! 네가 죽인 흑갈왕이 파황성의 신물임을 알고 있느냐?"

"알고 있다."

불망은 무표정한 얼굴로 시인했다.

"알고 있답니다."

"그럼 파황성의 신물임을 알면서 죽였다는 것이냐?"

"너희의 신물은 이 많은 사람들을 죽였다. 아무리 인세에 드문 영물이라 할지라도 사람을 죽였다면 죗값을 받아야 한다. 또한 너희의 신물에 해를 끼치지 않기 위해 내가 희생해야 한다고는 생각하지 않는다."

"자기가 죽을 수는 없었답니다."

불망은 길게 말했으나 통역은 간단했다. 불망이 간단한 토번어밖에 할 줄 모르는 것처럼 그들의 통역사 역시 간단한 한어만 알아들을 수 있었던 것이다.

적열견건이 듣고 보니 그건 그렇다.

상대의 입장에서 생각하면 정당방위에 가깝다. 능력이 있음에도 불구하고 그것이 파황성의 신물이라는 이유로 목을 내밀고 죽여주슈, 하는 행위는 바보 천치나 할 짓이다.

그러나 적열견건이 상대의 입장을 봐줘야 할 까닭이 없다.

파황성은 내부에서 일어난 모종의 사건으로 한 명의 도망자를 쫓고 있었다. 천산 곳곳에 함정을 파두었고 모든 부족에 외부인을 숨겨주거나 물과 음식물을 내주지 말라고 명했다. 도망자가 갈 곳이 없게 하기 위함이었다. 그로 인해 불특정 다수가 영문도 모르고 죽었다. 주대광을 비롯한 용문상단도 그렇게 발생한 희생자들 중 하나다. 용문상단의 교역품은 본의 아니게 파황성의 소유가 되었다. 혈불은 그렇게 파생한 재화의 처리에 대해선 일절 말하지 않았고, 그것은 고스란히 적열견건과 동료들의 차지가 되었다.

혈불이 원하는 것은 토번의 독립이었다.

속마음은 어떨지 몰라도 그는 승려답게 재물을 탐하진 않았다. 그러나 거대한 조직을 운영하기 위해서는 믿음보다 필요한 것이 자금이었다. 배불리 먹지 않는다면 믿음은 생기지 않는다. 배를 주려가면서 오로지 순결한 사명 의식으로 혈불을 따를 자는 몇몇 맹신도 외에는 없다.

남들은 다르게 생각할지 몰라도 적열견건 그 자신은 사욕을 위해 용문상단의 교역품을 착복하지 않았다. 함께 일하는 동료들에게 골고루 나눠 주었으며, 그것은 곧 혈불에 대한 믿음으로 승화될 것이다.

'하지만……'

적열견건은 내심 '하지만' 이라고 생각했다.

'사실을 아는 자가 있는 건 좋지 않아.'

흑갈왕을 죽인 것만 해도 씻지 못할 죄다. 거기에 한 가지 죄가 더 얹힌다.

"건방진 놈! 독수리 밥이 되어봐야 눈물을 흘릴 놈이로구나! 당장 무릎을 꿇고 죄를 빈다면 목숨만은 살려주겠다!"

"어어, 저, 저놈이……!"

그때 토번인 중 하나가 손가락으로 무결을 가리키며 더듬거렸다.

그들이 모두 불망에게 집중되어 있을 때, 무결은 흑갈왕의 속을 샅샅이 파헤치며 놈에 대한 판단을 끝냈다.

세상에!

이렇게 맛없는 고기가 있다니!

무결은 애써 잡은 사냥감이 너무 맛이 없어 기분이 나빴으나 어쨌든 영역 표시는 해둬야 했다. 무결의 한쪽 발이 흑갈왕의 딱딱한 껍질 위로 어렵게 걸쳐졌다. 몸속에서 노란 빛깔의 뜨거운 물이 배출되며 주변의 눈이 녹는다.

토번인들의 눈이 확 뒤집혔다.

그들이 신물로 모시는 흑갈왕에 오줌을 갈기는 개새끼라니!

제일 먼저 무결을 발견한 상발천적(相鉢闡赤)의 눈썹이 위로 치켜 올라갔다. 그와 함께 우레와 같은 장력이 무결에게 쏟아졌다.

오줌을 누며 상쾌함을 즐기던 무결은 위험을 느꼈다.

그는 불망에게 몇 번 장력을 맞아본 경험이 있었다. 아파서 죽겠다는 시늉으로 꼬리를 말며 깨갱거리기는 하였으나 솔직히 말해서 별로였다. 하지만 지금 이 장력은 불망이 쏟아내는 장력과는 달랐다. 맞으면 간비뼈가 부러질 것 같다. 피해야 한다.

이런!

급해 죽겠는데 오줌이 끊어지지 않는다.

품위를 유지해야 하는 견중지왕으로서 다리에 오줌을 튀기며 도망갈 수는 없다. 모르겠다. 맞고 버텨보자.

무결은 눈을 질끈 감으며 아랫배에 힘을 줬다.

펑!

가죽 북 터지는 소리가 나며 사방으로 눈보라가 파편처럼 튀었다.

무결은 아파 죽겠다는 듯 화들짝 허공으로 퉁기며 나뒹굴었다. 너무 아파 눈물을 쥐어짜고 싶다. 그런데 눈물이 나지 않는다. 왜일까?

무결은 질끈 감았던 눈을 살짝 떠보았다.

불망이 무결의 앞에 우뚝 서 있었다. 쓰러진 무결의 몸에는 아무 상처도 없다. 무결은 머쓱해져 벌떡 일어나다가 자신의 뒷다리에 튀긴 오줌을 보았다. 아, 견중지왕의 품위를 유지하기 위해 아픔도 불사하려 하였건만 엄살을 떨다가 망신은 망신대로 당했다.

무결은 다른 사람이 보지 않는 틈을 이용해 눈 속에 뒷다리를 밀어 넣었다. 그리고 노란 물을 지우기 위해 마구 문지르기 시작했다.

"저 개새끼가 네놈의 개냐?"

장력을 내갈긴 상발천적이 이빨을 깨물며 말했다.

"그는 나의 동료요."

"그는 나의 동료랍니다."

"오냐, 그래. 개새끼와 동료라니 네놈도 개새끼로구나. 네놈 둘을 잡아 죽여 이 어르신네가 오랜만에 몸보신 좀 해야겠다!"

상발천적은 불망을 향해 양 소맷자락을 현란하게 움직였다. 그의 소맷자락은 중원 의복의 소맷자락과 달리 알록달록한 색이 여러 겹 겹쳐 있어서 그야말로 현란하기 그지없었다.

와선형의 금빛 강기가 불망의 전신을 휩쓸며 다가왔다.

불망은 지체하지 않고 상발천적에게 오른손을 뻗었다.

귀청을 찢을 것 같은 뇌성이 터지며 벼락같은 강기가 상발천적의 공세와 정면으로 마주쳐 갔다. 쌍방의 강기가 뒤엉키며 오싹한 파공음이 연속적으로 터졌다.

두 사람은 허공에서 신형을 꺾고 뒤집었다. 순식간에 십여 초를 교환하고 지면으로 내려섰다.

"크윽!"

상발천적은 지면에 내려서며 쓰러질 듯 비틀거렸다.

몸 안의 내장이 들썩거리며 입에서 붉은 피가 쏟아졌다.

"이, 이런 개 같은 경우가……."

상발천적은 망연자실 중얼거렸다.

토번인들은 경악한 얼굴로 불망을 바라보았다.

불망은 처음의 자리에 흔들림없이 서 있었다. 그를 바라보는 토번인들의 눈빛이 파르르 떨렸다.

'무서운 놈이다. 상발천적이 십 초를 견디지 못하고 당하다니.'

그들은 불망이 흑갈왕을 무공이 아니라 어떤 사술로 죽였을 거라 믿었다. 때문에 그의 무공을 대수롭지 않게 생각하고 있었다. 그런데 상발천적을 패퇴시키자 내심 긴장했다.

적열견건이 침중한 눈빛으로 손에 든 마니차를 돌리며 불망에게 다가왔다.

"쓸 만한 놈이군."

보법을 밟는 그의 자세에 빈틈이 없었다.

그는 불망을 노려보다가 문득 한 사람을 떠올렸다. 그 사람은 천산에서 꽤 유명한 젊은 구도자였다. 특징은 집채만 한 개와 함께 다닌다는 것.

'이자가 바로 그자?'

그렇다면 방심할 수 없었다. 흑갈왕이 죽은 것도 사술이 아니다.

불망은 움직이지 않은 채 오직 눈으로 적열견건의 뒤를 따랐다.

"놈의 무공은 우리보다 강해! 구경만 하고 있을 셈인가?"

적열견건의 신형이 허공으로 붕 떠올랐다. 마니차가 현란하게 움직이며 하늘에서 내리 꽂히듯 쏟아지기 시작했다.

적열견건의 선공에 다른 자가 불망을 향해 신형을 날렸다.

번쩍!

손에 들고 있는 마니차는 순식간에 병기로 변했다.

나머지 토번인들도 일제히 마니차를 휘두르며 달려들었다.

불망은 물러서지 않았다. 그는 전후좌우를 향해 연속적으로 쌍장을 쳐냈다. 잠경이 대해에서 밀려드는 파도처럼 사방으로 퍼져 나갔다.

선공을 감행한 적열견건의 마니차가 불망의 잠경과 부딪쳤다.

펑!

마니차가 부서지며 그 안에 들었던 불경이 갈가리 찢겨 눈과 함께 휘날렸다. 적열견건은 경악하며 뒤로 물러섰다. 그가 든 마니차는 보통의 마니차와 다르다. 유사시 병기로 사용할 수 있게 무쇠로 만든 것이다.

'마, 마니차가……'

그는 경악하며 마니차를 바라보았으나 부서진 건 마니차만이 아니었다. 마니차를 들고 있던 그의 손목이 밑으로 꺾인 채 빨랫줄에 걸린 빨래처럼 너덜거렸다.

그는 처절하게 일그러진 눈으로 불망을 바라보았다.

불망은 그를 아랑곳하지 않고 다른 자들을 상대로 싸우고 있었다.

그런데 그때 문득 불망의 얼굴에 아득한 빛이 스치고 지나갔다.

'흑갈왕에게 당한 부위가……'

적열견건은 그가 정상적인 몸 상태가 아님을 한눈에 알아보았다.

그렇다. 불망은 흑갈왕과 싸울 때, 이미 사고를 당했다. 참을 수 있었으나 쉬지 못하고 다시 싸움을 하게 되자 내력이 마음먹은 대로 움직이지 않았다.

"놈은 부상을 입었다! 놓치지 마!"

적열견건은 소리쳤다.

토번인들이 악귀처럼 달려들었다.

오랜 시간 연마된 그들의 합벽 공세는 완벽했다.

'시간을 끌면 좋지 않아.'

허름한 장포가 찢어질 듯 펄럭거렸다. 휘몰아치는 강기에 전신 혈맥이 터져 나갈 것 같았다.

불망은 임독양맥이 타통된 몸이었으나 아직 완전치 못했다.

그것은 그의 내력이 정순하지 못하다는 데 기인했다. 그는 몸 안에 십여 개의 각기 다른 내력을 가지고 있었다. 천산육군과 용화세와 그의 수하들, 그리고 월인신공과 천마흡성대법이라 달리 불리는 흡성신공이 바로 그것이다.

천산육군과 용화세 등의 내력은 월인신공으로 다스릴 수 있었다. 하지만 천마흡성대법은 그렇게 되지 않았다. 내력을 극성으로 끌어올리거나 진기 소모가 많아지면 천마흡성대법은 미친 듯이 날뛴다. 몸이 통제되지 않았으며 그 경지를 넘어서면 주화입마다.

　그는 자신이 천마흡성대법을 익히고 있는지 몰랐다. 능가장을 떠나 홀로 수련하며 몸 안의 진기를 다스릴 수 있게 되었고, 조절까지 가능하게 되자 그를 비로소 알게 되었다. 그가 어린 시절 배웠던 불망신공이 천마흡성대법의 변형이라는 것을.

　‘어머니!’

　그는 짓쳐드는 마니차를 피하며 속으로 외쳤다.

　‘다른 사람의 내력을 빨아들여서라도 나를 살리고자 하셨습니까!’

　장력을 내지르자 그의 몸이 격탕 쳤다.

　단전 깊숙이 박아두었던 천마흡성대법이 기지개를 켰다. 몸 안을 지배하기 위해 진기를 일주천시켰다. 불망은 더 이상 시간을 끌면 좋지 않다고 생각했다.

　그는 천마흡성대법의 지배를 받으며 등 뒤의 대나무를 뽑았다.

　쐐애애애액!

　대나무 끝에서 검기가 폭사되었다.

　“커억!”

　“으아아아악!”

　토번인들이 처절한 비명을 토하며 모조리 허공을 날아 눈 덮인 지면 속으로 추락했다. 그들을 받아들인 백설은 솜에 물이 스며들 듯 순식간에 붉게 물들었다.

　“허억!”

　홀로 살아남은 적열견건은 헛바람을 들이키며 뒤로 물러섰다. 불망을 바라보는 그의 신형은 사시나무 떨 듯 와들와들 떨었다.

　불망은 그를 바라보았다.

적열견건은 다시 뒤로 물러섰다.

그는 사람을 죽였으나, 과거처럼 특별한 감흥을 느끼지 않았다.

그는 몸 안의 천마흡성대법을 월인신공으로 누르며 적열견건을 향해 한 발 더 다가섰다.

"사, 살려줘!"

적열견건은 불망의 시선을 받아내지 못하고 도망치기 시작했다. 너덜거리는 그의 손목이 얼어버린 나무에 부딪치며 몸에서 떨어져 나갔으나 걸음을 멈추게 하지는 못했다.

주자은은 불망의 뒤에서 석상처럼 얼어 있었다.

불망은 적열견건의 뒤를 쫓지 않았다. 그를 살려준다면 훗날 반드시 후환으로 남을 것임을 알았으나 도망치는 자의 뒤를 쫓아가서 목숨을 끊어버릴 정도로 불망은 잔인하지 않았다.

상황이 종료되자 불망은 그 자리에 털썩 주저앉았다. 요동치는 천마흡성대법의 진기가 조금씩 가라앉았다.

무결은 불망에게 다가와 '나를 귀여워해 줘' 라는 듯 머리를 들이밀었다. 불망의 피 묻은 손이 무결의 머리를 쓰다듬었다.

"무결, 이제 천산을 떠날 때가 된 것 같구나."

허무한 음성, 허무한 얼굴, 그리고 허무한 분위기다.

무결이 대답할 리 없다. 대신 킁킁거리며 불망의 체향을 맡고 피 묻은 얼굴을 혀로 핥는다. 무결의 앞발이 불망의 어깨로 올라갔다. 놈의 무게가 실리자 불망은 견디지 못하고 눈밭으로 쓰러졌다.

하늘 위, 쏟아지는 눈발 속에 한 사람의 얼굴이 그려졌다.

어머니의 얼굴이다.

그녀는 지금 어디 있을까?

불망은 어머니가 보고 싶었다. 그녀에게 묻고 싶었다. 무엇이 어디서부터 어떻게 잘못된 것인지.

하지만 그것을 묻기가 두려워 중원으로 돌아가지 못했다. 그런데 이제는 자의든 타의든 돌아갈 때가 되었다. 파황성의 영물과 사람을 해한 이상 천산에 은거하기 어려워졌으니.

"저기, 괜찮으세요?"

그때 어머니의 얼굴 대신 잔뜩 겁을 집어먹은 주자은의 얼굴이 불망을 내려다보았다.

불망은 주자은을 외면하고 자신의 몸을 무겁게 찍어 누르는 무결에게 말했다.

"무결, 저 하늘 위에서 어머니가 나를 부른다. 우리 중원으로 가자."

第3章

드러내 보일 수 있는
사람이 친구다

1

나뭇가지에 쌓인 눈이 바람에 흔들리며 우수수 떨어진다. 높은 하늘은 구름 한 점 없다. 오랜만에 눈이 그친 하늘은 푸른 물을 쏟아낼 것처럼 청명하다.

한 사람이 녹지 않은 눈을 밟으며 걷고 있었다.

발목까지 내려오는 검은색 장포를 입은 삼십대 초반의 청년이다.

조각처럼 또렷한 윤곽을 가진 이목구비에 눈처럼 흰 피부를 가진 이 청년의 외모는 수많은 여성의 마음을 사로잡을 수 있을 만큼 수려했다. 특히 한 점의 헝클어짐도 없이 길게 흘러내린 머릿결은 누구라도 직접 만져 보고 싶어할 정도로 매혹적이다.

청년의 외모는 완벽했으나 흠이 없는 건 아니었다.

눈이 그렇다. 청년의 눈꼬리는 약간 위로 올라가 있어, 전체적인 인상을 날카롭게 만들었다. 물론 그것은 청년의 수려한 외모가 유약하게 보일 수 있음을 어느 정도 보완해 주는 것이었으나 그렇다고 해서 반듯한 눈매보다 위로 올라간 눈매가 나아 보이는 것은 아니었다.

청년은 잘생긴 외모에 부유해 보이기까지 했다.

입고 있는 검은색 장포는 화려하지 않았지만 한눈에도 고가의 세련된 의상임을 알 수 있다. 장포 아래 검은 물감을 들인 가죽 장화 역시 명장(名匠)의 솜씨가 아니면 나올 수 없는 예술성 띤 작품이다.

휘이이잉.

청년의 곁으로 한줄기 서늘한 바람이 스치고 지나간다. 바람을 탄 눈발들이 설레는 여심처럼 그의 발아래 뒹굴었다.

이른 아침, 산책을 하듯 걷고 있던 이 청년이 도착한 곳은 삼 장 높이의 성곽으로 이어진 웅장한 성문 앞이었다.

성문 위에는 대리석 현판이 걸려 있다.

현판에는 마치 용이 하늘을 날 듯 용사비등한 글자가 붉게 새겨져 있었다.

파황성.

청년이 걸음을 멈추자 기다렸다는 듯 성문이 열렸다. 동시에 쏟아지듯 성문을 달려나온 이십칠 명의 검사(劍士)가 청년의 앞에 열세 명씩 이열 종대로 늘어섰다. 그리고 남은 한 명의 검사가 앞으로 나서며 청년을 향해 허리를 굽혔다. 청년보다 훨씬 나이가 들어 보이는 백발성성한 노검사다.

"북리 호법(北里護法)님, 잘 다녀오셨습니까?"

백발과는 어울리지 않게 카랑카랑한 음성이었다.

"그래. 조 위사(趙衛士), 그간 잘 있었느냐?"

청년은 웃으며 말했다.

"속하는……."

조 위사라 불린 노검사는 청년이 자신의 성을 불러주자 내심 감격해서 말을 잇지 못했다.

"이 사람, 뭘 해? 길을 열어주어야지?"

청년이 다시 웃으며 말하자, 노검사는 깜짝 놀라며 얼른 옆으로 비켜섰다.

"아, 안으로 드시지요."

"고맙네."

북리 호법이라 불린 귀군자(鬼君子) 북리진강(北里眞强)은 도열한 검사들 사이를 천천히 걸어 성문 안으로 들어섰다.

안은 곧바로 시야가 탁 트인 넓은 광장이었다.

평상시에는 파황성 무사들의 연무장으로 사용되었고, 성내에 행사가 있을 때는 대회의장이나 연회장으로 사용된다.

무사들이 교관의 지휘 아래 훈련에 열중이었다.

북리진강과 눈이 마주친 몇 명의 교관들이 허리를 굽히며 인사했다.

북리진강은 웃으며 '하던 훈련을 계속하라'는 손짓을 보냈다.

그는 무사들의 훈련에 방해되지 않게 광장의 외곽을 돌아 내부로 들어갔다.

웅장한 몇 개의 전각을 지나자 눈 쌓인 가산(假山)이 나타났다. 가산은 외형상 하나의 조형물이기도 하였으나 외부인과 내부인의 출입 경계선이기도 했다. 특별한 경우가 아니면 외부인은 가산 너머로 들어올 수 없었다.

가산을 가로질러 들어가자 다시 몇 개의 크고 웅장한 전각이 나왔고 그 너머로 돌로 만든 구름다리가 보였다. 이 구름다리 아래에는 인공 호수가 건설되어 있었다. 호수에서는 먹이를 너무 주워 먹어 배가 복어처럼 불룩하게 부풀어 오른 비단 잉어들이 얼음 조각 아래에서 느리게 유영하고 있었다.

호수는 외형상 특별한 점이 없다.

그러나 호수 아래는 창검이 거꾸로 박혀 있어 비상시 기관 장치 하나만으로 구름다리 위를 지나는 사람들을 모조리 도륙 낼 수 있다고 알려져 있다. 하나 그것은 공포를 두려워하는 사람들이 만들어낸 잘못된 정보다. 구름다리 너머에 거처를 가지고 있는 사람들은 창검에 의지해 자신을 지킬 만큼 약하지 않았다.

구름다리 너머에는 파황성 핵심 인물들의 거처가 있었다.

원로원(元老院)과 지밀전(至密殿), 한때는 거대 왕국이었으나 이제는 그 명맥도 확실치 않은 왕조의 후예인 적존공주(赤尊公主)의 거처가 바로 구름다리 너머에 있었던 것이다.

파황성주 혈불의 거처도 이곳에 있다고 알려져 있으나, 그것 역시 잘못된 정보다. 그의 거처를 알고 있는 자는 지밀전주 항곡파찬(降曲巴贊)과 혈불을 바로 곁에서 시중들고 있는 화화팔선녀(花花八仙女)뿐이다.

북리진강은 파황성의 열두 호법 중 한 명으로 지위가 결코 낮지 않았음은 물론이고 혈불과 개인적 친분까지 두고 있었으나 역시 그의 거처를 알지 못했다.

구름다리 너머에는 넓은 화원이다.

보통의 화원이라면 온갖 꽃이 만발하겠으나 이곳의 화원에는 오직 한 가지 꽃, 엄동설한에도 그 빛깔을 잃지 않는다는 자미화(紫微花)만이 피어 있었다. 원래 자미화는 붉은색을 띤다. 그러나 이곳 자미원(紫微園)이라 이름 붙여진 화원의 자미화는 칠화칠색(七花七色)이다.

자미원을 가꾸는 사람은 지밀전주 항곡파찬이다.

자미원뿐 아니라 구름다리 너머의 모든 전각들과 구조물, 흙 한 줌까지도 모두 항곡파찬의 설계에 따라 만들어지고 가꾸어졌다. 물론 그 뒤에는 지시를 내리는 혈불이 있다.

혈불은 달라이라마의 제자였으나 지금은 달라이라마가 가장 무서워하는 공포의 대상이었다. 그는 제국의 독립을 요구하며 타협하는 달라이라마를 민족의 배신자라 욕했다. 사람들은 달라이라마를 믿고 따랐으나 제국의 독립을 요구하기도 했다. 혈불은 그런 사람들의 마음을 파고들어 오늘의 업적을 이루었다.

겉으로 드러난 혈불은 밝고 소박한 성품의 소유자다. 그의 성품을 대변하듯 자미원만 해도 무지개를 뿌려놓은 듯 밝고 화사했다. 각각의 전각들도 작고 아담했지만, 밝은 색 지붕에 밝은 색 기둥들로 이루어져 전체적으로 생동감을 돋보이게 한다.

'보기에는 화려하고 아름답지만 물 대신 사람의 피를 먹고 인분 대신 사람의 시체를 퇴비로 사용하는 자미화라니…… 쯧.'

보여지는 것과 그 이면의 세계는 항상 다른 법이다.

북리진강은 혈불의 진면목을 아는 몇 안 되는 사람들 중 한 명이었
다.

'언제였던가?'

혈불이 한 손으로 죄수를 들어올려 익은 고기를 먹기 좋게 뜯어내듯
발기발기 찢어내던 잔혹한 모습을 보였던 것이. 살아 있는 사람의 생
살이 피와 함께 뜯겨 나갔다. 혈불은 찢어진 육편을 자미원에 뿌리며
옆에 서 있던 북리진강에게 말했다.

"그가 나를 배신했다 해도 인생에 단 한 번, 나를 위해 희생할 기회
를 주어야 극락왕생하지 않겠나?"

북리진강도 꽤 잔혹한 면을 가지고 있었으나, 그때의 충격을 잊지
못했다.

이윽고 그가 당도한 곳은 지밀전 앞이었다.

항곡파찬을 호위하는 몇 명의 무사들이 그를 맞이했다.

이 무사들은 허리에 검을 차고 있었으나 겨우 삼류 수준을 벗어난
평범한 인물들이었다. 물론 이들이 지밀전에서 하는 일은 삼류 수준의
무공도 사용할 필요 없는, 손님이 오면 차를 접대하고 마당을 쓰는 따
위의 허드렛일이었다.

"속하들이 북리 호법님을 뵙습니다."

무사인지 하인인지 분간할 수 없는 자들이 북리진강을 향해 제법 기
세를 갖추며 허리를 굽혔다.

북리진강은 웃으며 말했다.

"전주께서는 안에 계시냐?"

"연락을 받고 기다리고 계십니다. 안으로 드시지요."

지밀전은 파황성의 모든 정보를 총괄하는 곳이다. 그래서 지밀전주에 대한 혈불의 신임은 두텁다.

지밀전주 항곡파찬의 거처는 한쪽 벽에 서가(書架)를 두고 고서(古書)들이 잔뜩 꽂혀 있다는 것뿐, 남다를 것이 없었다. 좁고 협소할뿐더러 공기도 잘 통하지 않아 퀴퀴한 종이 냄새만 방 안을 진동했다.

북리진강이 들어오자 몇 장의 서류를 검토하고 있던 항곡파찬은 몸소 자리에서 일어나며 환하게 웃는 얼굴로 그를 맞이했다.

"어서 오게. 날이 많이 추워. 이리로 앉게."

그는 북리진강을 화로 가까이 있는 의자로 권했다.

"고맙소."

겉모습을 볼 때, 북리진강은 항곡파찬에 비해 사십 년은 젊어 보였다. 그러나 북리진강의 어투와 태도는 그를 연장자로 대우하지 않았다. 당연했다. 북리진강은 삼십 년 전, 항곡파찬이 처음 보았을 때도 지금과 같은 모습이었으니. 항곡파찬의 얼굴엔 세월의 여파를 이기지 못해 질곡 같은 주름살이 잔뜩 뒤덮였으나 북리진강은 도무지 늙지 않았다.

항곡파찬은 그가 주안술과 같은 특별한 시술을 익혔을 거라고 생각했다.

'사람이 늙지 않는다는 건 어떤 느낌일까?

그를 볼 때마다 궁금했으나, 항곡파찬은 그와 사적인 농담을 할 만큼 친분을 유지하지 못했다.

"그 아이의 흔적이 사라졌다는 보고는 받았네."

항곡파찬은 단도직입적으로 말했다.

북리진강은 항곡파찬의 성격을 어느 정도 아는지라 별로 개의치 않았다.

"그렇게 되었소. 이미 천산을 벗어난 것 같소."

"자네가 실수할 때도 있군."

"보고에 의하면 조력자가 있었소. 불망이라는 자요."

"불망?"

처음 들어보는 이름이었다.

눈살을 찌푸린 항곡파찬의 미간에 주름이 뒤덮였다. 모르는 사실이 나왔을 때 보여지는 그의 일상적인 버릇이었다.

"그는 천산에 은거한 젊은 구도자요. 천산의 지리는 누구보다 잘 알고 있는 자이기도 하오."

"그렇다면 그녀는 썩 괜찮은 조력자를 만난 셈이군."

조력자가 강하면 강할수록 흥미는 배가(倍加)되는 셈이니 항곡파찬은 애석해하지 않았다.

"내 실수였소. 어린 계집이라 가벼이 보고 직접 움직이지 않았더니 결국 사단이 벌어졌소."

"그녀의 움직임이 너무 빠르다고 어른께서 심려하고 계시네."

"그래 봤자 청해성을 벗어나지 않을 것이니 조금씩 소문을 흘려두시오. 일단 사람들을 모으는 것이 급선무 아니겠소?"

"알겠네. 그 일은 내가 맡지. 자네는 그 아이가 가져간 장보도(藏寶圖)에 우리 파황성의 사활이 달려 있음을 잊지 말고 만사에 힘을 다해주게."

2

휘이이이잉…….

휘몰아치는 폭풍설은 지척을 분간할 수 없었다.

주자은은 비에 젖은 작은 새처럼 온몸을 와들와들 떨며 무릎까지 푹푹 빠지는 눈 속을 기다시피 걸었다.

불망은 그녀를 위해 어떤 도움도 주지 않았다. 다만 너무 멀리 떨어지면 길을 잃을 위험성이 있기 때문에 잠깐씩 멈춰 서서 그녀가 가까이 오기를 기다렸다가 가까이 오면 다시 걸었다.

무결은 오랜만에 맛보는 한가한 나들이가 즐거운지 눈 속을 촐랑거리며 뛰어다녔다.

가까운 마을까지는 빠른 걸음으로도 반나절이었다.

하지만 이들의 산행은 답답할 정도로 느렸다. 주자은의 느린 걸음 때문임은 두말할 나위가 없다.

칠 년간 천산에서 수행하였으나 자신의 과거를 찾기 위해 중원으로 떠나기로 마음을 굳힌 불망은 조금 급했다.

"이제 우리가 더 이상 동행할 필요 있소?"

불망은 주자은이 다가오자 그렇게 말했다.

폭풍설에 날아가 버릴 듯 휘청거리던 주자은은 불망의 냉정한 말에 고개를 들어 그를 바라보았다. 그녀는 지칠 대로 지쳐 칼날처럼 예리한 삭풍 속에서 이마에 식은땀까지 흘리고 있었다.

"나, 나와… 같이 있을 수 없다구요?"

"소저가 내게 한 부탁은 이미 들어주었소. 우리는 남매도 연인도 친구도 아니니 목적이 달성된 이상 헤어지는 게 당연하지 않소?"

"그건……."

그의 말이 맞다.

엄밀히 말해 두 사람은 우연히 조우하였다는 것뿐, 아무 관계도 아니었다. 관계가 없으니 서로 갈 길을 가면 된다. 그러나 그가 동행할 수 없다고 하자 주자은은 설움이 복받쳤다. 그녀는 불망의 말을 반박할 수 없어 퀭한 눈으로 그를 바라볼 뿐이었다.

불망은 그녀의 마음을 아는지 모르는지 냉정했다.

"당신에겐 안 된 일이지만 나는 나 외의 것에 신경 쓸 여유가 없소."

"그렇군요."

주자은은 가쁜 숨을 쉬며 이마에 흐르는 땀을 닦았다.

가도 가도 끝없는 설원. 그를 놓친다면, 세상을 놓치는 것과 마찬가지였다. 하지만 함께 가지 않겠다는 그에게 뭐라고 말해 함께 가자고 할 수 있겠는가.

주자은은 모든 것을 포기한 듯 쓸쓸하게 웃었다.

"우리는… 아무것도 아니죠. 당신은 아버지의 원수를 갚아주었고… 내가 원한 것은 그것뿐이었으니… 가시고 싶은 대로… 가세요."

"당신은?"

"난 나대로 가겠어요. 어디로 가든, 여기서 피를 토하고 죽든…… 당신은 상관할 필요 없어요."

냉정히 따지면 원망을 할 필요 없었으나 원망이 섞인 음성이었다.

"고맙소. 인연이 닿는다면 다시 만날 날이 있겠지요."

불망은 주자은을 향해 포권한 후 등을 돌렸다.

무결은 주자은을 한 번 돌아보더니 살랑살랑 꼬리를 흔들며 불망의 뒤를 따랐다.

'고마워?'

주자은은 그의 뒷모습을 보며 지그시 입술을 깨물었다.

그녀는 진심으로 그를 붙잡고 싶었으나 끝내 말하지 못했다. 한 사람과 한 마리의 개가 점점 멀어지며 흰색으로 변한다.

'정말 가버리는구나.'

폭풍설이 휘몰아치는 천산험로 한복판에 자신을 내버려 두고 그가 떠나고 있었다. 주자은은 설움을 참을 수 없어 울음을 터뜨리고 말았다.

"야! 이 개자식아! 그러고도 네가 남자냐? 고마워? 그래, 고맙겠지! 내가 떨어져 나가주니까! 인연 좋아하네? 죽어도 다시 만날 일이 없을 거다!"

불망이 들을 수 있게 목이 터져라 외친 그녀는 눈 속에 쓰러져 통곡하기 시작했다.

그녀가 악을 쓰듯 외치지 않았어도 불망의 내공력이면 충분히 그녀의 음성을 들을 수 있었다. 하지만 그는 주자은의 악에 받친 음성을 듣지 못한 것처럼 멀어졌다.

떠나는 불망도 그리 마음이 편치는 못했다. 하지만 그는 그 자신 이외의 지친 자를 돌볼 수 있을 만큼 심적인 여유를 가지지 못했다. 더욱이 그 상대가 여자라면······.

"무결, 나는 여자가 무섭다. 왠 줄 아니?"

무결은 대답 대신 꼬리를 흔들었다. 불망의 말에 대한 화답이 아닌 습관적인 행동이었다. 불망도 알았으나 개의치 않았다. 그는 자신의 행동에 정당성을 부여하기 위해 말을 할 뿐이었다.

"여자는 너무 변덕스러워서… 가끔 옆의 사람을 미치게 해."

불망은 개들의 세계에서도 여자들은 분명 변덕스러워 남자 개를 미치게 할 거라고 생각했다.

"그리고… 우연의 일치라는 건 존재하지 않아. 그녀가 내게 왔을 때는 이유가 있겠지. 그 이유는… 결국 나를 속이는 일이지."

조금씩 날이 어두워지고 있었다. 자신이 알고 있는 여자들을 하나씩 떠올린 불망의 얼굴은 날씨만큼 어두웠다.

어머니, 자영부인, 막혜홍, 능소언…….

지나고 나서 되돌아보니 그를 속이지 않은 여자가 없다.

하늘에 별이 하나씩 떠오르고 있었다. 산중의 밤은 순식간에 깊어진다.

길은 외길이었다.

청력을 집중하였으나 그녀가 오는 기척이 없었다.

'혹시 길을 잃어버린 건 아닐까?'

어디선가 늑대의 울음소리가 들린다.

불망의 마음은 조금 더 무거워졌다. 설사 우연을 가장한 만남이라 할지라도 약한 여자—불망은 남녀 구별 없이 그녀를 하나의 생명체로 인식했지만—를 인적 끊어진 설산(雪山)에 버려두고 가는 건 사람이 할 짓이 아니었다.

'내게 불이익이 온다 해도.'

칠 년 전, 그는 경험했다.

망망 설원, 길을 잃고 목적지도 없었다. 외롭고 고독했으며 추위와 공포, 배고픔과 싸워야 했던 암울의 길이었다. 몸은 피폐하여 한 줌의 온기도 남아 있지 않았고 수족은 동상으로 썩어 문드러졌다.

다시 그 길을 가라 한다면 불망은 자신이 없었다.

"무결, 아무래도 가봐야겠다. 그녀는 나처럼 강하지 못하니 그냥 두면 얼어 죽고 말 거야."

한순간의 선택이 사람의 운명을 달리한다. 만약 이 순간 되돌아서지 않았다면 그의 운명은 전혀 다른 방향을 향해 달려가게 되었을 것이다. 그러나 불망은 그녀가 죽을 것이라는 걸 뻔히 알면서 설산에 버려두는 건 사람이 할 짓이 아니라는 이유로 되돌아섰고, 그것은 그의 운명을 완전히 바꿔 버리고 말았다.

불망은 천천히 걸어가고 있었지만 되돌아갈 때는 나는 듯 달려갔다. 무결이 허공을 번쩍번쩍 날았으나 불망의 뒤를 쫓지 못했다. 이윽고 원래의 자리로 돌아간 불망은 자신이 뭔가 잘못 본 게 아닌가 하고 눈을 끔벅거렸다.

주자은은 주변에 떨어진 나뭇가지들을 잔뜩 주워놓고 있었다. 또 어디서 주워 왔는지 돌멩이 두 개로 거기에 불을 붙이려 하고 있었다. 마른 나뭇가지라 해도 돌멩이 두 개를 부딪쳐 불을 붙인다는 건 어렵다. 그런데 눈밭에 굴러다니는 나뭇가지는 잔뜩 젖어, 아니, 얼어 있었다. 불이 붙겠는가? 하지만 그녀는 불이 붙지 않는다고 돌멩이 두 개를 마구 부딪치며 화를 내고 있었다.

"아, 진짜! 왜 안 되는 거야!"

"정말 될 것 같아서 거기에 불을 붙이려고 하는 거요?"

주자은은 불망의 음성이 들리자 깜짝 놀라며 고개를 들어 그를 보았다. 그녀의 눈에 언뜻 반가움이 스쳤으나 이내 냉랭해졌다. 밤기운 때문인지 창백하던 얼굴은 자주색으로 변해 있었다.

"내가 뭘 하든 무슨 상관!"

음성은 찬 기운이 펄펄 날렸으나 추위와 배고픔으로 인해 파르르 떨리기도 했다.

"백 년을 반복해도 불은 붙지 않을 거요."

"상관 마. 당신과 나는 친구도 아닌데 왜 내 일에 상관하는 거야?"

그녀는 굉장히 화가 나 있다는 걸 보여주려는 듯 돌멩이를 눈 바닥에 패대기치듯 내던졌다.

불망은 그녀가 열이 높고 식은땀까지 흘리고 있었음을 기억했다. 그런데 아직 힘은 남아도는 모양이었다.

"몸은 괜찮소?"

"상관하지 말라니까!"

"조금은 상관해야겠소."

불망은 그녀에게 다가가 완맥을 잡았다. 그러나 진맥을 해보지 않아도 알 수 있었다. 그녀에게 가까이 다가가자 그녀는 훅 하니 더운 기운을 뿜어냈다.

"건드리지 마!"

그녀는 불망의 손을 뿌리치며 소리쳤다.

"가까운 마을까지는 동행해 주겠소. 하지만 그냥 가면 시간이 너무 지체되니 당신을 안고 가겠소.”

불망은 동의도 구하지 않은 채 주자은의 허리를 낚아챘다.

“나쁜 놈! 놔! 놔! 놓으라고!”

주자은은 발버둥을 치며 주먹으로 불망의 가슴을 때렸다.

불망은 그 자신이 왜 나쁜 놈이 되어야 하는지 생각했다.

“나쁜 놈……. 얼마나 무서웠는데. 나, 나… 여기서 죽는 줄 알았다구…….”

울음 섞인 원망과 함께 그녀의 주먹질이 멈췄다.

3

가슴에 주자은을 안고 달렸다.

불망은 마치 불덩어리 하나를 안고 달리는 것 같았다.

그녀는 불망의 품에서 작은 새처럼 와들와들 떨었다. 불망은 그녀가 언제 터질지 모르는 폭탄 같다고 생각했다. 그것은 그녀가 너무 뜨거웠기 때문이기도 했지만 결국 여자는 주변의 모든 것을 위험에 빠뜨리는 무시무시한 폭탄과 같은 존재다.

마을에 들어섰을 때는 이미 늦은 밤이었다.

불망은 가까운 객점을 찾았다.

점소이는 고독해 보이나 허름하기 짝이 없는 한 남자와 그 남자의 품에 안긴 채 열에 들뜬 미녀, 그리고 그 두 사람을 합친 것보다 더 큰 개 한 마리가 문을 박차고 들어오자 깜짝 놀라며 앉은자리에서 벌떡 일어났다.

‘뭐야? 이자들은?’

점소이 생활 삼 년 만에 이처럼 희한한 형태의 손님을 맞이한 적은 없었다. ‘학학’ 거리는 여자의 더운 김이 남자의 목덜미를 간질이고 있었다. 단지 보기만 하였을 뿐인데 점소이의 얼굴이 붉어졌다.

‘여자에게 춘약을 먹여 납치한 납치범?’

점소이뿐 아니었다.

객점에 있던 몇몇 손님이 모두 불망 일행을 보며 눈살을 찌푸렸다. 특히 여자는 아름답고 남자는 남루했으니, 점소이를 비롯한 객점의 손님들은 불망에게 근원을 알 수 없는 적의까지 쏟아냈다.

불망은 사람들의 시선을 눈치챘으나 개의치 않았다.

“방 있소?”

과연 남자는 방부터 찾았다.

‘몸이 뜨거운 남녀가 방에서 뭘 하려고?’

입 안에서 뱅뱅 돈 말이었으나 하루에도 여러 차례 이루어지는 비밀 남녀의 출입으로 운영되는 객점이다. 점소이 신분으로 객점의 영업 방침에 위배되는 행동을 할 순 없었다.

“손님, 죄송합니다. 개는 출입할 수 없습니다.”

순간 취객들이 일제히 푸하핫! 폭소를 터뜨렸다.

점소이는 무결을 보며 개는 출입할 수 없다고 한 거라 우길지 몰라도 듣는 사람에 따라서는 그 개가 누굴 지칭하는 건지 애매모호했다.

“빈방도 없고요.”

손님들의 폭소에 자신의 말이 심했다고 느낀 점소이는 앞말을 얼버무리며 히쭉 웃었다. 죄송하다는 얼굴은 전혀 죄송해 보이지 않은 채.

불망은 점소이의 조롱(?)에는 가타부타하지 않고 주자은의 손목에 채워져 있던 팔찌를 뽑아 그에게 내밀었다.

"개에게 방을 준다면 이 팔찌는 당신 거요."

팔찌는 황금빛으로 번쩍였으며 테두리엔 촘촘히 보석이 박혀 있었다. 보석의 가치를 구분할 줄 모르는 사람이라 할지라도 '비싸 보이는 걸'이라고 생각할 정도로 화려했다.

점소이의 눈이 휘둥그레졌다. 탐욕의 빛이 귀화처럼 일렁이다 사라졌다. 확실히 다른 사람의 마음을 사로잡을 때 재화(財貨)는 백 마디 말보다 쓸모가 있었다. 개에게도 사람이 사용하는 방을 내주니 말이다.

"손님, 어서 안으로 들어오시지요."

점소이는 얼른 적의를 거두며 불망 일행을 제일 좋은 방으로 안내했다.

주자은을 침상에 누인 후 불망은 방을 나왔다.

앞마당에서 놀고 있던 무결은 불망이 나오자 꼬리를 흔들며 조르르 달려왔다.

"처리해야 할 일이 있으니 너는 여기 있거라."

불망이 무뚝뚝하게 말하자 무결은 고개를 폭 숙이며 슬퍼했다.

불망은 슬퍼하는 무결은 아랑곳하지 않고 마당을 가로질러 다시 객점으로 들어갔다.

손님이 떠난 탁자를 닦고 있던 점소이가 불망을 돌아보았다.

'뭐야? 벌써 하고 나왔어? 생긴 거답지 않게 토끼 같은 놈이군.'

한 번 준 팔찌를 다시 달라고 하지 않는다면 그가 토끼든 호랑이든

백수건달이든 사실 상관할 바는 없다. 점소이 유삼(劉衫)은 불망이 팔
찌를 도로 내놓으라고 할까 봐 조마조마해하며 빈자리에 앉은 그에게
달려가 헤헤거리며 반색했다.

“손님, 그래 재미는 좀 보셨습니까?”

불망은 ‘뭔 소리야?’ 라는 얼굴로 유삼을 올려다보았다.

유삼은 당황하며 얼른 자신의 입을 막았다.

“제, 제 말은 그게 아니고…….”

“근처에 마시장(馬市場)이 있소?”

“마시장이요? 말을 사시게요?”

“그렇소.”

‘쓴물 단물 다 빨아먹었으니 그녀를 버리고 야반도주를?’

“이 조그마한 마을에 무슨 마시장이 있겠습니까? 말을 사시려면 난
주까지는 가셔야 합니다.”

“여기서 난주까지는 얼마나 걸리오?”

“빨리 걸으면 한 이틀 정도 걸립죠. 하지만 손님, 여기서 말을 구할
수 있는 방법이 아주 없는 건 아닙니다.”

“……?”

“다만 돈이 좀 많이 들죠.”

“돈은 상관없소.”

‘그렇겠지. 여자의 집에서 쫓아오기 전에 빨리 도망가야 할 테니.’

유삼은 그간의 경험으로 이런 종류의 손님을 어떻게 상대해야 아는
지 알고 있었다. 이곳은 중원의 끝이었다. 황제나 관부의 힘이 제대로
미치지 않는다. 그것은 곧 중원에서 죄를 짓고 국경을 넘어 도망치려

는 자들이 심심치 않게 출몰하는 지역이란 뜻이기도 했다.

"손님께서 돈에 여유가 있다면 충분히 말을 구할 수 있을 것입니다. 재 너머 금 노야(金老爺) 댁에서 말을 팔려고 한다는 걸 소인이 알고 있습니다."

"그분께 나를 안내해 줄 수 있겠소?"

"헤헤, 주위의 이목도 있으니 손님께서 직접 가실 필요가 있겠습니까? 은전 몇 닢만 주시면 소인이 횅하니 다녀옵죠. 아마 가도 제가 가는 것이 낯선 손님께서 가시는 것보다 한 푼이라도 깎을 수 있을 겁니다."

"그렇다면 부탁을 드리겠소. 말을 가지고 와 금액을 청구하면 청구액에 거마비를 얹어드리겠소."

"몇 마리가 필요하십니까?"

"한 마리요."

'과연 여자를 버리고 도망갈 속셈이군.'

"두 분이신데?"

"내 말대로 해주시오. 그리고 뜨거운 차 한 잔만 갖다주시오."

"아! 이런. 이야기에 정신이 팔려 아직 주문도 받지 않았군요. 헤헤. 죄송합니다, 손님. 얼른 내다 드리겠습니다."

말이 한 마리만 필요한 이유는 유삼의 추리대로 주자은을 버리고 떠날 생각 때문은 아니었다. 말은 주자은이 타게 될 것이고, 그 후 불망은 그녀와 헤어질 것이다. 말까지 태워 보낸다면 그로서는 할 일을 다 한 셈이다.

불망은 뜨거운 차를 마시며 창밖을 내다보았다.

천산에서 오랫동안 수련을 쌓으며 고독이 몸에 익은 그였다. 객점 안에는 몇 명의 손님들만 있을 뿐, 한가한 편이었다. 하지만 불망은 이렇게 많은 사람들과 섞여 있기는 실로 오랜만이었다. 객점은 자신이 있을 곳이 아닌 듯 낯설었다.

객점의 한구석에서 술에 취한 자가 고래고래 소리를 지르며 되도 않는 노래를 부르기 시작했다. 그 앞에서 대작(對酌)을 하던 다른 남자는 징집되어 전쟁터를 다녀온 사이 애인이 신발을 거꾸로 신었다며 목 놓아 울고 있었다.

'그녀와 한 방을 사용할 수도 없는 노릇이고……'

불망은 한 남자의 주사(酒肆)로 시작된 노랫소리와 떠난 애인에게 온갖 쌍소리를 해대며 울부짖는 통곡이 꽤 귀에 거슬렸지만 갈 곳이 없는 관계로 묵묵히 듣고 있을 수밖에 없었다.

그런데 그때였다. 난로에서 활활 타오르고 있던 장작에 찬바람이 휘몰아친 것은.

쾅! 소리와 함께 객점의 문이 열리며 손에 검을 든 다섯 명의 흑의무사가 안으로 들어왔다. 그들은 오랫동안 찬바람을 맞았는지 얼굴은 물론 눈썹과 수염까지 몽땅 얼어 있었다.

"빌어먹을! 불알까지 얼어버릴 날씨야!"

"어, 어서 옵쇼!"

유삼은 새로이 들어온 다섯 무사의 분위기가 심상치 않자 필요 이상으로 활달하게 소리치며 그들을 빈 탁자로 안내했다.

"손님, 뭘 드릴깝쇼?"

"뜨거운 술을 가지고 오너라."

“안주는?”

“아무거나 가지고 와. 그런데 여기 왜 이렇게 시끄러워?”

“예? 그, 그게……..”

주문을 한 흑의무사는 애인이 떠났다고 통곡하고 있는 젊은이를 바라보았다. 짜증이 났다. 이 땅의 당당한 사내대장부로 태어나 국가와 가문을 위해 얼마나 많은 일이 쌓여 있는데 그까짓 여자 때문에 징징거리며 눈물을 뽑고 있느냐 말이다.

“저런 자식들은 아예 사내 구실을 못하게 불알을 뽑아버려야 해!”

“제가 가서 뽑을까요?”

“노래 부르는 자는 혀를 뽑아야 할 것 같은데.”

옆의 무사들이 실실거리며 흰소리를 했다.

“아! 시끄러워, 이놈들아! 그만 쥐어짜고 노래도 그만 해! 여기가 무슨 곡마단도 아니고 뭐 하는 짓이야!”

흑의무사가 참지 못하고 소리 지르자 두 남자의 울음과 노랫소리가 뚝 그쳤다. 불알과 혀를 뽑히고 싶지는 않은 모양이었다. 두 남자뿐 아니었다. 다섯 명의 인상 사나운 무사가 눈알을 부라리니 어느 누가 유쾌하게 웃고 떠들며 술을 마시겠는가.

객점 안은 본의 아니게 정적이 흘렀다.

손님들은 누가 빨리, 그리고 많은 양의 술을 마시나 내기를 하는 것처럼 연거푸 술잔만 들이킬 뿐이었다. 다섯 무사도 마찬가지였다. 그들도 말없이 뜨거운 술을 마시며 언 몸을 녹였다.

그때 다시 객점의 문이 열리며 이번에는 두 명의 청의무사가 들어왔다.

그중 한 사람은 꽤나 비참한 모습을 하고 있었다.

누구한테 신나게 얻어터졌는지 얼굴이 퉁퉁 부어오른 것은 물론이고 머리는 피투성이가 된 채 붕대를 칭칭 감고 있었다.

두 사람은 꽤나 상심한 얼굴로 안으로 들어오다 이들 다섯 무사를 보더니 흠칫거렸다. 먼저 온 다섯 사람은 눈살을 찌푸렸다.

붕대를 칭칭 감은 청의무사가 그들 중 한 사람을 향해 포권했다.

"철검문(鐵劍門)의 김 대협(金大俠)이 아니십니까?"

"오랜만이오. 그간 별고없었소?"

붕대를 감고 있는 걸로 보아 별고없어 보이진 않았다. 하지만 김명부(金明富)는 달리 생각나는 인사말이 없고 생각하기도 귀찮아 그냥 입에서 나오는 대로 말한 것이 '별고없었소?' 였다.

"별고없으면 이 꼴을 하고 돌아다니겠습니까."

붕대를 감은 무사는 분하고 억울한 눈빛이었다.

김명부는 조금 미안한 생각이 들어 헛기침을 했다.

"험험. 그건 그렇구려. 혹시… 무극관(武極館)에도 그들이 왔었소?"

"철검문에도 왔습니까?"

"그렇지 않다면 내가 이 촌구석까지 와 있을 까닭이 있겠소."

철검문은 난주에 있었고 청해성에서 다섯 손가락 안에 꼽히는 거대 문파였다. 때문에 김명부의 음성에선 철검문에 대한 자부심이 넘쳐흘렀다.

"이거 정말 너무하지 않습니까? 그들이 천산의 법이라고 하나… 여긴 중원입니다."

"그런 말은 소용없소. 강호에 발을 들여놓은 이상 약한 자는 강한 자에게 당할 수밖에 없는 게 현실이오.”

“하지만 용모파기도 없이 그들이 말하는 일남일녀를 어디 가서 찾는단 말입니까? 들어보니 우리뿐 아니라 뇌씨세가(雷氏世家)와 패도문(霸刀門)에서도 이번 일에 동원되었다고 합니다.”

그들의 이야기에 흥미를 가지고 있지 않았던 불망의 찻잔 든 손이 그 순간 흠칫거렸다.

천산의 법이라 불린 자들이 찾는 일남일녀.

“머리는 어디서 다쳤소?”

김명부는 붕대를 칭칭 감고 있는 무사, 곽일소(郭一素)와 그 문제를 논하고 싶지 않아 슬쩍 화제를 돌렸다.

곽일소의 얼굴이 수치심으로 붉어졌다. 우연히 김명부를 비롯한 철검문의 사람들을 만나 대화를 나누고 있었으나, 이런 꼴로 마주하고 싶지 않았다. 김명부는 철검문의 일개 무사에 불과했지만, 자신은 무극관의 일대제자 중 한 명이었다. 급이 달랐다. 그러나 철검문과 무극관의 급도 다르니 김명부는 반말을 하고 그는 존대를 쓰고 있는 것이다.

“패도문의 송원국(宋元國)을 만났습니다.”

“송원국이라 하면……?”

“패도문의 소문주지요.”

“아하!”

“우리 무극관과 패도문이 앙숙이라는 건 청해에서 아는 사람은 다 아는 사실이고……. 솔직히 말해 죽지 않은 게 다행이지요.”

“그도 파황성의 명을 받고 움직이고 있을 테니 함부로 살인을 하지는 못할 것이오.”

"그런데 좀 이상한 일이 있습니다."

"……?"

"파황성의 명을 받은 문파뿐 아니라 다른 곳에서도 이번 일에 나서고 있는 것 같습니다."

"그렇소?"

"형님, 그 소문은 저도 들은 적이 있습니다. 개방에서도 사람을 풀어 정보를 수집하고 있다더군요."

김명부의 옆에 앉아 있던 흑의무사가 그들의 대화에 끼어들었다. '불알을 뽑아버릴까요?' 라고 말했던 무사였다.

"형님도 알고 계시지 않습니까? 혈불이 오래전부터 송찬간포(松贊干布)의 무덤을 찾고 있다는 소문 말입니다."

"송찬간포라면 토번국에서 가장 위대했다던 왕이 아닙니까? 그의 무덤은 발견되어 있는 걸로 알고 있는데……."

곽일소는 고개를 갸웃거리며 의문을 표했다.

흑의무사는 그를 힐끗 쳐다보더니 다시 말했다.

"송찬간포 사후 노예들의 폭동이 있었고 그때 무덤이 도굴당했소. 토번 조정에선 후일 무덤을 복구하였으나 또다시 그런 일이 있을지도 모른다는 생각으로 두 개의 무덤을 만들어놓았는데 그중 진짜는 세간에 알려져 있지 않소. 그 후 왕조는 망했고 무덤의 비밀은 영원히 묻히게 된 거요."

"아……!"

"대위(大衛), 검증되지 않은 말은 함부로 하는 게 아니다. 모든 화(禍)는 세 치 혀에서 시작된다는 걸 잊었느냐?"

“죄송합니다, 형님.”

곽일소는 새로운 정보에 궁금증이 일었으나 김명부가 단칼에 말을 끊자 차마 더 물어볼 수 없었다.

불망은 그들의 대화에 혼란을 느꼈다.

파황성에서 자신들의 뒤를 추적한다면 흑갈왕의 죽음 때문일 거라고 생각했다. 하지만 지금 이들의 대화가 모두 사실이라 단정하고 추리를 해보자면 송찬간포의 비밀을 알고 있는 일남일녀가 있는데, 파황성에서 그들의 뒤를 추적한다는 것이 아닌가.

‘역시 문제는 그녀로군.’

불망은 찻잔을 내려놓으며 조용히 자리에서 일어났다.

무엇이 문제인지는 그녀를 통해 알아보아야 했다. 그녀에게 아무 문제가 없다면, 물론 두 사건이 별개일 수도 있겠지만 이들이 추적하는 일남일녀는 자신들이 아닐 것이다. 어찌 되었든 원치 않는 이유로 쫓긴다는 건 굉장히 피곤한 일이다.

일어서는 불망을 오랫동안 바라보는 눈이 있었다.

점소이 유삼이었다.

그의 시선을 느끼는 순간 불망은 ‘아차!’ 싶었다. 지금의 불망은 혼자였지만, 일남일녀였음을 유삼은 알고 있었다. 특히 그는 이 마을에 처음 모습을 드러낸 이방인이었다. 추격자들의 의심을 사기 십상이다.

불망은 계산대에 가 찻값을 계산했다.

그리고 조용히 객점의 후문으로 나가 방으로 돌아갔다. 그때까지 유삼의 시선은 그에게서 떨어지지 않았다.

불은 꺼져 있었으나 주자은은 깨어 있었다.

불망이 문을 열고 들어오자 어둠 속의 그녀는 희미하게 웃었다.

"좀 어떻소?"

불망은 방의 불을 밝히며 물었다.

"한숨 자고 일어났더니 많이 좋아졌어요. 그런데 여긴 어딘가요?"

나쁜 놈이라고 소리칠 때와는 딴판이다. 기력은 없었지만 다정다감한 음성이었다.

"움직일 수 있겠소?"

"배가 고파요."

"누군가 우리를 찾고 있소."

불망은 아무렇지도 않게 말하며 주자은의 안색을 살폈다.

주자은의 눈가에 언뜻 절망이 스치고 지나가며 곧 당황했다.

"그, 그럼… 어쩌죠?"

불망은 '누군가'라고 말하였으나 주자은은 '누군가'가 누군지 묻지 않았다. 하긴, 바보가 아닌 이상 그들이 파황성이라는 건 짐작할 수 있었다. 하지만 무엇이든 정확히 확인해야 직성이 풀리는 게 여자들의 일관된 속성이 아니던가.

"움직일 수 있다면 떠나시오. 나는 남아 그들을 상대하겠소."

"혼자 말인가요?"

"혼자 가는 것이 오히려 안전할 것이오."

"나는 장안(長安)까지 가야 해요. 그 먼 길을 혼자 가라구요? 그리고 다른 자들이 또 나타나면요?"

"나타날 자들이 더 있소?"

"그건."

주자은은 말문이 막히는지 한숨을 내쉬었다. 그러더니 어쩔 수 없다는 듯 말했다.

"모르는 일이잖아요."

"날 보고 장안까지 데려다 달라는 말은 아닐 거라 믿소만."

장안.

몇 달이 걸릴지 모르는 대장정이었다.

"차마 그렇게까지는 말 못하겠어요. 대신 곤륜산(崑崙山)까지만 데려다 주시면… 나머지는 제가 알아서 하겠어요."

주자은은 고개를 숙이고 이불 위에 뚝뚝 눈물을 떨궜다.

그녀가 눈물을 흘리자 불망은 가슴 한쪽이 아련해졌다. 비록 아무 관계가 아닌 여자의 눈물이라 해도 그것은 남자에게 희생과 인내, 속박을 요구한다.

때문에 남자들은 곧잘 우는 여자에게 속지 마라, 라는 말을 하고 듣는다. 어떤 의미일까? 여자들은 자신이 불리해졌을 때, 혹은 동정이나 이해, 용서를 구하고자 할 때 눈물을 흘린다는 말이다. 여자는 남자에겐 오직 눈물만이 치명적 무기가 될 수 있음을 본능적으로 알고 있다.

'수많은 영웅들이 여자의 눈물에 억장이 무너져 대사를 그르치고 말았음을 역사는 기록하고 있다. 속지 않으면 알 수 없고 속으면 속아서 모르는 것……'

불망은 그녀의 눈물에 현혹되지 않았으나 그녀가 진정으로 원하는 것이 무엇인지 알고 싶었다.

"곤륜산까지는 데려다 주겠소."

앞마당으로 나온 주자은은 초조한 기색을 감추지 못했다.

불망은 잠들어 있는 무결의 머리를 쓰다듬었다.

"잠시 다녀오겠다. 너는 여기 있어야 한다."

꾸벅꾸벅 졸고 있던 무결은 눈곱 낀 눈으로 불망을 바라보았다. 눈곱 때문인지 불망의 모습이 흐릿하다. 무결은 귀찮게 왜 깨우냐는 듯 날카로운 이빨을 드러내며 길게 하품을 했다. 끈적한 침이 아교로 뭉쳐진 것처럼 길게 늘어나 바닥으로 떨어진다.

"함께 가는 게 아닌가요?"

"무결은 사람들 눈에 너무 잘 띄는 체형을 가지고 있소. 녀석과 함께 간다면 누가 봐도 기억할 것이오."

장안까지 가야 한다면 무결을 떼어놓고 갈 수 없었다. 그러나 곤륜까지라면 그리 먼 거리가 아니었다. 밤을 새서 달린다면 이틀도 걸리지 않을 거리다.

무결은 얼굴을 앞발 위에 파묻고 다시 잠이 들었다.

하늘에선 뿌옇게 먼동이 터오고 있었다.

"저자가 맞느냐?"

그때, 노회한 음성이 들렸다.

불망은 그것이 김명부의 음성임을 직감했다. 그는 객점과 연결된 문을 바라보았고, 거기에 철검문과 무극관의 무사들, 그리고 점소이 유삼이 서 있는 것을 발견했다.

유삼은 불망의 무심한 눈과 부딪치자 움찔거리며 김명부의 어깨 뒤로 몸을 숨겼다.

"예, 예. 바로 저자입니다. 보십시오. 일남일녀지 않습니까? 저자가 소인에게 말도 구해달라고 하였습니다."

"갑시다!"

그 순간 불망은 주자은의 허리를 낚아채곤 객점의 높은 담을 뛰어넘었다.

4

추격전이 시작되었다.

추격자들은 매보다 예리한 눈과 개보다 영민한 코를 지닌 자들이었다. 불망은 단 일각도 긴장을 늦출 수 없었다. 벌써 이틀째였다. 잠을 설친 것은 물론이요, 허기진 배를 채울 수 있는 시간적 여유도 상대는 허락하지 않았다.

회복되지 않은 주자은의 체력은 한계에 도달했다. 두 다리는 몸을 지탱하기도 힘겨웠고 졸음과 허기로 집중력과 의지력을 한꺼번에 상실했다. 피해야 한다는 강박관념이 없다면 그녀는 벌써 쓰러지고 말았을 것이다.

"당신의 능력이라면 이렇게 도망 다닐 필요가 없지 않아요?"

주자은은 빠르게 걷고 있는 불망의 뒤를 힘겹게 따라붙으며 말했다.

흑갈왕과의 대결, 그리고 나타난 토번인들을 상대할 때의 불망은 위압적이었다. 추격자들이 숫자는 많을지 몰라도 흑갈왕과 토번인보다 더 강하다고 볼 순 없었다.

"그들을 물리친다면 추격이 끝날 것 같소?"

“……?”

“상대는 더 강한 추격자들을 보낼 것이오.”

그녀를 곤륜까지만 보내면 끝나는 싸움이었다. 힘을 뺄 필요도, 모르는 자와 원한을 맺을 필요도 없었다. 다만 그들을 피해 돌아가는 길이 멀고 험했으나 조금의 수고를 더할 뿐이다.

“하지만 나는 더 이상 힘들어서 못 가겠어요. 좀 쉬어요.”

주자은은 커다란 나무를 등에 지고 털썩 주저앉았다. 지칠 만했다. 벌써 이틀째 산을 벗어나지 못하고 있다. 잠깐 눈을 붙이려 해도 산중의 공기는 칼날보다 매섭다. 불을 지필 수도 없으니 온몸이 얼은 채로 오로지 정신력으로 견뎌내야 하는 것이다. 불망은 공력이 뛰어나 견딜 수 있었지만 주자은은 무쇠가 아니었다.

불망은 나무에 기댄 채 헉헉거리는 그녀를 물끄러미 바라보더니 그 옆으로 와서 앉았다. 조금 쉬었다 가는 것도 나쁘진 않았다. 하늘은 구름 한 점 없이 청명했다.

주자은은 불망의 옆모습을 바라보며 문득 그의 속눈썹이 굉장히 길다는 생각을 했다.

‘속눈썹이 긴 사람은 성격이 별로라고 하던데…….’

“당신은 왜 아무것도 묻지 않죠?”

“뭘 말이오?”

“나에 대해서 궁금한 게 없나요? 하다못해 왜 곤륜까지 가면 된다고 하는지도 묻지 않았잖아요.”

“천성(天性)이 다른 사람에게 질문하지 않소.”

“……?”

“주어진 상황에서 나름대로 추리할 뿐이오. 또 물어본다고 해서 대답하는 사람의 말이 다 진실이라고 믿기도 어렵소.”

“그건 좋지 않은 버릇이군요. 설마 한 마리 제비가 왔다고 해서 봄이 되었다고 생각하는 건 아니겠죠?”

“하하하!”

불망은 유쾌하게 웃었다. 아무 생각 없이 내뱉은 그녀의 비유가 썩 마음에 들었던 것이다.

“성급한 판단은 다른 가능성을 모두 무효로 만들기 때문에 반드시 오류를 불러오게 되어 있소. 오류는 사람을 곤경에 빠뜨리는 법이니 나는 그렇게 하지 않으려고 노력하는 바요.”

불망은 굉장히 유쾌하게 웃으며 말했으나, 주자은은 그가 꽤 고독한 사람이라는 생각이 들었다. 고독한 사람은 정에 약하다는 걸 그녀는 알고 있었다. 정을 준다면 그를 내 사람으로 만드는 건 어렵지 않다.

“나는⋯⋯.”

그녀가 막 입을 열었을 때다.

“쉿! 누군가 오고 있소.”

불망이 그녀의 말문을 막으며 벌떡 일어섰다.

주자은도 엉겁결에 그를 따라 일어섰다.

그는 주자은의 손을 잡고 전방을 향해 빠르게 신형을 날렸다.

“좌측이다!”

백여 장 밖에 있던 추격자들이 흔들리는 숲을 보며 목청을 높였다.

삐익! 삑!

사방에서 호각 소리가 요란하게 울렸다.

추격자들의 행동이 바빠졌다. 일부는 불망 일행을 추격했고 다른 일부는 사방으로 흩어지며 퇴로를 차단했다.

쫓고 쫓기는 추격전이 시작되었다.

불망은 주자은이 빨리 달리지 못하자 할 수 없이 그녀의 허리를 끌어안고 신법을 전개했다.

산세가 바람처럼 주자은의 양옆을 스치고 지나갔다.

"흔적이 발견되었다면 도망가는 것만이 능사가 아니잖아요!"

귀 옆으로 쌩쌩거리는 바람 소리를 들으며 주자은이 소리쳤다.

"알고 있소."

불망은 협소한 계곡에 이르자 달려가던 신형을 멈추며 절벽으로 몸을 날렸다. 주자은은 자신의 신형이 하늘로 숫구치듯 허공으로 붕 떠오르자 하마터면 비명을 지를 뻔했다. 그녀는 손으로 얼른 자신의 입을 막았다.

절벽을 뚫고 나온 나무뿌리가 불망의 왼손에 잡혔다. 불망은 한 손으로 주자은을 안고 다른 한 손으로 절벽에 박힌 나무뿌리를 잡은 채 허공에 대롱대롱 매달렸다.

주자은이 밑을 내려다보자 삼사 장은 족히 되는 것 같았다.

'세상에! 이 높이를 뛰어올랐단 말이야?'

계곡은 외길이었다. 추격자들은 호각을 요란하게 불며 불망의 발아래를 빠르게 달려갔다. 그들이 모두 사라지자 주자은은 쿵쾅거리는 심장을 진정시키며 길게 한숨을 쉬었다.

"미쳤어. 그들이 발견했다면 우린 꼼짝없이 고슴도치가 되었을 거라구요."

"그렇다면 나는 절벽을 타고 올라갔을 것이오."

"한 손으로요?"

불망은 대답하지 않았다. 그 자신이 절벽타기의 명수라는 걸 밝힐 필요는 없었다. 어린 시절 죽기 살기로 빙벽을 타며 단련된 그였다.

불망은 추격자들이 완전히 시야에서 사라지자 그 반대 방향, 즉 지나온 곳으로 다시 몸을 날렸다. 그는 왔던 길을 되짚어 달려가기 시작했다.

그런데 뒤를 추격하던 자들은 일진과 이진으로 나뉘어져 있었다. 일진이 지나간 삼십여 장 뒤에서 이진이 움직이고 있었던 것이다.

불망도 미처 거기까지는 생각하지 못했다.

되짚어 달려간 지 일각도 채 되기 전, 일곱 명의 추격자가 불망과 정면으로 마주쳤다.

일단 그들은 전혀 예상치 않았던 곳에서 불망이 달려오자 깜짝 놀랐다. 하지만 이내 전열을 가다듬고 맹렬한 기세로 불망을 덮쳐 왔다.

"이놈! 쥐새끼처럼 도망만 다니더니 기어이 꼬리를 드러냈구나!"

이번만큼은 불망도 등을 보이지 않았다. 여기서 도망친다면 흩어진 추격자들을 다시 한곳으로 불러 모으는 꼴이 될 것이니.

그는 주자은을 내려놓더니 한줄기 빛살처럼 등 뒤의 대나무를 뽑아 공기를 갈랐다. 그가 예상과 달리 공격을 감행하자 추격자들은 흠칫거리며 급급히 뒤로 물러났다.

불망의 대나무는 빨랐다. 거기에 정교하고 날카롭기까지 했다.

슈슈슈슉!

대나무가 움직일 때마다 첨예한 예기를 동반한 기(氣)가 추격자들을 몰아쳤다.

"크윽!"

두 명의 추격자가 가슴을 감싸 쥐고 비틀거리며 무릎을 꿇었다. 불망은 틈을 놓치지 않고 더 빠른 기세로 추격자들을 휘몰아쳤다. 추격자들은 반격할 엄두도 내지 못한 채 연신 뒤로 밀려 나갔다. 힘의 차이가 극명하게 드러났다.

뒤로 물러난 자 중 한 명이 안 되겠다 싶은지 급히 호각을 불었다. 동료들에게 도움을 청한 것이다.

사방에서 호응하는 호각 소리가 들렸다.

불망은 마음이 급해졌다.

대나무 끝에서 동심원의 회오리가 일었다. 그 와류 속에서 서릿발 같은 기가 사방으로 뻗어 나와 추격자들을 공격했다.

추격자들은 모두 뒤로 나가떨어지며 피를 토했다.

"갑시다!"

"이미 늦었어요."

불망이 주자은을 돌아보았을 때, 그녀의 겁먹은 눈동자에서 사람의 무리가 투영되어 점점 커지고 있었다.

5

사방이 탁 트인 절벽 위, 훤칠한 키에 수려한 이목구비를 가진 백색 장포 청년이 우뚝 선 채 전면을 내려다보고 있다. 나이는 스물다섯가량. 정기가 넘치는 얼굴에 굳게 한일 자로 다문 주사빛 입술은 강자의 오만함이 젊은 패기와 함께 짙게 배어 있었다.

그는 청해에서 다섯 손가락 안에 드는 강자였다.

또한 철검문의 소문주로서 화려한 가문의 후광을 훈장처럼 달고 있었다.

그의 이름은 철검소룡(鐵劍少龍) 염혁(簾赫)이다.

"특이한 자로군."

염혁은 절벽 아래, 포위된 불망을 내려다보며 혼잣말처럼 중얼거렸다.

그의 뒤에는 십여 명의 흑의무사가 안광을 번뜩이며 시립해 있었다.

"섭 대주의 생각은 어때?"

"무슨 말씀이신지……?"

염혁의 오른쪽 뒤에 시립해 있는 철검문의 충혼대주(忠魂隊主) 쾌검진천(快劍震天) 섭문광(葉文光)은 고개를 갸웃거리며 되물었다.

"저자는 자네의 수하를 물리치는 데 총 칠 초를 소요했어. 굉장한 고수 아닌가?"

섭문광의 얼굴이 굳었다.

"충혼대원들을 좀 더 훈련시키도록 하겠습니다."

"그런 말이 아니야. 나는 지금 우리 충혼대를 나무라는 게 아니라 그를 검초(劍招)를 말하고 있는 것이야."

"……?"

"그가 보인 칠 초는 모두 각기 다른 강호백대검법의 변형으로 보여져. 그렇게 느끼지 못했나?"

"비슷하다고 생각은 했습니다만……."

"그가 첫 번째 사용했던 검초는 무당의 태극혜검(太極慧劍) 중 일초였으며, 두 번째 사용되었던 검초는 곤륜의 상청무상검도(上淸無上劍道)였고, 세 번째는 검성문(劍聖門)의 대륜십팔검식(大輪十八劍式)이었어. 그런데 마지막 일곱 번째가 문제야. 그건 바로 우리 철검문의 철혈검류(鐵血劍流) 중 혈륜파천(血輪破天)이었어."

염혁의 말에 섭문광뿐 아니라 흑의무사 모두의 얼굴이 굳었다.

"저는 형식이 비슷하지만 전혀 다른 오의(奧義)를 가지고 있다고 보았습니다."

"섭 대주의 말이 맞아. 비슷할 뿐이지 오의가 달라. 그것참… 특이하지 않은가? 어디서 배웠을까?"

"보고 따라 하는 건 어려운 재주가 아니라고 생각합니다만. 소문주님만 하더라도……."

섭문광의 말이 채 끝나기 전, 염혁이 빙그레 웃으며 그를 바라보았다. 섭문광은 자신의 말에 실수가 있었음을 이내 깨달았다. 이름도 모르는 낭인무사를 비교한다는 것 자체가 염혁에 대한 불경(不敬)이었다.

"죄송합니다."

섭문광은 얼른 허리를 숙이며 자신의 불경을 사죄했다.

"굳이 사과할 것까지야 뭐 있나. 그런데 참 안된 일이야. 좋은 시절에 만났으면 친구가 될 수도 있었을 텐데. 파황성과 등을 지고 있다면 살아남기 어렵다고 봐야지?"

"그렇습니다. 우리뿐 아니라 무극관과 패도문에서도 본격적으로 움직이고 있으니까요. 저기 패도문의 다섯 장로가 도착한 것 같습니다. 늦기 전에 내려가 보시겠습니까?"

"아직은 좀 더 지켜보도록 하세. 나는 저 친구가 궁금해. 나보다 서너 살은 어린 것 같은데."

"패도문에 선수를 빼앗길 수 있습니다."

"그거야 상관없지 않은가? 꿩은 매가 잡지만 꿩고기는 사람이 먹는 법이야."

섭문광은 그가 다른 생각을 하고 있다고 보았다.

염혁은 실력만큼 야심이 큰 인물이었다. 결코 현재의 철검문에 만족할 사람이 아니었다. 철검문은 상호 이익을 위해 파황성과 협력하고 있다. 이익으로 이루어진 관계는 영원할 수 없다.

불망과 주자은을 잡아달라고 할 때, 파황성은 말했다.

"그들은 본 성의 반역자요."

하지만 그게 다가 아니라는 것을 염혁은 알았다.

파황성의 사자(使者)를 배웅한 후 염혁은 섭문광에게 웃으며 말했다.

"자신을 숨기지 않고 드러내 보일 수 있는 자만이 진정한 친구야."

6

세 문파의 추격자들이 모두 모였다. 그중 성격이 급하거나 공명심에 불탔던 추격자 중 십여 명은 수족이 분리된 채 차디찬 대지에 피를 토하며 몸을 눕혔다.

추격자들은 동료들의 죽음에도 포위망을 풀지 않았다.

그러나 더 이상 먼저 공격을 감행하지도 않았다. 다른 문파의 정황을 살폈다. 이 세 문파는 불망과 주자은만 적인 것이 아니라, 궁극적으론 다른 두 문파도 적인 것이다.

포위망 속에서 불망은 우뚝 서 있었다.

불망의 우울한 얼굴이 하늘을 올려다보았다. 태양은 구름에 가려 빛을 잃었다. 철새 한 마리가 힘겹게 날갯짓을 하며 추운 하늘을 가로지르고 있었다.

삼 일째.

허리를 펴고 누울 시간도 없이 추격자들을 피해왔다. 산을 넘고 허리까지 푹푹 빠지는 눈 속을 헤쳐 나갔다.

그러나 결론은 같았다.

차디찬 대지에 누운 십여 명의 추격자가 그것을 말해주었다.

그는 자신이 파황성에 쫓기게 된 것이 억울하였으나 그 억울함을 호소할 길이 없었다.

다섯 명의 잿빛 장포를 입은 늙은이가 나타난 것은 그때였다. 하나같이 태양혈이 불끈 솟아 있는 걸로 보아 내가고수임에 분명한 늙은이들이었다. 긴 수염은 바람에 표표히 휘날렸고, 얼굴에선 겨울바람만큼이나 냉막의 기가 흐른다.

이들이 나타나자 패도문 추격자들의 얼굴에 생기가 흘렀다. 그에 반해 철검문과 무극관의 추격자들은 침통하게 일그러졌다.

나타난 늙은이들, 패도문의 명예를 지탱하는 오장로(五長老)는 장내를 오만하게 훑어보더니 그중 한 명이 말했다.

"제법 손속이 매운 녀석이로구나."

"팽 장로님, 유 사형이 저자의 손에 죽었습니다."

비분강개한 패도문의 제자가 고했다.

팽 장로라 불린 기천도(氣天刀) 팽완기(彭完基)는 무겁게 고개를 끄덕였다. 그도 제자의 죽음을 보았던 것이다.

우울에 덮인 불망의 눈이 오장로를 바라보았다.

"어르신들께서도 파황성의 부림을 받고 있소?"

비꼬는 것이 아닌 그냥 묻는 음성이었으나 오장로의 얼굴이 심각하게 굳었다. 그의 말은 듣기에 따라서 '너희도 파황성의 개냐?'와 다를 바 없었다. 물론 그것은 개나 다를 바 없는 자의 자격지심으로 인해 그렇게 들리는 것이겠지만.

"서로 협력하여 강호의 평화를 지키고자 할 뿐, 누가 누구를 부릴 수 있는 건 아니다."

"소생이 강호의 평화를 해쳤소?"

"그렇지 않다면 파황성의 추격을 받을 까닭이 있겠느냐?"

"하하하!"

우울한 불망은 통쾌하게 웃었다.

"파황성은 강호 정복의 야심을 갖고 있어! 설마 모르고 있는 건 아니겠지? 너희 패도문은 명색이 당당한 명문정파라고 자부하더니, 안위를 위해 놈들의 주구로 전락해 버렸어! 무슨 할 말이 있어!"

통쾌하게 웃고 있던 불망의 옆에서 주자은이 악을 쓰듯 소리쳤다.

불망이 하고 싶었던 말을 주자은이 대신했다. 그러나 그녀가 그런 말을 할 자격이 있는지 의문이었다.

오장로의 얼굴이 핼쑥해졌다.

"계집! 말을 함부로 하는구나!"

안 그래도 제자의 죽음에 분노가 머리끝까지 치솟아 있던 기천도 팽완기였다. 주자은의 그 말은 불에 기름을 붓는 격이었다. 팽완기는 돌연 발도(拔刀)하며 주자은을 향해 칼을 쳐왔다.

칠십이 넘은 나이에 선전 포고도 없이 어린 여자에게 선공하는 건 강호 예의에 어긋나는 행동이었으나, 팽완기의 불같은 성격은 주자은의 악담을 참을 수 없었다.

콰아아아아!

엄엄한 도기가 주자은의 머리 위로 떨어졌다.

주자은은 깜짝 놀라며 불망이 있는 쪽을 향해 몸을 틀었다. 그때 불망의 장력이 도기를 향해 갈겨졌다.

쾅!

주자은을 죽여 버릴 듯 달려들던 팽완기는 강한 압박과 함께 주춤거리며 뒤로 반보 밀려 나갔다.

"이런! 개 같은 일이 있나?"

팽완기는 믿어지지 않는 듯 불망을 쳐다보더니 어이없게 웃었다. 그의 일장에 반보를 밀려 나갔으니 그만큼 명예에 금이 간 것이다.

불망은 원래 그 자리에 우뚝 서 있었다.

"제법 재주를 가지고 있었구나!"

장도를 곧추 잡은 팽완기는 불망에 대한 살기를 숨기지 않았다.

그는 패도문의 성명절기 단천십팔식(斷天十八式)을 연속해서 펼쳤다. 차가운 공기가 조각조각 갈라지며 살심을 담은 도기(刀氣)가 불망을 휘감았다.

불망의 신형이 몇 걸음 뒤로 물러났다 싶은 순간 지면을 박차고 위로 솟구쳤다. 허공에서 벼락같은 위세로 대나무가 그어 내려졌다. 예리한 음향과 함께 불망을 압박해 오던 팽완기의 도기가 흔적도 없이 사라졌다.

네 명의 장로와 추격자들은 너무 놀라워 자신들의 눈을 의심했다.

기천도 팽완기가 누구인가? 세 살 때 무공을 배우기 시작하여 이후 칠십 년간 손에서 칼을 내려놓은 적이 없는 무사 중의 무사였다. 무림 후기지수 중 자질이 뛰어난 자가 그를 능가할 수는 있겠지만, 결코 단 일 초 만에 그의 공격을 무위로 만들 수 있는 자는 존재할 수 없었다.

당사자인 팽완기의 놀라움은 다른 자에 비할 바가 아니었다. 그는 자신이 펼친 단천십팔식의 강맹한 도세(刀勢)가 이처럼 허무하게 와해 될 줄은 꿈에도 몰랐다.

"네놈과 사생결단을 내겠다!"

팽완기의 장도가 일도양단의 기세로 허공을 갈랐다. 바위도 조각낸 다고 자부하는 단천십팔식 중 제삼식인 풍멸광단(風滅光斷)이었다.

엄청난 빛의 파장과 회오리가 해일처럼 불망을 덮쳐 왔다.

불망의 손에 들린 대나무가 해일을 뚫고 팽완기의 목을 찔렀다.

"……!"

일순 팽완기의 눈에 핏물이 들며 공포로 부릅떠졌다.

피해야 한다고 생각했으나, 대나무의 움직임은 현묘하고 빨랐다.

"크아악!"

비명이 치솟아올랐고, 그의 인후혈(咽喉穴)에 대나무가 박혔다.

"비록 척박한 운명이나 나는 아직 나를 지켜야 할 듯하오."

팽완기의 인후혈에 박힌 대나무가 뽑히며 붉은 피가 쏟아졌다.

팽완기는 자신의 핏물을 뒤집어쓴 채 통나무처럼 쓰러졌다.

추격자들이 경악했다.

'팽완기 같은 고수가 단 일 초에!'

이름 없는 추격자 십여 명을 죽인 것과 무림고수를 일 초 만에 제압하는 건 유가 달랐다.

패도문의 제일장로인 일도천수(一刀千手) 심경홍(深境鴻)은 이 뜻하지 않은 결과에 아연실색했다.

"네놈은 누구냐?"

상대는 약관의 나이에 무학의 깊이를 섣불리 상상할 수 없다. 과연 이러한 고수가 누구의 손에 의해 키워졌단 말인가?

"서로 타협할 수 없는 운명이니 성명은 교환해서 무엇 하겠소. 칼이나 뽑으시지요."

"……!"

귀군자 북리진강이 도움을 청한다는 공문을 보내와서 도왔을 뿐, 불망이 누군지 심경홍은 몰랐다. 단지, 수집된 정보와 그간 떠돈 소문에 의하면 귀군자 북리진강이 찾는 일남일녀는 파황성에 몰래 잠입하여 장보도를 훔쳐 달아났다는 것뿐.

'어린 나이에 검득지경(劍得之境)에 오른 자라……. 어쩌면 이것은 단순히 도적을 잡는 일만은 아니겠구나.'

그는 패도문에 돌아가 이 사실을 알려야 한다고 생각했으나 지금으로서는 몸을 뺄 방법이 없었다. 특히 지금의 싸움은 패도문뿐 아니라 철검문과 무극관의 추격자들도 지켜보고 있었다. 만약 적과 대치 중에 등을 보인다면 패도문은 청해에서 얼굴을 들고 다닐 수 없을 것이다.

심경홍은 진퇴양난에 빠졌다.

‘일 대 일로는 승산이 없다. 명예에 손상이 가는 한이 있더라도 협공만이 살길이다.’

심경홍은 다른 세 장로와 눈빛을 교환한 후 장도를 뽑았다. 나머지 세 장로도 불망을 사이에 두고 진을 형성했다. 그들의 뒤로 패도문의 추격자들이 퇴로를 차단했다.

철검문과 무극관의 추격자들은 패도문의 뒤를 지킬 뿐, 공격에 나서지 않았다.

네 명의 장로는 불망을 사이에 두고 원을 그리며 서서히 움직였다.

불망은 선공하지 않았다. 그는 고개를 숙인 채 네 장로의 보폭이 움직이는 소리를 들었다.

어느 순간 네 개의 장도가 불망을 짓쳐들었다.

불망의 대나무도 반응했다.

폭풍 같은 기세가 휘몰아쳤다. 네 장로의 압박은 불망에게 엄청난 충격을 주었다. 불망은 견뎌내기 위해 내력을 끌어올렸다. 십여 개의 내력이 불망의 몸속에서 용솟음친다.

그러나 후두두! 소리와 함께 압박을 견디지 못한 불망의 신형이 뒤로 밀려났다. 입가에서 피가 흘러나왔다. 피를 닦을 겨를도 없이 네 장로의 연속된 공격이 동시에 불망을 덮쳐 왔다. 대나무가 진력을 이기지 못해 쩍쩍 소리를 내며 갈라졌다.

‘불망…….’

주자은은 손에 땀을 쥐며 바싹 말라 버린 입술을 혀로 적셨다.

연속해서 뒤로 밀려 나가던 불망이 더 이상 밀릴 수 없다는 듯 대나무로 검막을 형성한 후 팽이처럼 몸을 회전시켰다. 강렬한 회선기류가

요동쳤다. 대나무가 섬광을 토했다.

"물러서지 마!"

네 장로는 더욱 압박을 가했다.

도광이 일었고 기와 기가 뒤엉켰다. 뇌성과 벽력이 일며 한 치 앞도 분간할 수 없는 자욱한 흙먼지가 잔설과 함께 방원을 뒤덮었다.

"으윽!"

"크으윽!"

잔설과 흙먼지 속에서 답답한 신음이 흘러나왔다. 피가 튀며 부러진 칼이 비수처럼 바닥에 꽂혔다. 육편이 어지럽게 솟구쳤다.

그리고 무거운 정적이 내려앉았다.

서서히 하늘이 모습을 보이고 주위를 뒤덮었던 흙먼지와 잔설이 점차 걷히며 목불인견의 참상이 드러났다.

네 명의 장로는 싸늘한 시체로 나뒹굴었다.

사지 온전한 자가 없었다.

"미, 믿을 수가 없어……."

패도문뿐 아니라 철검문과 무극관의 추격자들도 결과를 믿지 못했다.

네 장로의 시신 위에 우뚝 선 불망이었으나 그의 의복도 도기에 갈가리 찢겨 나가 넝마 조각 같았다. 핏물이 배인 속살이 찢어진 의복 사이에 드러났다.

불망은 대나무로 몸을 지탱하였으나 비틀거렸다.

현기증으로 눈앞이 아른거리고 휘청거리는 하체는 좀처럼 안정을 찾지 못했다.

“불망!”

주자은이 달려와 그를 부축했다.

그러나 불망은 주자은의 품에서 쉬지 않았다. 그는 웃는 얼굴로 놀라고 있는 추격자들을 돌아보며 말했다.

“이번에는 어느 분이 칼을 뽑으시겠소?”

“날세!”

순간 한마디 예리한 전음이 불망의 귓전을 파고들었다. 그와 동시에 불망은 전신 세포가 팽팽히 긴장하는 살기를 느꼈다.

무언가 불망을 향해 날아오고 있었다. 그것은 극강의 예기다.

불망은 피할 수 없다고 생각했다.

다만 두 사람이 모두 당하는 것은 원치 않았다. 불망은 자신을 부축한 주자은을 예기 밖으로 집어 던졌다. 주자은이 썩은 짚단처럼 날아가며 검기가 그 자리로 찾아왔다.

콰악!

검기가 불망의 어깨를 쑤셨다.

불에 덴 것처럼 화끈한 통증이 찾아왔다. 불망은 참지 못하고 그 자리에서 무릎을 꿇었다. 그나마 쓰러지지 않은 것은 대나무를 땅에 꽂아 억지로 버텨냈기 때문이다.

불망은 어깨를 내려다보았다. 검봉(劍鋒)은 어깨 뒤에 있었고, 검병(劍柄)은 눈앞에 있었다.

검이 그의 어깨를 관통한 것이다.

第 4 章

당신을
도울 수 있는 방법

1

불망은 부르르 떨었다.

검이 어깨에 박힌 통증보다 더한 것은 자신이 검을 맞았다는 사실이었다. 그의 파르르 떨리는 동공이 검의 주인을 찾아 떠났다.

한 사람이 그의 시선 속으로 쏘아져 들어왔다.

허공을 계단처럼 밟으며 내려오는 한 백색 장포의 젊은 남자다. 그 남자의 뒤로 십여 명의 무사가 보였다.

"속하들이 소문주님을 뵙습니다!"

철검문의 추격자들이 젊은 남자를 향해 일제히 허리를 굽혔다.

철검소룡 염혁은 그들의 인사를 받으며 대나무에 의지한 채 무릎을 꿇고 있는 불망을 응시했다.

"좀 더 일찍 나설까 했다가 아무래도 사냥개들을 자네가 처리하도록 내버려 두는 게 좋을 것 같아서 기다렸네. 그런데 뜻밖에도 자네는 대단한 고수로군."

"철검문의 소문주인가?"

"그렇네."

염혁은 의외라고 생각했다.

그는 굉장한 부상을 입은 것처럼 보였다. 또한 어깨에 검을 꽂고 있으니 그 고통도 여간한 게 아닐 것이다. 하지만 그는 주눅 들지 않은 모습이었다. 어깨를 당당히 펴려고 노력하며 시선을 피하지 않았다.

무사에게 반드시 필요한 강단이다.

"대단한 문파의 소주인을 만났군. 이름이 뭔가?"

염혁은 불망보다 나이가 많았다. 신분 역시 불망과는 차별이 되었다. 때문에 그의 반말에 섭문광 등은 눈살을 찌푸렸으나 염혁은 전혀 귀에 거슬리지 않았다.

"하하. 대단한 문파라고 추켜세우더니 이름이 뭐냐고 묻는 건가? 이거 참. 염혁일세. 자네는?"

"불망."

"특이한 이름이군. 한 번 들으면 잊지 않겠어. 그건 그렇고… 순순히 우리를 따라가겠느냐? 무릎을 꿇을 기회는 주겠네."

염혁의 칼날 같은 시선이 불망의 얼굴에 꽂혔다. 보는 사람의 심장을 꿰뚫어 버릴 것 같은 강렬한 눈빛이었다.

불망은 담담하게 염혁의 시선을 받으며 천천히 일어났다. 입가에 핏자국이 선명한 그의 얼굴은 비참했다.

"청해신검(青海神劍) 염군후(簾軍厚) 대협이……?"

“조부님일세. 은퇴하신 지 오래되었는데 자네가 어찌 알지?”

“그렇다면 우리는 구면이군.”

“……!”

“그렇다고 해서 달라질 건 없어. 그때도 사이가 좋았던 건 아니야.”

“이거, 제대로 한 방 맞은 기분인걸. 난 자네를 모르는데 자네는 날 알고 있다?”

“말해줄 생각은 없어. 서로 지난날을 이야기할 만큼 화기애애한 분위기는 아닌 것 같으니.”

불망은 피에 전 이빨을 보이며 웃었다.

그리고 어깨에 박힌 검을 뽑았다. 피가 분수처럼 쏟아져 나왔다. 그는 염혁의 시선을 묵묵히 받으며 이미 걸레가 된 옷을 찢어 어깨를 감쌌다.

“검을 돌려주도록 하지.”

“자네가 쓰도록 하게. 명검은 아니지만 대나무보단 좋을 게야. 자네의 무공이 꽤 경지에 올랐다고 보여지지만 검 대신 대나무를 잡을 정도는 아닌 것 같네. 실력이 뒷받침되지 않은 멋은 가끔 죽음을 부르기도 한다네.”

“너도 그런 말 할 처지는 아닌 듯 보이는군. 자네들만 이기면 나는 떠날 수 있을 것 같은데? 맞나?”

“아마도.”

“그럼 시간을 아낄 필요가 있으니 한꺼번에 덤비도록 하게.”

불망은 검을 버리며 대나무를 들었다.

염혁은 빙그레 웃었다. 그는 단 한 번도 협공을 해본 적이 없는 사람이었다. 좀 더 정확히 말하자면 협공을 할 만큼 강한 자를 만나지 못했다. 지금도 마찬가지였다. 불망이 생각 외로 강하다고 하나, 염혁은 그가 자신의 상대가 되지 못한다고 생각했다. 그는 천하제일인이 되기 위해 길러진 사람이었다.

"나를 이긴다면 나는 아무 미련 없이 수하들을 데리고 떠나겠네. 그러나 내가 이긴다면……."

"패자무언이니 내 목숨은 승자의 뜻대로 하게 되겠지."

"그것 외에 한 가지 더 요구 조건이 있네."

"말해보게."

"우리가 어디서 만났는지를 알고 싶어."

"목숨을 건 비무를 앞에 두고 잡념을 구한다면 결과가 좋지 않아."

"나는 자네와의 대결에 목숨을 걸 만큼 절박하지 않아."

염혁은 입가에 실낱같은 미소를 머금었다. 가진 자의 여유였다.

불망의 치열했던 삶은 한 번도 그런 여유를 가진 적이 없었다. 여유는 주변을 돌아볼 수 있을 때 비로소 생기는 것이기에.

염혁은 불망의 앞으로 성큼 다가오며 검을 뽑았다.

불망은 대나무를 일자로 세웠다. 너무 힘들고 지쳐서 헛구역질이 나올 것 같았으나 불망은 억지로 참았다.

한 남자는 강호무림에 이름 없는 도망자였다. 다른 한 남자는 청해성뿐 아니라 대륙 십팔만 리에 이름난 후기지수였다.

이 두 사람의 일 대 일 비무는 누가 봐도 결정난 승패나 다름없다. 하나 세상일이 생각대로만 이어진다면 참 재미없는 하루하루의 연속일 것이다. 세상은 결과를 예측할 수 없다는 것에 의의가 있다.

사람들은 벌린 입을 다물지 못했다.

한낱 사냥감으로 여기고 있었던 불망이 패도문의 장로들을 물리친 것은 물론, 철검문의 소문주 철검소룡 염혁과 동수를 유지하고 있었다. 누구보다 염혁의 능력을 잘 알고 있는 섭문광 등 철검문도들의 얼굴은 심각하게 굳어졌다. 더욱이 불망은 연속된 악전고투로 인해 심각한 부상까지 입고 있었다.

'대체 누가 저런 놈을 길러냈을까?

불망의 검법이 강호 대문파의 검법들 중 정화를 모았다고 하나, 불망이 직접 그 많은 검법들을 견식하고 새롭게 만들었을 리는 없었다. 반드시 사문이 있고, 가르친 자가 있을 것이다.

불망과 염혁은 숨 가쁘게 십여 초를 교환했다.

누구도 우의를 점하지 못했다.

염혁은 고개를 저으며 불망을 찬사했다.

"자네는 나를 실망시키지 않았네. 싸워볼 만한걸. 하지만 조심하게. 이제부터가 진짜일세."

불망은 숨이 차서 그의 말에 대꾸하지 않았다. 검에 찔린 어깨가 쑤셔왔다.

염혁의 수중에 들려 있던 검이 부챗살처럼 퍼지며 일곱 개의 날로 변했다. 난생처음 보는 기괴한 무기였다.

"칠인신검(七刃神劍)이라는 무기일세. 날이 어디로 향할지는 나도 모른다네."

슈가가각!

가공할 환상기류와 함께 칠인신검이 염혁의 손을 떠나 회전하며 불망을 덮쳐 왔다. 풍차처럼 회전하는 칠인신검의 기세는 흉맹했다.

불망은 그의 기병(奇兵)에 미처 적응하지 못하고 대나무를 휘저으며 뒤로 밀려났다.

칠인신검의 변화는 정교하고 빨랐다. 또한 움직이는 각도가 검이 그릴 수 없는 선을 자유자재로 구사했다. 휘어지고 꺾이는 그 기기묘묘한 변화에 불망은 여간해서 수세를 극복할 수가 없었다.

염혁은 병기의 우위로 승기를 잡자 여유를 주지 않고 그림자처럼 불망을 따르며 칠인신검을 쓸고 자르며 찔러왔다.

가각!

어깨에 섬뜩한 통증이 일며 피가 튀었다.

어깨에 검을 맞아 움직임이 둔했던 왼팔이 기어이 칠인신검의 날에 베어진 것이다. 고통을 느낄 겨를도 없었다. 다시 밀고 들어오는 칠인신검에 불망은 일 장여를 훌쩍 날아올라 물러선 후에야 겨우 공세를 벗어났다.

염혁은 승자의 오만한 미소를 보이며 수리매처럼 불망을 덮쳐 왔다.

주자은은 불망의 왼팔에서 피가 튀어 오르는 순간, 가슴이 철렁 내려앉았다. 가슴이 미어지도록 안타까운 일이지만 그가 염혁을 이기는 것은 어려워 보였다. 주자은은 승패 이후를 생각해야 한다.

추격자들은 두 사람의 현란한 무공을 감상하느라 아무도 그녀를 신경 쓰지 않았다. 불망을 물리친다면 주자은을 잡는 것은 손바닥을 뒤집는 것보다 쉬운 일이니 그녀의 동태를 감시할 까닭도 없다.

'도망갈 수 있을까?

그녀는 일단 무기를 손에 넣어야 했다.

주변을 돌아보자 가까운 곳에 불망의 어깨에 박혔다 버려진 검이 떨어져 있었다. 불망의 피를 머금어 붉은 검신은 잔설마저 붉게 물들이며 녹였다. 그녀는 조금씩 움직여 버려진 검을 수중에 넣었다.

'지금까지 어떻게 살아왔는데……. 나는 죽을 수 없어.'

불망이 패한다면 그녀 역시 살 도리가 없었다. 하지만 그녀는 삶에 대한 애착을 버리지 못했다.

불망은 좀처럼 수세에서 벗어나지 못했다.

염혁의 무학이 워낙 정심한 탓도 있었지만 더 큰 문제는 칠인신검이 지닌 기묘한 변화에 전혀 대응책을 찾지 못했기 때문이다.

수비는 패배의 시간을 늦춰줄 뿐 승리를 이끌어낼 수는 없었다.

불망은 헉헉거리며 대나무를 곧추세웠다. 칠인신검의 현란한 공세 속으로 불망의 신형이 빨려 들어가듯 파고들었다.

염혁은 기다렸다는 듯 불망의 가슴을 난자할 듯 찔러왔다. 그 빠름과 현묘한 각도는 불망의 눈을 아찔하게 만들었다.

불망은 물러서지 않고 칠인신검을 향해 대나무를 뻗었다.

촤라라랏!

칠인신검에 부딪친 대나무가 결대로 갈라지며 두 개의 병기가 뒤엉켰다. 두 사람은 대나무가 갈라진 만큼 가까워져 있었다. 불망의 거친 숨소리가 염혁의 귀에 들렸다. 뒤엉킨 병기는 하나가 된 듯 빠지지 않았다.

불망은 이것이 기회라고 생각했다.

'주화입마에 빠질 수도 있건만!'

그는 대나무를 매개체로 내력을 끌어올렸다. 십여 개의 각기 다른 내력이 대해의 거친 파도처럼 대나무를 향해 밀려들어 갔다.

'내력을 겨루자는 건가?'

염혁도 즉시 내력을 올려 대항했다.

쌍방의 웅후한 내력이 용솟음치자 수십 장 내 공기가 격랑을 일으켰다.

염혁은 십성의 내력을 끌어올리며 불망을 살폈다.

불망의 얼굴은 고통스럽다. 그러나 불망의 내력은 점점 더 강하게 밀려들어 올 뿐, 고통에 비례하여 힘을 약화시키지 않았다.

오히려 염혁이 조금씩 밀렸다. 그것이 염혁의 승부욕을 자극했다. 초식뿐 아니라 내력에 있어서도 그는 최강의 후기지수인 것이다.

염혁은 즉각 십이성 공력을 주입했다.

두 사람의 중심에서 시작된 동심원의 와류가 사방으로 급속하게 퍼져 나가며 대기를 휘젓는 음향이 폭죽이 터지듯 맹렬하게 터졌다.

불망은 한순간 어깨를 움찔거렸다.

동시에 대나무를 쥐지 않은 왼손에서 쏟아지는 장력이 염혁을 향해 밀려들어 왔다. 무리한 내력의 운용으로 인해 질끈 동여맨 어깨의 상처가 터지며 피가 화살처럼 쏘아졌다.

염혁의 장심이 불망의 장심과 부딪치며 그는 불망의 터진 상처에서 쏟아진 피를 뒤집어썼다.

지켜보던 사람들이 밀어닥친 잠경에 주춤 물러섰다.

불망의 공력은 염혁의 상상 이상이었다. 월인신공뿐 아니라 천산의 고수였던 천산육군과 용화세, 그리고 그 수하들의 공력이 모두 불망의 몸 안에 내재되어 있었다. 불망은 아직 그것을 완벽하게 하나로 묶어내지 못했으나, 쏟아내기 시작한다면 그 힘은 가히 개세적이었다.

염혁의 얼굴이 뻘겋게 달아올랐다.

이마에선 푸른 힘줄이 실뱀처럼 꿈틀거렸다.

밀려오는 불망의 내력은 흡사 하늘에서 폭우가 쏟아지듯 내리 퍼부었다.

'이렇게 강하다니!'

그의 검법은 아무것도 아니었다.

그의 진정한 힘은 내력에 있었다.

태산처럼 버티고 있던 염혁이 한 걸음 뒤로 물러났다. 그가 밀려난 만큼 불망이 다가섰다.

"내가."

불망이 입을 열었다.

"너를 만난 적이 있다고 했지?"

사람들이 모조리 경악하며 몸을 떨었다.

불망은 지금 내력 대결을 펼치며 말을 하고 있었다. 이는 상대보다 월등한 내력을 소유하지 않으면 불가능하다.

염혁은 가슴이 터질 듯 쿵쾅거리며 주르륵 밀려 나갔다.

염혁이 물러선 만큼 다가서는 불망의 공허한 눈에 무심한 색채가 덧입혀졌다.

"그때, 너는 조부의 손을 잡고 그의 비무를 구경하러 왔지."

"……!"

"당시 네 조부는 백수인이라는 유랑검객과 비무를 가졌다!"

'그럼 너는?'

염혁은 말을 하고 싶었으나 몸 안에서 내력이 진탕 쳐 입을 열 수 없었다.

염혁은 또렷이 기억났다.

백수인과 할아버지의 대결.

할아버지는 십칠 초 만에 젊은 여자 앞에서 무릎을 꿇고 검을 버렸다.

여자는 패배한 할아버지를 뒤로한 채 어린아이의 손을 잡으며 안타깝게 말했다.

"그의 철혈검류는 불행히도 소문만큼 완성되지 못했다. 청해성에 은거하며 발전을 원치 않고 자만했던 결과다. 검도의 길은 끝이 없다. 일가를 이루었다고 자만한다면 어찌 무사라 할 수 있겠느냐? 불망, 너는 잊지 말아야 한다. 하늘에 닿는 무공이라 할지라도 그 위에 천외천(天外天)의 경지가 있음을."

그날, 염혁이 받은 충격은 말할 수 없이 컸다.

할아버지는 천부적인 자질을 가지고 태어난 어린 손자의 손을 잡고 난생처음 눈물을 보였다.

"혁아, 오늘 이 할아비는 죽었다. 부디 오늘의 패배를 잊지 말고 가슴에서 키워라. 천하의 모든 검이 너의 것이 되었을 때, 나는 다시 살 수 있으리라."

타고난 자질에 노력을 더했다.

언제나 초심을 잃지 말고자 했으며 할아버지의 패배를 뼈에 새겼다. 그리고 시간은 흘렀고 그는 청해성에서 손가락 안에 꼽히는 후기지수가 되었다.

하지만 망각하는 것이 인간인지라 그는 가끔씩 그때의 충격을 잊어버리기도 했다. 흐르는 세월은 의미를 퇴색시켰고, 이만하면 되었다는 안주감이 그를 주저앉혔다.

'그래, 그 아이의 이름이 불망이었어! 일검경천 불망!'

염혁은 파르르 떨었다.

"사지에 몰린 여자를 구한 게 나의 죄라면 너의 죄는 검도인의 자만이야!"

염혁이 전율하며 파르르 떨고 있을 때, 섭문광은 둔기로 머리를 맞은 것처럼 멍해졌다. 그는 충혼대주로서 그때의 일을 어느 정도 알고 있는 사람이었다. 할아버지는 여자에게 패했다. 손자가 그녀의 아이에게 다시 패한다면 이것이야말로 철검문이 문을 내려야 하는 중대한 사항이다.

염혁은 일 장가량을 더 밀려났다.

그의 온몸에서 땀이 비 오듯 흘렀다. 양팔은 심하게 경련했다. 뒷걸음질치는 두 다리는 불안정하게 떨리고 있었다.

"그만 물러가라!"

불망이 마지막 힘을 불어넣는 순간 염혁은 울컥 피를 토했다.

'무조건 소문주를 살려야 한다!'

"그만둬!"

버럭 소리치며 섭문광이 신형을 날렸다.

그와 동시에 십여 개의 검이 불망을 향해 쏟아졌다. 철검문의 무사들이 일제히 불망을 공격했다.

불망은 위험을 느끼며 호신강기를 일으켰다.

내력이 분산되는 틈을 이용하여 염혁의 공력이 쏟아져 들어왔다. 십여 개의 검기가 사방에서 폭사되었다.

“크아악!”

“크악!”

불망의 호신강기와 부딪친 철검문의 무사들이 던져진 짚단처럼 바닥에 처박혔다.

“우욱!”

불망도 피를 뿜어내며 그 자리에서 허공으로 붕 떠올랐다가 뚝 떨어졌다.

2

엄청난 변화는 짧은 시간에 일어났다.

모두 숨을 죽이며 장내를 주시했다.

염혁은 철검문의 도움으로 위기에서 벗어났다.

쓰러진 불망은 숨이 멎어버린 것처럼 아무 반응도 없었다.

섭문광을 비롯한 철검문의 제자 십여 명의 검기가 대해에 출렁이는 파도처럼 막강한 기세로 불망을 짓쳐들었고, 그 순간 호신해야 했던 그에게 염혁의 마지막 공력이 쏟아졌다.

내력으로 고하를 가리는 대결에선 어떤 경우라도 삼자는 개입을 하지 않는 게 무림의 철칙이었다. 제삼의 힘이 개입되면 쌍방의 대결은 무의미할뿐더러 상대는 죽거나 주화입마를 면치 못하기 때문이었다.

비록 소문주를 살려야 한다는 강박관념에 뛰어든 섭문광이었지만, 보여진 결과에 매우 꺼림칙했다. 이 사실이 강호에 알려지면 비난을 면키 어려울뿐더러, 앞으로 철검문의 강호 종횡에 있어서 누누이 발목을 잡을 것이 분명하다.

'남은 자는 채 열 명도 되지 않는다.'

그는 살인멸구(殺人滅口)를 떠올렸다. 이 자리에 있는 무극관과 패도문 제자들의 입만 막는다면 소문은 멀리 퍼져 나가지 않을 것이다. 그렇게 생각하자 섭문광의 마음은 조금 가벼워졌다.

그는 염혁을 바라보았다.

염혁은 창백한 얼굴로 정좌한 채 요상 중이었다.

"소문주, 괜찮으십니까?"

섭문광은 염혁의 운기가 끝나기를 기다렸다가 물었다.

눈을 뜬 염혁은 입가의 피를 닦아내며 섭문광을 노려보았다.

"내 얼굴에 먹칠을 했다."

"어쩔 수 없었습니다."

오명(汚名)을 뒤집어쓰는 한이 있더라도 주군으로 모시는 자의 죽음을 지켜볼 수 없는 일. 섭문광은 허리를 굽히며 진심으로 사과하였으나 결코 자신의 행동을 후회하지 않았다. 살인멸구를 떠올린 이후론 더욱 그러했다.

그러나 염혁의 생각은 달랐다.

그는 굳은 얼굴로 쓰러져 있는 불망을 응시했다.

불망은 철검문과 무극관, 패도문의 사람들, 즉 적들이 운집해 있는 가운데 대결을 청해왔다. 그의 당당한 기백과 놀라운 무공에는 염혁도

숨이 막힐 지경이었다.

그리고 염혁은 패했다.

몸의 상처는 시간이 지나면 아물겠지만 살아남았다는 수치심은 죽을 날까지 씻지 못할 것이다.

"명색이 명문정파라고 자처하는 자들이 비겁한 수단을 펼쳐?"

검을 든 주자은이 불망의 앞을 지켰다. 그녀의 얼굴이 눈물로 범벅이 되어 있다. 언제나 강하게 살아왔다. 거짓으로 눈물을 흘린 적은 많다. 하지만 이번엔 진짜다. 가슴이 미어지고 설움은 술주정뱅이의 구토처럼 치밀어 올라 눈물을 주체할 수 없었다.

'제길! 왜 이렇게 아픈 거야!'

검을 들고 불망의 앞을 지킨다는 게 얼마나 무모한 짓인지를 그녀도 잘 알고 있다. 살 수 있다면 한 사람이라도 살아야 한다는 것이 그녀의 평소 지론이다. 그러면서도 떠나지 못하는 자신의 복잡 미묘한 감정을 정리할 필요가 있었다. 하지만 지금은 눈앞의 상황이 더 급했다. 이미 도망치는 건 늦어버렸으니.

그녀의 힐난에 염혁의 얼굴이 붉어졌다.

목숨을 걸고 불망의 앞을 지키겠다는 그녀의 가녀린 교구다. 하나 염혁의 눈에 비친 그녀는 태산보다 거대하다.

'비겁한 수단……'

입이 열 개라도 변명의 여지가 없다. 구차하게 말해보았자 더욱 우스워질 뿐이다. 하지만 책임자의 입장에서 입을 열지 않을 수 없었다. 원치 않은 결과라 할지라도 그에 대한 책임은 우두머리에게 있는 법이니.

염혁은 길게 한숨을 쉬며 말했다.

"내가… 아직… 많이… 부족하오."

한 번도 다른 사람에게 사과의 말을 해본 적이 없는 그는 그러한 말을 한다는 것 자체가 힘겨운 고통이었다.

"비겁한 변명!"

"……."

"입으로는 무림정의를 외치면서 행동은 간악하기 짝이 없었어! 모든 정의는 도덕의 전제 위에서 이루어지는 법이야!"

염혁은 굳게 입을 다물었다.

그렇다. 만족스런 결과를 위해 과정을 아무렇게나 이용한다면 원하는 결과를 얻었다 할지라도 어찌 그것을 만족할 만한 대성과라고 할 수 있겠는가.

말로 표현할 수 없는 염혁의 고뇌가 그의 강인한 얼굴에 소리없이 번졌다.

염혁은 길게 한숨을 쉬며 주자은을 향해 다가갔다.

"다가오지 마! 죽여 버릴 테야!"

악을 쓰는 주자은의 검끝이 염혁의 목을 가리켰다.

염혁은 걸음을 멈췄다.

"다른 뜻이 있는 건 아니오. 먼저 그의 생사를 확인해 보는 것이 순서일 것 같아서……."

"나는."

그때 신음처럼 불망의 음성이 흘러나왔다.

"삶에 대한 집착은… 누구보다 강해."

비록 일어나지는 못했으나 그의 몸이 벌레처럼 꿈틀거렸다.

"불망! 괜찮아요!"

주자은은 염혁에게 검을 겨눈 채 불망을 돌아보지도 못하고 소리쳤다.

염혁이 안도의 한숨을 내쉬었다.

섭문광의 얼굴은 미미하게 일그러졌다.

"휴… 그가 죽지 않았다니 다행이오. 우리 철검문은 오늘 일에 책임을 지고 향후 이 일에서 손을 떼겠소."

"소문주님, 그건."

"섭 대주! 더 이상 말하지 마라. 책임은 내가 진다."

"흥! 그런 식으로 넘어가려고? 그는 이미 움직일 수 없게 되었는데 철검문이 손을 뗀다고 뭐가 달라지겠어? 패도문이나 무극관에서 네 말에 따를 것 같아?"

"그건 나도 어쩔 수 없는 일이오. 각자 추구하는 바가 다르니 다른 문파의 일에 내가 나서서 왈가왈부할 수는 없는 일이외다. 특히 그는… 패도문의 오장로를 죽였으니……."

"그것 봐! 자기는 정인군자인 척 물러나며 차도살인(借刀殺人)을 하겠다는 말이잖아!"

"소저, 말이 지나친 것 아니오?"

"왜? 양심에 찔려?"

염혁은 검을 들고 싸우는 것이 아닌 입으로 하는 싸움에선 악을 쓰며 바락바락 기어오르는 이 여자를 이길 수 없음을 실감했다. 여자는 체면이나 형편 따위를 고려하지 않고 상대의 가슴에 비수를 꽂을 수 있는 단어만 골라 말하고 있었다.

"좋소."

염혁은 불망에 이어 주자은에게까지 패배를 시인했다.

"부족한 능력이지만 내 목을 걸고 하루의 시간을 주겠소."

"염 소문주! 그것은 안 될 말이오! 철검문이 나서지 않는 것은 알 바 아니나 오장로님까지 진몰하신 마당에 우리가 아무 소득 없이 문으로 돌아간다면 천하는 패도문에 사람 없음을 비웃을 것이오!"

무극관은 철검문의 비위를 거스를 수 없었으나 패도문은 그렇지 않았다. 파황성이란 매개체로 함께 일하고 있었지만, 패도문이 철검문의 결정에 따를 까닭이 없는 것이다.

"주장을 내세울 정도로 그대들의 실력이 출중한가?"

섭문광이 눈을 번뜩였다. 이미 살인멸구의 결심을 세운 그였기에 패도문 조무래기들의 소리는 귀에 차지도 않았다.

패도문은 섭문광의 살심 가득 찬 눈빛을 보자 더 이상 말할 수 없었다.

주자은은 고개를 돌려 불망을 바라보았다.

불망은 좌정한 채 운기조식 중이었다. 운기조식을 하는 그의 얼굴은 고통으로 일그러져 있었다. 그를 이번 일에 끌어들인 것은 그녀였다. 주자은은 가슴이 아팠다.

"하루는 짧아. 삼 일!"

"삼 일은……."

염혁은 난색을 표했다. 삼 일이면 파황성까지 이 소식이 전해지고도 남을 긴 시간이었다. 파황성에서 직접 나선다면 아무리 염혁이라 해도 막아낼 자신이 없었다.

"그를 의원에게 보이려면 삼 일도 모자라."

염혁은 운기조식을 하고 있는 불망을 바라보았다. 적들에게 둘러싸여 목숨이 경각에 달했음에도 불구하고 마지막까지 살아남겠다는 의지로 운기조식을 하고 있는 그의 모습에 염혁은 내심 생명에 대한 숭고함을 느꼈다.

'그 어미에 그 아들이로구나.'

"좋소."

염혁은 다시 한발 물러섰다.

"그렇게 하겠소. 대신 이후의 불상사에 대해서 나는 책임지지 않겠소. 섭 대주, 사람들을 물려라!"

3

운기조식을 마친 불망의 모습은 더욱 비참했다.

그의 몸은 화로 속에 뛰어든 사람처럼 뜨거웠다가 이내 싸늘하게 식으며 머리끝에서 발끝까지 흰 서리가 얼었다. 사지는 마비되어 자신의 의지로는 한 발자국도 움직이기 어려웠다.

모두가 떠나고 나자 주자은은 맥이 풀리는지 바닥에 털썩 주저앉아 한참 동안 일어나지 못했다.

어느새 해는 서산으로 넘어갔다. 주위는 산새 소리마저 잦아들어 적막강산이었다.

"언제까지 이대로 앉아 있을 셈이오?"

불망은 고통을 억제하며 입을 열었다.

주자은은 깜짝 놀라며 불망을 바라보았다. 불망은 고통으로 인해 미간이 일그러져 있었다.

"그들이 떠난 후 돌아오지 않겠다는 약속을 믿는 거요?"

"나는 나 이외에 누구도 믿지 않아요."

"당신은."

불망은 기침을 토했다. 입을 열 때마다 갈비뼈가 흔들려 도저히 기침을 참을 수 없었다.

"당신도 믿지 않는 게 좋을 것 같소."

불망의 말에 주자은의 입가에 서글픈 미소가 매달렸다. 그의 말은 그녀의 심장을 아프게 찔렀다.

"살면서 굉장히 많이 속았어요. 그래서 내가 속지 않으려면 남을 먼저 속여야 한다는 강박관념이 있어요. 그래서 당신도 속였어요. 미안해요. 사실 나는 주자은이 아니에요."

"알고 있었소."

"알고 있었다구요? 언제부터?"

"처음부터."

주자은은 믿지 못하겠다는 얼굴이었다. 그녀의 연기는 완벽했다. 더욱이 불망은 주자은의 얼굴을 모르고 있었으니, 그녀가 주자은이 되든 시골 호호백발 노파가 주자은이 되든 외모로는 알 도리가 없는 것이다. 그런데 알고 있었다니, 그 말을 어찌 믿을 수 있겠는가.

"알고 있었다면 왜 묻지 않았죠?"

"기다리는 것에 익숙하기 때문이오."

“내가 알아서 말하기를 기다렸다는 건가요?”

“그렇소.”

“말을 하지 않는다면?”

“영원히 속일 수는 없소. 목적이 있어 접근한 것이고 목적을 달성하기 위해선 진실을 일 할이라도 꺼내 보일 수밖에 없을 테니.”

“당신은 생각보다 무서운 사람이군요. 하지만 믿을 수 없어요. 당신은 내가 주자은이 아니라는 걸 어떻게 알았죠?”

“만약 당신이 나를 완벽하게 속이려 했다면, 당신은 당신과 비슷한 환경에서 자란 사람으로 변장해야 했소. 용문상단의 주 소저는 당신이 변장하기에는 전혀 격이 맞지 않았소.”

“……!”

주자은의 얼굴이 화끈 달아올랐다.

말인즉, 대부호의 딸로 행세하기에는 그녀의 일거수일투족이 너무 미천하다는 것이 아닌가. 모욕도 이런 모욕이 없었으나 그녀는 오히려 가슴이 뻥! 뚫리는 듯 시원했다.

“하하하하!”

그녀는 그 자리에 털썩 주저앉아 남자처럼 호탕하게 웃었다. 한 번 시작된 웃음은 배를 잡고 바닥을 나뒹굴 때까지 그치지 않았다.

불망은 그녀가 웃음을 멈출 때까지 몇 번 고통에 찬 기침을 하였을 뿐 말이 없었다. 이윽고 웃음을 그친 그녀가 말했다.

“불망, 당신에게 한 가지를 더 배웠어요. 배우는 김에 한 가지만 더 가르쳐 줘요. 불망, 지금 내가 당신을 도울 수 있는 방법을 말해줘요.”

“나는 춥고 졸릴 뿐이오. 당신과 대화를 나눌 여력도 없소.”

“그러니까 도울 수 있는 방법을 말해달라는 거잖아요.”

“몰라서 묻는 거요?”

“……?”

“나는 다쳤고 엄밀히 말해 이용 가치가 다 되었소. 당신이 나와 함께 파황성에 끌려갈 생각이 아니라면 빨리 여기서 도망치는 게 좋을 거요.”

“내가 가버리는 게 당신을 돕는 길이란 말인가요?”

“그렇소.”

주자은의 눈빛이 싸늘하게 변했다.

불망을 돕겠다는 그녀의 말은 진심이었다.

그런데 불망은 쓸데없는 생각 말고 혼자 도망치라고 말했다.

자신의 말이 진실이듯 불망의 말도 진실임을 주자은은 알았다. 그녀는 감정의 폭발로 인해 한순간 불망의 앞을 막고 그를 도왔다. 그것은 그녀의 평소 지론과는 어울리지 않는 굉장히 위험한 일이었지만 후회는 없었다. 은혜를 입었으면 반드시 갚아야 하는 것이 인간의 도리다. 그녀는 공맹(孔孟)을 알지 못했으나 인간의 도리를 철저히 외면할 만큼 가혹한 사람도 아니었다.

주자은은 길게 한숨을 쉬며 도망치라는 불망의 말을 한 귀로 듣고 한 귀로 흘렸다.

“내 이름은 양정(梁晶)이에요. 엄마가 죽고 이 세상에서 오직 나 혼자만 알고 있는 이름이었는데 이제 두 번째로 불망, 당신이 알게 되었군요. 나는 척박하게 세상을 살았지만 사람의 도리를 아주 모르는 건 아니에요. 당신을 이용한 건 미안해요. 뭐, 좀 더 정확히 말해 당신이 아니라 당신의 힘을 이용한 거지만요. 나는 오래전부터 당신의 이름을 들어 알고 있었어요. 천산의 젊은 구도자는 의외로 유명했거든요. 나는 당신을 만나기 전, 파황성 내 채홍각(彩虹閣)에 있었어요. 채홍각이 뭐 하는 곳이냐 하면 어린 여자 아이들을 데려다 가르치는 곳이에요. 나는 채홍각에 들어가기 전엔 객점을 돌아다니며 꽃을 파는 매화녀(賣花女)로 일했어요. 그러다가 한 사람을 만났지요. 그가 말하길 자기를 따라가면 이런 고생을 할 필요도 없고 먹고 자는 돈 걱정이 없다고 했어요. 나중에 안 일이지만 그는 채홍사(彩虹使)였어요. 좌우지간 그렇게 나는 채홍각에 들어갔어요. 채홍각에 있는 여자애들은 성주 혈불을 지근에서 모시는 화화팔선녀로 뽑히는 게 꿈이지요. 나도 그 꿈을 꾸었구요. 지금 생각하면 부질없는 꿈이었죠. 화화팔선녀는 외모와 실력뿐 아니라 집안도 받쳐 줘야 했거든요. 나처럼 인맥도 없는 애가 언감생심 그 자리에 앉을 수 있겠어요? 내 운명은 파황성 실력자들의 놀이갯감이나 시녀가 되어 일생 동안 허리 한 번 못 펴고 땅만 보면서 사는 거겠지요. 그렇게 살고 싶진 않았어요. 가진 것 없이 태어났다고 보잘것없이 살다가 아무도 모르게 죽어 거죽에 둘둘 말려 버려지고 싶지는 않았거든요. 이봐요, 지금 듣고 있는 건가요?"

불망의 옆에 앉아 신세 한탄을 하듯 떠들고 있던 주자은, 아니, 양정은 그가 아무 반응이 없자 손을 올려 어깨를 흔들었다.

불망의 신형은 그녀가 흔들자 기다렸다는 듯 옆으로 픽 쓰러졌다.

불망은 이미 혼절하여 양정의 말을 듣지 못하고 있었던 것이다.

"혼자 열심히 떠들었구나."

그가 듣지 못했다 해도 아쉬울 건 없었다. 말을 하고 나니 속은 또 그만큼 후련해졌다.

양정은 쓰러진 그를 부축했다.

손에 닿은 불망은 얼음덩이보다 차가웠다. 그녀는 재빨리 공력을 끌어올려 한기에 대항했다.

일단 어디론가 피해야 했다.

방향을 정하기 위해 사방을 둘러보던 그녀는 이윽고 불망을 옆구리에 안은 채 제비처럼 몸을 날렸다. 지금까지 그녀가 지니고 있던 연약한 모습과는 전혀 어울리지 않는 상승 경신법이었다.

4

도망자가 가장 안전하게 피할 수 있는 곳은 사람들 속이다, 라는 말이 있다. 일견 이것은 타당한 말이다. 하지만 모든 경우에 다 해당하는 말은 아니다. 지금의 상황이 그렇다. 불망이 사람들 속에 있다면 그는 다른 사람들과 확연하게 달라 누구라도 한눈에 그를 알아볼 수 있을 것이다.

그러므로 불망은 사람들의 눈에 띄지 말아야 한다.

양정은 혼절한 불망을 안고 산등성이를 타고 더 깊은 산중으로 숨어들어 갔다.

불망의 몸은 점점 더 차가워지고 있었다.

양정은 어쩌면 그가 죽을지도 모른다고 생각했다. 단 한 번도 죄책감이라는 걸 가져본 적이 없는 그녀였다. 그러나 불망이 이대로 죽는다면 영원히 그에 대한 미안한 마음을 씻을 수 없을 거라는 생각이 들었다. 찬 공기를 가르며 달려가고 있었으나 양정은 점점 더 마음이 무거워졌다.

얼마를 달렸을까.

사람의 발길이 닿지 않은 그곳은 빽빽한 침엽수(針葉樹)들이 가득 차 시계(視界)가 완전히 차단된 수림이었다. 서산에 해가 진 지 이미 오래, 어둠이 짙게 깔린 수림 속은 한 치 앞을 분간하기 어려웠다.

양정은 수림의 끝까지 달려갔다.

절벽이 앞을 가로막았다. 빽빽한 침엽수에 가려진 하늘은 보이지 않았다. 양정은 주변을 둘러보았다. 몸을 완전히 숨길 수 있는 동굴이라도 있으면 더 좋았겠지만 이만하면 배수의 진을 치고 숨어 있기에 나쁘지 않았다.

양정은 혼절한 불망을 절벽에 기댄 채 앉혔다. 헝클어진 머리 사이로 드러난 불망의 얼굴은 악몽을 꾸고 있는 듯 고통스러워 보였다. 양정은 가슴이 아릿하게 저려왔다. 처음에는 그렇지 않았으나 마음을 열기로 결정하자 그의 고통이 자신의 고통인 양 참을 수 없었던 것이다.

이제부터 적을 만난다면 불망이 아니라 그녀가 상대해야 했다. 비록 무공은 불망에 미치지 못하겠지만, 강호의 일이라는 게 반드시 무공만으로 해결되는 게 아니니 어떤 경우도 삶을 포기할 수 없었다. 그녀는 불망의 옆에 앉아 마음을 가다듬고 운기조식에 들어갔다.

그녀가 다시 눈을 떴을 때, 불망의 상태는 좀 더 심했다.

안색은 백지장처럼 하얗고 몸은 사시나무처럼 떨고 있었다.

불망의 상세가 나아지기는커녕 더 악화되자 양정의 입술은 초조함을 감추지 못하고 바싹 타올랐다.

그녀의 의학적 지식은 전문적인 공부를 한 의원에 비할 바는 못 되지만 일반인에 비해 출중한 편이었다. 채홍각에서 기본적인 의학 지식을 공부했던 바가 있었던 것이다.

양정은 불망의 맥을 짚었다.

맥박은 약하고 불규칙했다.

원래 양정은 그가 내상을 입었다고 생각했다. 그런데 그뿐이 아니었다.

'주화입마!'

양정은 자신도 모르게 마른침을 삼켰다.

그의 혈도는 무거운 돌멩이가 내려앉은 것처럼 답답하게 막혀 기의 순환을 가로막고 있었다. 주화입마의 초기 단계다. 이 단계를 지나면 정신 착란을 일으키게 되는, 즉 입마(入魔)에 빠져들게 되고 심하면 죽음에 이르게 된다.

불망의 신체는 겉으론 차가우나 입 안에서 더운 김이 풀풀 날렸다.

체내의 화(火)와 열(熱)을 제거하여 심신을 안정시켜야 했다. 물론 그전에 차가운 몸을 녹이는 것이 먼저였다. 그렇다면 불이라도 피워야 하겠지만 그건 적들에게 내 위치를 가르쳐 주는 바보 같은 짓이었으니 불가능했다.

'그에게 진기를 불어넣어 혈도를 뚫어준다면······?'

양정은 너무 초조해서 혼절한 그의 앞을 성가실 정도로 왔다 갔다 하며 생각에 생각을 거듭했다. 진기를 넣어주는 것도 하나의 방법일 수 있으나 그녀는 사용할 수 없는 방법이었다. 그렇게 하기 위해서는 그녀의 공력이 불망보다 월등해야 한다. 하지만 양정은 그렇지 못했다.

'일단 체온을 내려야 해.'

방법을 찾지 못한 양정은 좀 더 기다려 보기로 했다.

인간의 신체는 자정 능력이 있다. 특히 그는 삶에 대한 의지가 강하니 충분히 견뎌낼 수 있을 것이다.

양정은 불망에게 한시도 눈을 떼지 않고 살폈다. 그런데 그는 시간이 지날수록 점점 더 심하게 떨고 있었다. 마치 귀신에 들린 것처럼 신체가 펄떡거리기까지 했다.

"왜 이렇게 마음이 아픈 거야?"

불망이 고통스러워할 때마다 양정은 그의 고통을 공유하지 못하는 것에 대해 아픔을 느꼈다. 그녀는 입술을 깨물며 두서없이 왔다 갔다 했다.

"으…… 으"

고통에 들뜬 불망의 신음이 귓전을 파고들었다.

양정은 더 이상 주변을 배회하지 못했다.

그녀의 머리와 뜨거운 가슴은 한 가지 결정을 요구했다.

"나쁜 놈……."

그녀는 고통스러워하는 불망을 보며 그렇게 한마디 내뱉더니 조심스럽게 불망을 바닥에 눕히고 그 위로 자신의 몸을 실었다. 섬뜩한 차가움이 전율처럼 찾아들었다. 양정은 불망의 목덜미에 얼굴을 묻고 양팔로 가슴을 끌어안았다. 바늘 끝 하나 들어갈 틈 없이 몸과 몸이 밀착되었다. 질끈 동여맨 젖가슴이 불망의 단단한 가슴과 부딪치며 찌그러졌다. 속눈썹이 파르르 떨렸다.

불망을 조금이라도 녹이고자 했던 그녀의 몸은 곧 차가워졌다.

이빨은 딱딱 소리를 냈고 전신은 덜덜거렸다.

채홍각의 의선생(醫先生) 송포천천(松布千千)은 학생들 사이에선 변선생(變先生)이라 불렸다. 하는 짓이 변태였기 때문이다. 만병통치는 물론 무병장수의 도(道)가 방중술(房中術)에 있다고 굳게 믿는 그를 어린 여학생들이 변태라고 생각하는 건 당연한 일이었다.

그는 옴마니반메훔을 신주처럼 모시는 파황성에서 유일하게 천사도에 심취한 인물이었다. 천사도의 창시자인 장도릉은 세상에 알려진 바와 달리 방중술의 전문가였다. 그는 천사도를 전파할 때, 방중술을 이용하여 사람들의 질병을 치료하며 현소(玄素)의 도(道)를 설파했다.

현소란 현녀경(玄女經)과 소녀경(素女經)을 가리키는 말이다.

훗날 성을 천박하게 보는 사회 통념에 따라 후인도사(後人道士) 구겸지(寇謙之)가 도교의 너른 전파를 위해 거짓된 가르침과 남녀 합기의 방술을 제거하여 오늘에 이르렀다.

그러나 한편에서는 장도릉의 방술이 현소도(玄素道)란 이름으로 맥을 이어오고 있었다. 그러니 좀 더 정확하게 말하자면 채홍각의 의선생 송포천천은 현소도에 심취해 여학생들에게 변태 소리를 듣고 있는 것이다.

송포천천은 자신이 심취한 현소도를 여학생들에게 설파했다.

그것은 의학적으로 충분히 효과를 볼 수 있었을뿐더러 경지에 이르면 남녀가 함께 불로장생을 할 수 있으니 어찌 꼭 천박하다 할 수 있으랴.

양정도 그에게 현소도를 배웠다.

물론 진정한 방술지도를 터득한 것은 아니다.

하지만 그녀는 방술로서 막힌 혈도를 뚫을 수 있는 몇 가지 방법을 알고 있었다.

불망은 기억조차 나른한 의식 속에서 자신의 몸을 더듬는 감미로운 손길을 느꼈다. 손길은 보드라운 솜뭉치처럼 목덜미를 쓸어내리며 가슴을 쓰다듬고 허리를 끌어안았다.

온몸에서 소름이 돋을 정도로 간지러움을 느낀 불망은 몸을 비틀었다.

귓속으로 미풍이 분다.

후르르…… 쩝쩝, 쓱쓱.

무결이 귀여움을 떨며 긴 혀로 얼굴을 핥는 듯한 느낌. 그러나 무결의 그것과는 확연히 다른 보드라움과 뜨거움이 거기에 있었다.

여자의 손길을 받으면 이성보다 먼저 육체의 문이 열리는 것은 남자의 본능이었다. 무의식중이었으나 여자의 감질나는 손길은 마른 장작에 불이 일듯 불망의 가슴을 확 타오르게 했다. 잠자던 애욕이 이성보다 먼저 고개를 들었다.

“으…… 음.”

귓불에 부딪치는 섬세하고 촉촉한 감촉은 희열과 들뜬 신음을 불러왔다.

그는 자신도 모르는 사이 신음하며 양팔로 양정의 삼단 같은 머리채를 끌어안았다. 양정의 메마른 입술이 더욱 메말라 논바닥처럼 쩍쩍 갈라진 그의 입술을 찾아왔다. 그녀의 숨 가쁜 단내가 목구멍을 타고 넘어와 심장을 격렬시켰다.

불망의 신경 조직은 짜릿한 흥분으로 들떴다.

양정의 손이 그의 가슴을 쓸어내렸다. 그녀는 그의 심장 박동을 손끝으로 느끼며 상태를 검사했다. 차디찼던 그의 심장이 조금씩 녹아가고 있었다. 피가 터질 듯 혈맥을 질주했다.

그녀의 길고 가는 손가락이 불망의 피부를 자극했다.

온몸의 실핏줄까지 파르르 진동하며 희열이 머리끝에서 발끝까지 전해진다. 양정의 입술이 아랫배를 쓸며 내려갔다. 혀가 닿는 부위마다 촉촉한 물기가 고였다.

그녀는 불망의 상태를 살피며 조심스럽게 몇 개 혈도를 점했다. 그가 너무 급하게 반응하는 것 같았기 때문이었다. 뜨겁던 불망의 신체가 맥없이 늘어졌다.

양정은 불망의 가슴에서부터 손을 쓸어내리며 기어이 그의 그것을 잡았다. 순간 불망은 작살 맞은 물고기처럼 펄떡거렸다. 온몸의 기가 오직 한 곳으로 모여들었다.

그녀의 손이 조금씩 움직이기 시작했다.

불망은 컥컥거렸다.

양정의 눈에서 참고 참았던 순결의 눈물이 조금씩 떨어지기 시작했다.

第5章

때가 되었다

유난히 추운 날씨다.

이런 추위라면 어른들은 화롯불 가에 앉아 따뜻하게 데워진 술을 마시며 마누라 엉덩이를 두드리는 재미에 빠져들 만하다. 하지만 아이들은 아무리 추워도 추위를 느끼지 못하고 산하를 뛰놀기 일쑤다. 비록 한겨울 추위를 막아줄 옷은 다 해진 삼베 쪼가리가 고작이었으나 아이들은 콧물까지 훌쩍 들이마시며 삼삼오오 동네 구릉에 모여 연 싸움의 재미에 푹 빠져 있었다.

하늘 높은 곳에서 두 개의 연실이 뒤엉키며 한 아이의 연이 위태롭다.

"어어!"

연의 주인인 코흘리개 꼬마의 눈에 안타까움이 잔뜩 배어 있다. 아이는 연신 얼레의 연실을 풀어 팽팽하게 당겨진 연줄을 느슨하게 하여 얽힌 연의 탈출에 힘썼다.

그러나 연은 몇 번 푸득거리며 하늘을 날 듯하다가 머리를 땅으로 박고 곤두박질치기 시작했다.

"어어어! 내가 미쳐!"

연의 주인인 코흘리개 꼬마 녀석의 마음도 연을 따라 곤두박질친다.

그 옆에서 한 녀석이 우쭐대며 천천히 얼레를 감아 올렸다.

"하하하! 이번에도 자언(子言)이의 연이 이겼다!"

"자언이의 연은 천하무적이야!"

친구들의 찬사와 함께 승자의 어깨가 으쓱하며 목에 힘이 들어갔다. 소년의 연은 천하무적이라는 자부심과 함께 창공을 당당하게 날고 있었다.

연 싸움에 진 꼬마 녀석은 흐르는 콧물을 소매로 훌쩍 닦아내며 곤두박질친 연을 쫓아 빙판 진 구릉을 달렸다. 진 것도 서러운데 패배자의 말로는 숨이 턱까지 차도록 열심히 뛰어 만신창이가 되어 처박힌 자신의 연을 주워 와야 한다는 것이다.

유진(有眞)은 친구들 틈에 끼지 못하고 그 뒤에 홀로 쪼그리고 앉아 부러운 얼굴로 승리한 자언의 뒷모습을 바라보고 있었다. 또래에 비해 작은 키에 유난히 홀쭉한 얼굴의 소년이었다.

그는 단 한 번도 자신의 연을 가져본 적이 없었다. 아버지가 계셨다면 그렇지 않겠지만, 세 살 때 아버지가 돌아가신 후 유진에겐 연을 만들어줄 사람도, 만들 방법을 가르쳐 줄 사람도 없었다. 찢어지게 가난한 살림은 연을 만들 종이를 살 돈도 없었다.

없는 것투성이인 유진은 친구들 사이에 서슴없이 끼지도 못했다. 그저 그들의 뒤에서 바라보기만 할 뿐.

한 남자가 유진의 앞에 나타난 건, 자언을 한없이 부러운 시선으로 보기만 하던 바로 그때였다.

자언의 뒷모습을 가리며 한 남자가 유진의 앞에 섰다.

남자는 추위에 얼어붙은 듯 새하얀 얼굴이었다. 전신에 걸친 검은색 장포는 발목까지 내려왔고 검은 머리는 길게 풀어헤쳐져 허리에 닿았다.

기척도 없이 나타난 남자로 인해 유진은 깜짝 놀라 눈을 동그랗게 떴다.

핏기 없는 남자의 얼굴이 유진을 보고 웃었다.

그의 미소에 유진은 출처를 알 수 없는 공포감을 느끼며 심장이 터질 듯 두근거렸다.

검은 장포 남자는 유진의 놀람에 겸연쩍은 듯 화사하게 웃으며 말했다.

"아가야, 겁먹지 마라. 나는 너처럼 어린 아기들은 잡아먹지 않는단다."

'잡아먹는다?'

유진은 그가 분명 그렇게 말하는 것을 들었으나, 사람이 사람을 먹는다라는 개념이 머리 속에 분명하게 들어오지 않았다. 그래서 그는 그 사람이 잘못 말했거나, 자신이 잘못 들었을 거라고 생각했다.

"아, 아저씨, 누구세요?"

"그건 중요한 문제가 아니다."

“그럼… 뭐가 중요하죠?”

“너는 왜 다른 아이들과 함께 연을 날리지 않느냐가 중요하지.”

검은 장포 남자의 말에 유진은 피식 웃었다. 별 실없는 아저씨를 다 본다라는 웃음이었다.

“연이 없으니까요.”

“아버지가 연을 만들어주지 않았느냐?”

“아버지 같은 건 없어요.”

“돌아가셨구나.”

“네.”

유진은 우울한 얼굴로 창공을 자유롭게 비행하는 연들을 바라보았다. 그에게 소원이 있다면 저 많은 연들 속에 자신의 연도 있었으면 하는 것뿐이다. 그는 가끔 소원을 이루기도 하는데 그건 꿈을 꿀 때였다. 그래서 그는 꿈에서 깨어나고 싶지 않았던 적도 많았다.

“연을 갖고 싶으냐?”

유진은 고개를 끄덕였다.

“간절히?”

유진은 다시 고개를 끄덕였다.

“간절히 원한다면 소원이 이루어지기도 한다는 것을 너는 믿느냐?”

“그래서 소원이 이뤄진다면 저는 벌써 연을 가졌을 거예요.”

“믿지 않는구나.”

남자가 실망한 듯 말했다.

유진은 괜히 미안해졌다.

“간절히 원하고 불굴의 의지로 노력한다면 아름다운 날은 반드시 오는 게 세상 이치란다. 환경이 불우하다고 비관만 한다면, 그 자체가 이미 패배한 것인데 훌륭한 사람이 될 수 있겠느냐?"

"아니오."

"좋다. 네가 원하는 바를 이루기 위해서 언제나 노력할 거라고 이 아저씨에게 약속한다면 연을 갖게 해주겠다."

"저, 정말이세요?"

유진의 눈이 빛났다.

남자는 유진의 초롱초롱한 눈을 보며 빙그레 웃었다.

"약속하겠느냐?"

"약속하겠어요."

"좋다. 상점에 가서 한지(韓紙)와 대나무, 얼레와 아교, 그리고 명주실을 사 오겠느냐?"

남자는 은자를 꺼내 유진의 고사리 손에 쥐어주었다.

"너는 친구들 중에 제일 좋은 연을 가지게 될 것이다."

아이들이 남자와 유진의 주위로 몰려들었다.

유진은 처음으로 아이들의 주목을 받자 한껏 부풀어 있었다.

남자는 익숙한 솜씨로 아이들이 보는 앞에서 연을 만들었다.

"아저씨, 아저씨! 저도 연을 만들어주시면 안 돼요?"

"나도! 나도!"

아이들은 유진이 부러워서 아우성쳤다.

남자가 아이들을 돌아보며 씨익 웃었다.

"너희의 연은 다음에 만들어주마."

“그런데 아저씨 누구예요? 유진이 삼촌인가요?”

“바보. 유진이는 친척도 없어.”

“그럼 누구세요?”

“나는 저곳에서 왔다.”

남자의 손가락이 구름을 뚫고 치솟은 천산의 아득한 봉우리를 가리
켰다.

“그럼 신선이세요?”

“바보 녀석. 신선은 할아버지지. 이 아저씨는 신선 할아버지의 제자
인가 봐. 그렇죠, 아저씨?”

“그렇다. 네 말이 맞다. 유진이가 어머니 말씀을 잘 듣는 착한 소년
이라기에 상으로 연을 만들어주라고 신선 할아버지께서 나를 보내셨단
다. 너희도 부모님 말씀 잘 듣고 친구들과 사이좋게 지낸다면 연을 만
들어주도록 하마.”

“정말이세요?”

“신선 할아버지를 모시는 제자가 거짓말을 하겠느냐?”

“그럼 저도 이제부터 착한 아이가 될래요.”

코흘리개 소년은 주먹을 불끈 쥐며 각오를 다졌다.

남자는 빙그레 웃으며 완성된 연에 실을 묶으며 유진에게 말했다.

“자, 이제 다 되었다. 마지막으로 돌멩이를 하나 주워 오거라.”

“돌멩이는 왜요?”

“가져와 보면 안다.”

유진이 아무 돌멩이나 주워 남자에게 주었다.

남자는 악력(握力)으로 사과를 으스러뜨리는 것처럼 돌멩이를 으스

러뜨렸다.

아이들이 모두 놀라 '와아!' 하고 소리쳤다.

남자는 가루처럼 으스러진 돌가루를 아교와 섞었다.

"이렇게 해서 실에 바르면 줄이 튼튼해져 연 싸움에 절대 지지 않는다. 마지막으로 연에 너의 소원을 적도록 하자. 반드시 이루어질 수 있게 말이다. 소원이 무엇이냐?"

"저는……."

유진은 우물쭈물했다. 그는 한 번도 자신의 소원을 입 밖으로 말해본 적이 없었다.

"그냥… 배가 고프지 않았으면 좋겠어요."

유진은 얼굴이 빨개진 채 말했다.

아이들은 '소원이 겨우 그거야?' 라는 듯 '하하하!' 하고 웃었다.

"좋은 소원이로구나. 배가 고프지 않아야만 힘을 낼 수 있고 힘이 있어야만 무엇이든 할 수 있는 법이란다. 좋다. 너의 연에 잘 먹고 잘 살게 해달라는 부적을 써주마."

남자는 품에서 붉은색 휴대용 붓을 꺼내 연의 전면에 알 수 없는 문양을 그려 넣었다.

유진은 이제 곧 남자의 손에 들린 연이 자신의 것이 된다는 생각을 하자, 가슴이 두근거리고 조바심을 참을 수 없었다.

이윽고 완성된 연을 들고 남자가 일어섰다.

"연을 날려보도록 하자꾸나."

아이들이 일제히 옆으로 물러나며 길을 열어주었다.

남자는 바람의 방향을 가늠한 후 서서히 실을 풀어 허공에 연을 띄

우기 시작했다. 유진의 소망을 담은 연이 둥실 떠오르며 점점 높아지고 있었다.

"연을 날리는 데도 요령이 있다. 연은 바람이 필요하기 때문에 맞바람을 이용하여 비스듬히 날리면 올라간다. 이것은 바람 방향으로 미는 힘과 연이 올라가려고 하는 힘이 작용하기 때문이다. 그래서 연이 바람과 수직으로 되면 양력이 작동하지 않아 뜨지 않는다. 적당한 양력과 저항력을 받도록 벌이줄과 활벌이줄을 조종해야 한다. 이렇게 말이다."

연은 까마득한 높이에서 더 높은 곳으로 당당히 오르고 있었다.

유진은 남자의 손에 의해 하늘 높이 치솟은 연을 보자 좋아서 어쩔 줄 몰랐다. 이제 저 연은 그의 것이 되는 것이다.

"자, 이제부터 네가 해보아라. 잘할 수 있겠지?"

"물론이에요."

유진은 남자가 내민 얼레를 받았다.

연은 유진이 실을 흔들 때마다 더 높은 곳으로 치솟았다. 그간 유진의 인생은 고달픔의 연속이었으나 이 순간만큼은 천하를 얻은 듯 황홀했다.

남자는 암반 위에 앉아 유진이 날리는 연을 바라보았다.

어느덧 하늘 위로 석양이 지고 있었다. 연은 노을을 닮아 붉게 물들어갔다. 그 뒤로 몇 마리 철새가 집을 찾아 날아가고 있었다.

아이들은 다시 연 싸움에 빠져들었다.

연날리기의 재미에 아이들은 남자의 존재를 이내 잊어버리고 말았다.

그때 한 마리 백마가 언덕에 멈췄다.

백마 위에는 붉은 장포를 입은 이십대 중반의 여인이 앉아 있었다. 화려한 옷차림과 달리 여인의 얼굴은 얼음으로 만든 듯 차가웠다. 허리에는 보석이 박힌 장검을 차고 있었다. 남자를 발견한 그녀는 말에서 내려 천천히 걸어왔다.

암반 위에 앉아 자신이 만든 연이 하늘을 나는 것을 만족스럽게 바라보고 있던 남자가 붉은 장포 여인을 향해 고개를 돌렸다.

"왔느냐?"

남자는 붉은 장포 여인을 향해 부드러운 미소를 보였다.

붉은 장포 여인은 여전히 차가운 얼굴로 남자를 향해 살짝 허리를 숙였다.

"부르셨습니까?"

"그간 잘 있었느냐?"

"그동안 한차례의 안부도 없으셨던 분이 불현듯 제 안부를 묻기 위해 연에 신호를 그려 올려 보내신 건 아닐 테고… 본론을 말씀하시지요."

붉은 장포 여인은 간단한 인사말 외에 일상적인 대화는 할 생각이 없는 듯 사무적이었다.

남자는 익숙한 듯 어색해하지 않았다.

"염혁이 패배했다."

"……!"

"그러면 쉽게 처리할 수 있을 거라 생각했는데, 내가 너무 안일했던 모양이다."

“죽었습니까?”

“다행히 목숨은 건졌으나 철검문에 돌아간 후 물건을 정리하고 바로 떠났다고 하는구나.”

“자신의 한계를 깨닫고 수행을 떠난 모양이군요.”

“그런 것 같다. 생애 첫 패배의 충격이 너무 강했던 모양이야.”

그 말을 끝으로 검은 장포의 남자 북리진강은 말이 없었다. 대신 굳은 얼굴로 창공을 훨훨 나는 연을 바라보았다.

그러다 문득 유진을 향해 나팔손을 하며 외쳤다.

“유진아! 줄을 풀어라! 줄이 너무 팽팽하면 안 돼!”

“염혁의 패배를 제게 말하는 이유가 뭡니까?”

“옥상(玉尙), 네가 나서줘야겠다.”

붉은 장포 여인의 냉막한 아미가 찌푸려졌다.

“절보고 그들을 잡아오라는 말씀입니까?”

“잡으면 좋겠지. 그러나 굳이 무리할 필요는 없다.”

“……!”

“결국 성에서 그들을 잡게 될 것이야.”

“절보고 미끼가 되라는 말씀이십니까?”

“그는 너도 탐냈던 자야. 죽이기엔 인물이 아까운 자야.”

“혈불께서는 어떻게 생각하고 계십니까?”

“내 생각이 곧 그의 생각이다.”

오 년 전, 천산산맥을 중심으로 어느 문파도 건드릴 수 없는 엄청난 힘의 마적 떼가 등장했다. 그들이 휩쓸고 지나간 자리는 오직 피바다를 이룬다고 하여 붙여진 이름이 혈검련(血劍聯)이었다.

혈검련주에 대해 세상에 알려진 것은 없었다. 다만 혈검련의 습격에 살아남은 자들의 증언에 의하면 수괴는 젊고 아름다운 여인이라는 것뿐이었다.

"그는 불망입니까?"

혈검련주 설옥상(雪玉尙)은 북리진강을 보며 물었다.

"그래. 불망, 천산의 젊은 구도자로 알려진 자지."

설옥상은 떠났다.

다시 홀로 남은 북리진강은 천천히 암반에서 일어났다.

그는 한 사람을 떠올렸다.

천산 봉우리에 천산보다 우뚝 선 사람이다.

그 사람의 백발과 백염이 눈보라에 휘날린다. 큰 칼을 무겁게 등에 메고 무시무시한 안광을 번뜩이는 노인. 번뜩이는 안광 뒤로 숨어 있는 해탈과 번뇌, 그리고 순진무구한 대춧빛 얼굴이다.

'혈불과 나를 제외한다면⋯ 천하에서 그 사람을 알고 있는 사람은 아무도 없다. 그는 천하제일검임에 분명하나 미치광이 노인에 불과하다. 그는 과연⋯ 혈불의 뜻대로 움직일 것인가?

2

춥다.

그것은 매우 단순해 누구라도 가질 수 있는 생각이었다. 하지만 불망은 오랫동안 그런 생각조차 해본 적이 없었다. 그는 실로 오랜만에 생각이라는 걸 하게 되었다. 그 생각이 바로 춥다라는 것이다. 너무 추워서 온몸에 소름이 오싹 돋으며 파르르 떨렸다.

불망은 얼어 죽을지도 모른다는 위기감에 번쩍 눈을 떴다.

갈비뼈가 우두둑거리며 머리가 지끈거렸다. 그러나 몸은 이상하게 가벼웠다.

그는 주변을 두리번거렸다.

이른 오후였으나 침엽수가 하늘을 가려 사방은 초저녁인 듯 어두웠다. 뿌연 어둠 속에서 양정의 모습이 눈에 들어온다. 그녀는 불망과 조금 떨어진 곳에 앉아 운기조식을 취하고 있었다.

"……."

말없이 그녀를 바라보고 있는 불망의 눈에 아득한 상념이 매달렸다.

양정은 누군가의 시선을 느끼자 급히 눈을 떴다. 그녀는 며칠 동안 혼절해 있던 불망이 일어나 자신을 바라보고 있자 깜짝 놀라며 옷매무새부터 살폈다. 다행히 흐트러진 곳이 없었다.

'호, 혹시… 내가 한 일을 알고 있는 건 아닐까?'

"부, 불망… 괜찮아요?"

불망을 바라보는 그녀의 눈빛과 음성은 어딘지 모르게 어색했다.

"내가 정신을 잃은 지 얼마나 되었소?"

"삼 일… 정도."

"어쩐지 배가 고프더군. 당신은 배가 고프지 않소?"

당연히 배가 고팠다. 지난 삼 일간 불망의 옆을 꼬박 지키고 있었던 그녀였기에 먹은 것이라곤 눈과 얼음뿐이었다. 하지만 주화입마에 빠져 생사지경을 헤매다 일어난 사람이 다른 아무것도 궁금해하지 않고 배가 고프지 않냐고 물어보니 양정은 뭐라 말해야 할지 얼른 답변이 생각나지 않았다.

'내가 어떻게 살렸는데…….'

그녀는 그가 자신의 행위를 알고 있을까 봐 두려웠다. 하나 모르면 모르는 대로 또 야속할 것 같았다.

'그가 모른다면 공치사를 해야 하나?'

하지만 그건 여자의 입으로 할 수 있는 말이 아니었다.

양정은 생각을 오래 담아두는 성격은 아니었다. 그녀는 얼른 자신의 생각을 접으며 웃었다.

"배가… 고프긴… 해요."

"그럼 갑시다."

"어딜……?"

"밥을 먹으러 가야 할 거 아니오."

"밥이요? 지금 당장 말인가요?"

"왜? 그러면 안 될 일이라도 있소?"

"그, 그런 건 아니지만 갑자기 밥을 먹겠다니 당황스러워서……. 몸은 괜찮아요?"

"덕분에 견딜 만하오."

불망은 휘청거리며 수림을 걸었다.

'덕분에?'

양정은 불망의 뒷모습을 보며 그의 말을 곱씹었다. 그가 사실을 알고 하는 말인지 모르고 하는 말인지 도무지 분간이 되지 않았다.

불망은 수림을 천천히 걸어나가고 있었고 양정은 그의 서너 발자국

뒤에서 말없이 따랐다. 그녀는 조금도 지은 죄가 없었건만 왠지 마음이 무겁고 초조했다.

수림을 헤치며 앞서 가던 불망이 문득 걸음을 멈췄다.

양정은 깜짝 놀라며 손으로 가슴을 가린 채 불망을 따라 멈췄다. 불망이 뒤를 돌아보자 그녀의 가슴이 두근거렸다.

"그러고 보니 길을 모르는데, 이리로 가는 게 맞소?"

양정은 눈을 동그랗게 뜬 채 고개를 끄덕였다. 어차피 길은 없었으니 만들어서 걷는 곳이 곧 길이었다.

수림을 나와 산등성이를 넘는 동안 불망은 말이 없었다. 걷는 것 외에 그가 달리 한 행동은 계곡에서 얼음을 깨고 찬물에 세수를 한 것뿐이었다. 그가 세수를 마칠 때까지 양정은 주변을 살피며 말없이 뒤를 지켰다.

밥을 먹으러 가겠다는 자가 산정(山頂)에 올랐다.

벌써 한 시진째 어둠과 눈으로 뒤덮인 산하를 내려다보았다.

양정은 오직 그의 뒤를 따랐으나 전혀 지루하지 않았다. 오히려 그가 무슨 말을 할까 봐 가슴이 콩닥콩닥 뛰는 것이 조금은 흥분된 긴장감마저 느꼈다.

창백한 그의 얼굴은 여전히 병색이 짙었다. 생사를 건 결투 후에도 갈아입지 못한 옷은 걸레 조각보다 못했고 며칠 굶은 볼은 광대뼈가 툭 튀어나왔을 정도로 홀쭉했다. 쪽박만 들지 않았지, 거지 중에서도 이 정도면 상거지에 속했다.

양정은 불망이 안쓰러워 가슴이 아팠다. 그의 인생에 끼어들지만 않았더라도 불망은 건강하게 자신의 일을 해 나가고 있었을 것이다.

‘내가 그를 살려주었다고 하나 나로서 비롯된 겪지 않아도 될 고초를 겪었을 뿐… 그가 내게 고마워할 건 없다.’

어느새 불망은 양정의 작은 가슴속에 들어와 있었다.

“곤륜엔 더 이상 갈 일이 없을 것 같은데…….”

불망은 눈 덮인 산하를 바라보며 담담히 말했다.

“그렇지 않소?”

질문하지 않는다는 그가 핵심을 찔러 질문해 왔다.

하지만 양정은 당황하는 얼굴이 아니었다. 그녀는 지난 며칠간 심사숙고했다. 결론은 황소처럼 우직한 그를 더 이상 속일 수 없다는 것이다.

“그건 아니에요.”

양정은 불망의 옆에 앉아 그와 마찬가지로 눈 덮인 산하를 내려다보았다. 산정에서 내려다보이는 세상은 평화롭다. 그러나 세상이 얼마나 더럽고 치졸하며 온갖 음모와 암계로 점철되어 있는지 양정은 잘 알고 있다. 그런 세상 속에서 이처럼 우직한 남자는 찾아보기 어렵다.

“나는 곤륜산에 가야 해요. 거기에 나의 꿈이 있거든요.”

“송찬간포의 무덤이 그곳에 있소?”

불망은 여전히 담담했다.

양정은 그것까지 알고 있었냐는 듯 조금 놀란 얼굴로 불망을 쳐다보았다.

‘항상 같이 있었는데, 나 몰래 언제 그것까지 알았을까?’

산 아래를 내려다보는 불망의 입술이 미미하게 웃고 있었다.

"장보도에 의하면… 곤륜산 만장곡(萬丈谷)에 그의 무덤이 있어요."

"그는 대제국의 왕이었으니 무덤 속엔 우리 같은 사람은 평생 써도 마르지 않을 재화가 묻혀 있을 것이오. 당신이나 나나 그의 무덤을 찾아낸다면 돈벼락을 맞는 일이지. 하나… 과연 그곳에 그의 무덤이 있겠소?"

"혈불은 수십 년간 그의 무덤을 찾아왔어요. 장보도는 그의 수중에 있었던 것이니 틀림없을 거예요."

"혈불이 특별히 칠칠맞은 자가 아니라면 그 중요한 물건을 잃어버릴 턱이 있겠소?"

"……!"

"당신은 그가 왜 잃어버렸는지에 대한 의문을 느끼지 않았소?"

"무슨 말이죠?"

"혈불이 장보도를 당신에게 잃어버렸을 때는 다른 이유가 있을 수도 있다, 라는 생각을 해보지 않았냐는 말이오."

"……!"

그 부분은 생각해 본 적이 없었다. 왜냐하면 그녀는 혈불의 손에서 장보도를 훔쳐 내는 데 생명을 걸었기 때문이다. 그런데 불망의 말을 듣는 순간 그녀는 둔기로 머리를 맞은 것처럼 멍해졌다.

"당신에게 장보도를 잃어버릴 정도로 허술한 사람이었다면 그는 지금의 위치에 올라서지 못했을 거요. 그럼에도 불구하고 당신이 장보도를 가질 수 있었다면 그건 두 가지로 생각해 볼 수 있소."

"저기, 말씀 중에 죄송하지만 당신이라는 말을 사용하지 않으면 안 될까요?"

“……?”

“너무 삭막한 거 같아서요. 내 이름은 양정이에요. 이름을 불러주시면… 좋을 거 같아요.”

갑자기 호칭 문제를 들먹이는 그녀를 불망은 이해할 수 없었다.

여자들이 친분 정도에 따라 호칭에 민감하게 반응한다는 걸 알고 있다면 그 남자는 타고난 바람둥이이거나, 여자의 심리에 대해 학술적 연구가 되어 있는 자일 것이다.

“나는 당신이라는 호칭 대신 오빠라고 부르겠어요.”

“양 소저라 부르겠소.”

“그건 이름이 아니잖아요.”

“차차 익숙해지면 그렇게 하기로 합시다. 하던 말을 계속해도 되겠소?”

“말씀하세요, 오빠.”

양정은 생긋 웃으며 말했다.

불망은 그녀의 ‘오빠’라는 말에 적응되지 않았으나 듣기에 나쁘지도 않았다.

“한 가지는 장보도가 이젠 필요없어졌다는 것이고, 또 한 가지는 장보도를 잃어버린 데에는 다른 음모기 있다, 라는 것이오.”

“그럴듯하군요. 그런데 혈불은 송찬간포의 무덤 속에 묻힌 재화를 밑천 삼아 토번의 독립을 노리고 있어요. 그러니까 장보도가 필요없다는 논리는 맞지 않는 거죠. 또 한 가지, 잃어버린 데는 음모가 있다? 이건 좀 생각해 볼 문제군요. 하지만 음모가 있으면 어때요? 무덤이 도굴되지 않았다면 차지하는 자가 주인이잖아요?”

"기어이 가보겠다는 것이로군."

"도전하지 않는다면 얻을 수 없어요. 작은 기회라도 있다면 도전해봐야지요. 평생 구질구질하게 살 순 없잖아요."

"사람의 행복이 금은보화에 있는 건 아니오."

"하하. 오빠는 아직 배가 덜 고파보셨군요."

양정은 남자처럼 웃으며 불망의 말을 배부른 자의 오만으로 치부했다.

'배가 덜 고팠다? 과연 그럴까?'

불망은 빙그레 웃었을 뿐 그녀의 말에 반박하지 않았다. 남자가 권력욕에 강하듯 여자는 물욕에 강하니 그것을 가지고 누가 잘못되었는지를 따지는 건 부질없는 짓이었다.

"이 세상에는 두 종류의 사람이 살아요. 사람을 부리는 사람과 사람에게 부림을 당하는 사람. 오빠는 어느 쪽이에요?"

"글쎄……."

"오빠가 더 이상 원하지 않는다면 여기서 그만 헤어져도 나는 괜찮아요. 폐를 끼쳤어요. 미안하게 생각해요. 내가 여기서 오빠의 발목을 또 잡는다면 그건 정말 뻔뻔한 거죠."

먼 산하를 내려다보는 그녀의 깊은 눈빛은 쓸쓸했다.

"그 말은 보물을 혼자 다 차지하겠다는 말인가?"

"오빠……."

"일단 마을에 내려가서 밥을 먹고 다음을 생각해 봅시다."

불망은 암반에서 일어서며 양정을 향해 희미하게 웃었다.

"이유가 뭐죠? 나와 같이 가겠다고 결심한 이유가?"

그녀는 산정을 내려가는 불망의 뒷모습을 바라보며 소리쳤다.
'이유?
어머니는 말했다.

"불망, 능력이 안 된다면 끼어들지 마라. 그러나 끼어들었다면 지켜야 할 것은 반드시, 그리고 완벽하게 지켜내어야 한다. 목숨을 잃는다 할지라도."

열화동에서도, 능가장에서도, 그리고 지금도. 어머니의 말은 은연중 불망의 뇌리 속을 지배하고 있었다. 하지만 어머니의 말을 그녀에게 설명해 줄 필요는 없었다.
"위기에 몰린 여자를 도와주는 건 협사의 도리지. 어린 꼬마가 사냥꾼에게 쫓기는 토끼를 구해주는 데 다른 이유가 필요한가?'

3

눈부시도록 흰 열두 필의 백마가 교외를 한가로이 지나고 있었다.
마상의 인물들은 모두 이십대 중반의 청춘남녀들이었다. 그들은 한가한 오후에 즐기운 여행이라도 떠나는 것처럼 희희낙락거리며 웃고 즐겼다.
멀리서 밭을 가는 농부들이 청춘남녀들의 떠드는 소리에 하던 일을 멈추고 소리나는 쪽을 바라본다.
부잣집 귀공자들의 나들이 행차인가?
휘황찬란한 그들의 의복은 화려하기 그지없었고 입가에는 가진 자의 여유로운 미소가 그칠 줄 모른다.

"아저씨, 안녕하세요!"

그중 한 청년이 자신들을 쳐다보고 있는 농부를 향해 손을 흔들며 웃었다. 농부가 엉겁결에 같이 손을 흔들어주었다. 청년은 무엇이 그리 즐거운지 이내 깔깔대며 손뼉까지 치는 박장대소를 터뜨렸다. 그의 돌연한 웃음소리에 깜짝 놀란 백마가 '이힝' 거리며 앞발을 쳐들었다.

"어어, 이놈의 말이!"

그의 기마술은 꽤 쓸 만한 것이었으나, 고삐를 잡은 손까지 놓으며 웃고 박수를 쳐대자 앞발을 들고 일어서는 백마의 위에서 중심을 잡을 수 없었다. 청년은 말에서 떨어질 듯 위태롭게 흔들리며 급히 말고삐를 잡아끌었다.

간신히 말에서 떨어질 횡액을 면한 그는 '휴!' 하고 길게 한숨을 내쉬었다.

그의 낭패에 다른 열한 명이 낄낄거렸다.

"카카카! 역시 색골은 어디가 달라도 달라. 네가 저 농부에게 친절하게 구니까 애마 소홍(少鴻)이 질투하잖아. 그러니까 함부로 한눈팔지 말란 말이야."

"내가 무슨 한눈을 팔았다고 그래! 사람이 쳐다보면 인사하는 건 미덕(美德)이라고!"

"네 녀석의 미덕이 가는 곳마다 염문을 뿌리니 문제지. 사람이든 동물이든 가리지 않고 두루 미덕을 보이니…… 쯧쯧."

"월광(月鑛)이 동물에게도 미덕을 보인단 말야? 그럼 소홍이 애마가 아니라 애첩이었어?"

"애마이자 애첩이지."

"무슨 소리야?"

"저런! 월광 녀석, 소홍도 건드렸군. 그럼 그 뭐냐… 화화루(花花樓)의 조비연(趙飛蓮)이 하고 소홍은 동서지간이야? 월광, 둘 중 누가 형님이야?"

모두들 한마디씩 농을 건네며 청년, 제월광(諸月鑛)을 골려주었다.

제월광은 그들의 말이 농담인 줄 뻔히 알지만 얼굴이 빨개져서 소리쳤다.

"우리끼리 있을 때는 괜찮지만 련주 앞에서는 그러지 마! 그러면 련주는 조 소저와 내가 정말 했는 줄 안다고!"

"그럼 그녀완 안 하고 소홍하고만 했니?"

청년의 한마디에 또다시 허파가 뒤집어질 듯 웃음보따리가 터졌다.

"아, 정말! 하지 말라니까. 너 자꾸 그러면 삼 일 전에 련주가 목욕할 때 훔쳐보던 거 말한다!"

"뭐? 련주의 목욕을 훔쳐봤다고?"

"그게 정말이야? 완수!"

청년들이 우르르 우완수(佑完秀)의 백마 앞으로 몰려갔다.

"그, 그건……."

우완수가 난감하게 머리를 긁으며 가장 선두에 선 붉은 장포 차림의 여인 설옥상의 뒷모습을 훔쳐보았다.

"나는 안 보려고 했는데… 대겸(大謙)이 혼자 보다 걸리면 끝장이라고 자꾸 같이 가자고 해서……."

"뭐야? 대겸까지!"

모두의 시선이 옆에서 쩝쩝 입맛을 다시고 있는 능대겸(凌大謙)을 향해 불을 뿜었다.

"기회가 있을 때 봐둬야 한다는 건 만고의 진리야."

능대겸은 겸연쩍게 주변 동료들을 향해 한마디 던졌다.

"이 나쁜 놈들! 너희끼리만 다 봤단 말이지! 나만 빼고!"

한 청년이 주먹을 부르르 떨며 울분을 토했다.

"너만 뺀 건 아니지. 완수와 나만 봤으니… 나머진 다 빠졌지."

"어땠어? 좋았어?"

"그런 건 묻지 마."

"에이, 빼지 말고 말 좀 해봐. 어디까지 봤어? 다 본 거야?"

"다 보긴 뭘 다 봐. 김이 서린 통 속에 있어서 별로 본 것도 없어."

"그래도 가슴은 봤겠지?"

청년들은 집요하게 능대겸의 백마 앞에 달라붙으며 우후죽순처럼 질문했다.

선두에서 가고 있던 설옥상은 더 이상 참지 못하고 백마를 우뚝 세웠다. 그녀의 백마가 서자 뒤따라오던 모든 백마들이 멈췄다. 설옥상은 뒤로 고개를 돌려 도끼눈으로 청년들을 노려보았다.

청년들은 찔끔 고개를 외로 꼬며 설옥상의 도끼눈을 피했다.

"가만히 있는 날 왜 가지고 노는 거야?"

"그게 아니라… 이놈들이 련주의 가슴을 봤다기에……."

"내가 언제 봤다고 했어! 련주, 난 그런 말 한 적 없어. 표우(彪宇)가 봤냐고 물었을 뿐이야."

"가슴은 봤겠지? 라고 했는데 네가 아니라고 말하지 않았잖아!"

"그게 봤다는 말은 아니잖아."

"됐어! 다들 그만 해. 좌우지간 내가 너희 때문에 제명대로 못 살아. 나를 사랑하는 건 알겠지만 여자에겐 지켜야 할 비밀도 있다는 걸 좀 알아줬으면 좋겠어."

"련주, 우리에게 비밀이 있단 말이야?"

"그런 말이 아니잖아."

설옥상은 점점 두통이 심하게 치밀어 올랐다.

"쯧쯧. 표우, 너 진짜 머리 나쁘다. 그 머리로 어떻게 무공을 익혀 우리 혈검련의 일원이 됐냐?"

"무공은 머리로 하는 게 아니라 마음으로 하는 거야. 할 수 있다는 의지! 난 의지력이 강하거든. 련주를 차지하겠다는 나의 의지는 너희보다 훨씬 강해."

"넌 의지만 가져. 난 다른 남자를 찾아볼 테니."

"뭐야? 날 두고 다른 놈팡이를 찾는다고? 어떤 놈이야! 내가 당장 목을 잘라 버리겠어. 그리고 그 위에 내 목을 붙여야지. 킥킥."

그때였다.

"쉿! 그 남자의 소식이 왔어!"

설옥상은 고개를 들어 창공을 올려다보았다.

한 마리 수리매가 설옥상의 머리 위를 선회하고 있었다. 열두 명의 시선이 일제히 수리매를 향했다.

수리매는 허공에서 두어 번 더 회전하더니 설옥상의 어깨에 가볍게 내려앉았다. 수리매의 왼쪽 다리에는 비단 천이 묶여 있었다. 설옥상은 비단 천을 풀었다.

비단 천에는 다른 설명 없이 '화평객점(和平客店)'이란 네 글자가 쓰여 있었다.

"화평객점이 어디야?"

설옥상은 열한 명을 돌아보며 물었다.

"련주의 남자가 화평객점이야?"

"임마, 화평객점은 객점 이름이잖아!"

"아, 련주의 남자가 거기 있다는 거로군. 그럼 빨리 가자구! 단칼에 죽여 버리겠다!"

"화평객점이 어디냐니까?"

설옥상은 이들의 말장난에 골치가 아픈 듯 손으로 이마를 짚으며 소리쳤다.

"몰라. 난 산에서 내려온 지 워낙 오랜만이라……."

"나도 몰라. 난 어제도 산을 내려오긴 했지만 지독한 방향치라서…… 미안."

"그럼 빨리 알아봐!"

설옥상은 이 골칫덩이들의 말장난에 더 이상 참지 못하고 버럭 소리질렀다.

4

화평객점.

이층 누각으로 된 제법 큰 객점이었다.

객점에 여장을 푼 불망과 양정은 밥을 먹기 시작했다. 조용히, 빠른 속도로 밥을 먹어치울 뿐 말은 없었다. 순식간에 두 사람의 탁자 위에 빈 그릇들이 쌓여갔다.

사람들은 비쩍 마른 두 식충이를 보고 혀를 내둘렀다.

객점의 주인은 계산대에서 주판을 두드리며 그들의 식대를 계산하곤 머리를 쥐어뜯었다. 행색이 여간 쇠죄죄한 것이 아닌 두 식충이가 과연 저 엄청난 음식 값을 지불할 능력이 있을까, 하는 회의감 때문이었다.

'이제 와서 먹은 음식을 토하라고 할 수도 없고……'

피골이 상접한 것이 식대 대신 일을 시킨다 해도 제대로 할 수 있을지 의문이었다.

어쨌든 주인의 심정을 아랑곳하지 않은 두 사람은 배가 터질 정도로 음식물을 저장시킨 후 뜨거운 찻물로 입가심을 했다.

"양 소저는 방에 가서 쉬시오. 나는 말을 구해야겠소."

"저자에 온 김에 입을 옷을 좀 살까 해요. 오빠나 나나 몰골이 영. 사람들이 자꾸 쳐다보니까 이목을 끌지 않으려 해도 자연히 끌게 되잖아요."

맞는 말이었다.

객점 주인의 고뇌가 무색하게 두 사람은 음식 값을 단 한 푼도 깎지 않고 지불했다.

그들은 빠르게 물품을 구입해 마을을 벗어나려고 각자 분담하여 저자로 나갔다.

마시장은 가까운 곳에 있었다.

불망이 고른 말은 마시장에서 제일 싼 놈이었다.

놈은 윤기는커녕 오랫동안 씻지 않아 갈기에 뿌옇게 먼지가 잔뜩 앉아 있었다. 한가한 오후의 망중한을 즐기는 듯 새로운 주인이 온 줄도 모르고 꾸벅꾸벅 조는 모습이 꼭 무결을 보는 것 같아 그는 피식 웃음이 나왔다. 그러고 보니 무결과 헤어진 지도 오래되었다.

'잘 있으려나……'

그러려고 한 것은 아닌데 낯선 곳에 버려두고 온 놈이다.

지금쯤 불망을 원망하며 집 나온 개처럼 갈기에 잔뜩 오물을 묻힌 채 거리를 떠돌고 있을지도 몰랐다. 무결을 생각하니 불망의 가슴이 짠하게 아팠다. 고독했던 시절, 유일하게 그의 곁을 지켰던 놈이다.

불망은 애써 무표정한 얼굴을 하며 이제는 자신의 것이 된 늙은 말의 목덜미를 매만졌다.

놈은 늙었으나 아직 뛸 힘은 남아 있어 보였다. 적어도 곤륜까지는 무난히 달려줄 것이다. 어차피 말은 소모품. 돈도 없었지만 많은 돈을 주고 좋은 말을 구입할 필요는 없었다.

불망은 귀찮아하는 놈을 마구간에서 끌어냈다.

멀리 석양도 지나간 산야에 조금씩 어둠이 깔리고 있었다.

어둠 속에서 지축을 울리는 말발굽 소리가 들렸다.

말에 앉은 먼지를 털고 있던 불망은 무심코 소리가 나는 쪽을 향해 고개를 돌렸다.

흩어진 구름이 뭉쳐지듯 자욱한 흙먼지가 무리를 이루며 피어올랐다가 사방으로 흩어졌다. 그래서 흙먼지 속의 인마(人馬)가 분간되지 않았다. 주변의 행인들이 말 떼를 피해 우왕좌왕하며 엉덩방아를 찧기도 했다.

인마가 좀 더 가까워지자 불망은 또렷이 볼 수 있었다. 선두에서 달리고 있는 한 여자의 냉막한 모습을.

"설옥상!"

그녀의 모습은 사람이 아니라 시퍼렇게 날이 선 한 자루 검처럼 보였다.

불망은 알고 있었다.

용화세의 백마교가 사라진 자리를 차지한 거대한 조직 하나를.

"혈검련!"

5

휘이이이이잉…….

불어오는 한줄기 광풍이 옷자락을 펄럭였다.

화평객점 앞, 열두 필의 백마가 나부끼는 객점의 깃발 아래 우뚝 섰다.

혈검련이다.

열두 명의 모습에서는 웃고 떠들며 까불어대던 조금 전의 모습은 찾아볼 수 없었다. 냉막한 얼굴로 허리를 펴고 마상에 앉아 있는 모습은 그 자체로 패도적 기운이 흘렀다.

행인들은 혈검련의 면목을 대하자 숨 막히는 압박감에 헉헉댔다. 시끌벅적하던 저잣거리가 그들의 등장으로 인해 찬물을 끼얹은 것처럼 조용해졌다.

"겨우 찾았군."

설옥상은 생각을 알 수 없는 눈빛으로 화평객점의 이층 누각을 올려다보았다.

또각.

이윽고 그녀를 비롯한 혈검련의 열두 필 백마가 한 마리인 양 동시에 움직이기 시작했다.

객점으로 들어가기 위해서는 하마(下馬)해야 한다.

하지만 혈검련의 누구도 하마하지 않았다. 그들은 말을 탄 채 화평객점으로 전진했다.

쾅! 우지끈!

거칠 것이 없었다.

선두에 선 설옥상의 백마는 객점의 문을 부쉈다.

"……!"

"……!"

객점의 손님들은 모조리 얼어버린 채 문을 부수고 들어오는 혈검련을 바라보았다. 모두의 얼굴이 공포로 범벅이 되었다. 말을 탄 채 실내로 들어오는 무뢰배들을 본 적이 없었다.

하지만 누구도 그들의 무례에 저항하지 못했다.

"어, 어서 옵쇼."

목구멍이 포도청인 점소이가 주인에게 떠밀려 자신의 업무에 충실했다. 그는 혈검련을 자리에 안내해야 했지만 말을 탄 손님을 안내해 본 경험이 없었다. 그는 '어서 옵쇼'라는 한마디 외에 다른 말은 하지 못하며 주인과 혈검련의 눈치를 살폈다. 과연 그들을 자리로 안내해야 하는 것인가 말아야 하는 것인가? 등에서 식은땀이 흘렀다.

백마 위의 설옥상은 냉철한 눈빛으로 객점의 손님들을 하나하나 살폈다. 그녀와 눈이 부딪친 손님들은 잘못한 것도 없으면서 죄지은 사람처럼 시선을 피했다.

불망은 객점의 이층에서 양정을 기다리며 술을 마시고 있었다.

주변의 손님들이 부르르 떨며 탁자 밑으로 고개를 처박고 있었으나 불망은 당당하다.

'저 자신감은 여전하군.'

그를 발견한 설옥상의 눈가에 비웃음이 스치고 지나갔다.

따각.

백마가 불망을 향해 움직였다.

놈은 주인의 의지에 의해 이층으로 올라가는 나무 계단을 밟았다.

말이 계단을 오르자 사람들은 다시 숨을 죽였다.

설옥상의 백마는 완전히 계단을 올라 몇 개의 탁자를 옆으로 밀며 불망의 앞에 우뚝 섰다. 그녀의 전신에서 폭사되는 살기는 숨을 쉬기조차 어려웠으나 그 안에서 불망은 무심했다.

그는 탁자 위 주전자를 들어 잔에 술을 따랐다.

"오랜만이야."

"마실 텐가?"

불망은 술이 가득 든 잔을 들어 설옥상에게 내밀었다.

"아직 일이 끝나지 않았어. 음주는 곤란해."

백마 위의 설옥상은 흰 이빨을 드러내며 웃었다.

"그럼 할 수 없지. 혼자 마시는 수밖에."

"우리 얼마 만이지?"

"관조하며 살다 보니 시간의 흐름을 모르겠더군. 그런데 나를 찾아온 건가?"

"내가 잘못 찾아오지 않았다면."

"의외군. 혈검련에서도 송찬간포의 무덤에 숨겨진 보물에 관심이 있었다니."

"돈은 주체할 수 없을 만큼 많아. 마적질을 해서 꽤 벌었거든."

"그렇다면 다행이고."

"전에 했던 약속은 아직 유효해. 지금이라도 내게 온다면 모든 것을 보장해 주지. 나는 너처럼 젊은 인재를 필요로 해."

"나 역시 설 련주 같은 여자를 호위무사로 쓰면 좋을 것 같은데, 생각있으면 언제든지 오게. 대신 나는 부자가 아니니 설 련주가 백의종군해야지."

백마 위의 설옥상은 불망을 내려다보며 씨익 웃었다.

인재를 탐한 그녀는 한때 천산의 젊은 구도자를 영입하기 위해 수고를 아끼지 않은 적이 있었다.

거절당했다.

하지만 사람은 어느 순간이 되면 조직을 필요로 한다. 홀로 유아독존은 한계를 드러내기 때문이다. 설옥상은 현재는 아니지만 언젠가 그도 조직을 필요로 하게 되면 내 사람이 될 수 있다고 생각했다. 때문에 알게 모르게 혈검련의 힘으로 뒤를 봐준 적도 있었다.

그러나 이제는 다 지난 일이 되고 말았다.

수고는 물거품이 되었다.

불망은 앉아 있었으나 엄엄한 방어 태세를 갖추고 있었다.

'과연 내 눈이 잘못되지는 않았군.'

설옥상은 감탄했다.

불망의 앉은 모습에서는 빈틈을 찾을 수 없었다.

부딪친다면 극강과 극강의 대결이었다.

그러나 승산은 혈검련에 있었다. 왜냐하면 그는 혼자였고 혈검련은 열두 명이기 때문이었다.

이긴다는 건 중요하다.

완벽하게 이긴다는 건 더 중요했다.

완벽한 승리를 위해선 기다려야 했다. 설옥상은 시간이 많았다. 이런 대치는 오래갈 수 없다. 기다린다면 그는 들끓는 긴장감과 두려움, 숨 막히는 흥분으로 인하여 빈틈을 보이고 결국 무릎을 꿇고 말 것이다. 그것이 상대를 가장 완벽하게 이기는 방법임을 설옥상은 알고 있었다.

6

칼바람이 휘몰아치는 언덕 위에 애꾸눈을 한 노인이 우뚝 서 있었다. 패도문주 혈독안(血獨眼) 송자보(宋子保)였다.

송자보의 뒤로는 십여 명의 죽립무사가 비장하게 시립해 있었다.

그는 패도문의 다섯 장로가 불망에게 죽임을 당하자 대노하여 직접 제자들을 이끌고 문을 나선 것이다.

"상황은?"

송자보는 이제 막 바람을 가르고 도착한 흑의인을 향해 물었다.

“놈은 혈검련과 대치 중에 있습니다.”

“혈검련?”

“파황성에서 혈검련을 동원했습니다.”

“그렇다면 놈은 반드시 죽임을 당하겠구나.”

“그렇습니다.”

“좋다. 기회를 놓치면 안 된다. 혈검련이 놈의 시선을 가로막는 동안 우리가 목을 벤다. 모두 죽기를 각오하고 오장로의 복수를 하자!”

7

포목점에서 곱게 물들인 비단을 보는 양정의 눈에는 행복이 매달려 있었다. 저 예쁜 옷감으로 옷을 해 입으면 얼마나 아름다울까 하는 소박한 행복이다.

생각해 보면 행복은 멀리 있는 것이 아니다.

사랑하는 사람을 만나고 그 사람과의 사이에서 아이를 낳고 가끔은 싸우고 가끔은 즐거워하며 함께 맛있는 음식을 나눠 먹는 것이 행복이었다.

어려운 일이 아니었다. 하지만 양정은 태어나서 단 한 번도 그런 행복을 누려본 적이 없었다.

‘어쩌면.’

양정은 쪽빛으로 물든 비단을 손끝으로 느끼며 불망을 생각했다.

‘내게도 그런 행복이 올지 몰라.’

생각만으로도 행복이 찾아왔다. 가슴은 벅차올랐다. 이번 일만 성공

한다면 세상을 등질 것이다. 아무도 찾아낼 수 없는 먼 곳으로 숨어들어 과거를 모조리 지워 버릴 것이다.

두어 벌의 의복과 몇 가지 생활용품을 산 양정은 행복한 마음으로 객점을 향했다. 그리고 무심코 부서진 객점의 문을 들어서는 순간 그녀의 행복은 산산이 무너지고 말았다.

“……!”

무거운 살기가 그녀의 전신을 엄습해 들었다.

마구간이 아닌 객점임에도 불구하고 열두 필의 말이 보인다. 마상에서 뿜어지는 싸늘한 예기는 객점 전체를 얼리고 있었다. 아무도 말해 주지 않았지만 양정은 이 살기가 누구 때문인지 본능적으로 알았다.

그녀의 초조한 시선은 불망을 찾고 있었다.

불망은 폭사되는 살기 속에서 혼자 앉아 있었다.

피할 곳은 없어 보였다. 적들은 아무렇게나 자리를 차지하고 있는 듯 보였으나 실상 불망을 중심으로 필살검세를 형성 중이었다. 만약 그가 조금이라도 빈틈을 보인다면 혈검련의 열두 자루 예리한 검이 가슴을 뚫고 지나갈 것이다.

그래서 불망은 대나무를 움켜쥔 채 움직이지 못했다.

‘오빠…….’

양정은 이 숨 막히는 대치에 가슴이 답답했다. 그를 도울 방법을 찾아야 했으나 얼른 머리 속에 떠오르는 생각이 없었다.

애절하게 불망을 바라보았고, 시선을 느낀 그가 양정을 향해 눈동자를 돌렸다.

가라.

불망의 눈동자가 그녀를 향해 말했다.

어서 가라.

양정은 지금처럼 긴장하는 불망은 본 적이 없었다. 수십 명의 적에게 포위당했을 때도, 염혁과의 일 대 일 대결에서 목숨이 경각에 달했을 때도 불망의 위기감은 지금보다 덜했다.

'그가 패할지도 몰라.'

패배는 곧 죽음이었다.

행복했던 감정은 사라지고 암울한 죽음의 그림자가 양정을 찾아왔다.

불망의 눈빛이 말하듯 이 자리를 벗어난다면 아직 생명줄을 이을 수는 있다.

양정은 지그시 입술을 깨물었다.

'이제 그는… 내 자신의 운명이야.'

오직 생사의 갈림길에서만이 진실한 애정을 확인할 수 있는 법이다. 양정은 그것을 확인했다.

"좀 비켜주시겠어요."

그녀는 나무 계단을 막고 있는 백마들의 틈을 비집고 불망이 있는 이층으로 올라갔다.

십여 명의 죽립인이 객점의 지붕 위로 날아왔다.

송자보는 외눈을 빛내며 죽립인들의 위치를 일일이 확인했다.

준비는 끝났다.

불망의 모든 신경은 오로지 혈검련을 향해 있었다. 지붕을 부수고

내리 꽂한다면 놈은 도저히 막아낼 수 없을 것이다.

송자보의 가슴은 놈을 반드시 죽여 버리고 말겠다는 복수심으로 퍼덕거렸다. 그는 죽립인들을 향해 한 팔을 들었다.

죽립인들이 소리없이 발검(拔劍)했다.

객점으로 보낸 수하 하나가 슬그머니 빠져나와 지붕 위의 송자보에게 좀 더 정확한 위치를 알려주는 신호를 보냈다. 송자보는 고개를 끄덕였다. 동시에 팔이 빠르게 밑으로 떨어졌다.

콰앙!

전각의 지붕을 뚫고 죽립인들이 쏟아졌다.

양정은 힐끗 마상의 설옥상을 올려다보았다.

설옥상은 오로지 불망만 바라볼 뿐, 양정의 시선에는 아랑곳하지 않았다.

"여행에 필요한 몇 가지 물건과 오빠가 갈아입을 옷을 사 왔어요."

양정은 태연하게 웃으며 불망의 앞에 앉았다.

"알고 있었지만 여전히 말을 듣지 않는군."

불망은 혀를 찼다.

그 순간이었디.

슈슈슈슈슉!

천장이 무너지며 십여 개의 장검이 내리 꽂히듯 불망과 양정을 향해 폭사되었다.

불망은 벌떡 일어났다.

第6章

향기를 팔아 안락을
구하지 않는다

슈슈슈슈슉!

무너진 천장에서 쏟아진 검은 정확히 불망을 노렸다.

불망이 벌떡 일어나고 양정은 고개를 위로 들었다. 머리 위에서 표독스러운 눈빛을 가진 죽립인의 검이 쏟아졌다. 그 순간 그녀는 아무 생각도 나지 않았다. 텅 빈 머리 속에 찰나지간 죽음의 공포가 화선지에 쏟아진 먹물처럼 번졌다. 귓전에서는 바람 소리가 윙윙댔다.

여기저기에서 놀란 사람들의 비명 소리가 터져 나왔다.

불망의 대나무가 허공을 베었다.

파공음이 일며 검과 대나무가 부딪치더니, 곧 사람의 살과 피가 비처럼 쏟아졌다.

불망의 신형이 눈부시게 움직이며 뻥 뚫린 하늘을 막았다.

양정은 굉장히 무서웠지만 앉은자리에서 움직이지 못했다. 불망의
움직임에 방해가 될까 두려웠기 때문이다.

"으아아악!"

"으악!"

명부를 찾아 떠나는 단말마와 함께 탁자 위로 서너 자루의 검이 꽂
혔다.

바닥으로 착지한 죽립인들이 다시 도약했다.

불망의 대나무에 베인 죽립인이 설옥상을 향해 덮치듯 날아왔다. 돌
연히 나타난 방해자들 때문에 급격히 기분이 나빠지고 있던 설옥상은
잔뜩 미간을 찌푸리며 날아오는 죽립인의 목덜미를 움켜쥐고 숨통을
조였다.

송자보의 암습은 실패했다. 놈은 그의 생각 이상으로 고수였다. 하
지만 여기서 멈출 수 없었다.

"죽여랏! 놈을 죽여!"

그는 고래고래 소리 지르며 불망 대신 양정을 향해 검을 찔러왔다.
반드시 그가 양정을 보호할 것이라는 생각 때문이었다.

양정을 공격하자 과연 그는 깜짝 놀라 손을 뻗어 그녀를 보호하려
했다. 그 순간 다른 두 개의 검이 불망의 옆구리를 향해 날아왔다. 불
망은 빙그르르 돌며 양정의 몸을 감싸듯 품 안으로 끌어당겼다.

곧바로 대나무를 뻗었고 송자보의 검이 대나무의 탄력으로 인해 퉁
겨 나갔다. 송자보는 손아귀가 찢어질 것 같은 고통을 느꼈다.

그때 혈검련의 일인인 우완수는 볼 수 있었다. 불망이 빠르게, 그리
고 비스듬히 옆으로 몸을 돌리던 순간 드러나는 빈틈을.

빈틈은 부릅떠진 우완수의 시선 속으로 강렬하게 쏘아 들어왔다.

더 이상 완벽할 수 없다, 라고 할 정도의 빈틈이었다.

'가슴이 비었어!'

그러나 혈검십규(血劍十規) 중 하나가 련주의 명령 없이는 공격할 수 없다란 것이다. 설옥상은 아직 공격 명령을 내리지 않았다.

우완수의 신형이 움찔거렸다.

동시에 검객이라면 반드시 가져야 하는 야수적 본능이 튀어나왔다.

그것은 상대가 허점을 보이면 사정없이 공격한다는 것.

슈슈슈슉!

그는 마상에서 신검합일의 자세로 불망을 향해 날아갔다.

우완수에겐 아무것도 보이지 않았다. 오직 불망의 빈 가슴만 쏘아져 들어왔다. 혈검련과 다른 별개의 움직임이었다.

그 순간 불망의 신형은 죽립인을 쫓아 옆으로 움직이고 있었다.

푸욱!

꽂혔다.

감각만으로 알 수 있었다.

불망의 몸에 그의 검이 파고들어 간 것이다.

심승이 아닌 사람의 살 속을 파고들어 가는 짜릿한 감촉이 우완수의 손끝에 전해졌다. 그는 희열을 느꼈다.

우완수는 히쭉 웃으며 불망을 바라보았다.

고통에 일그러진 불망의 얼굴이 동공 속에 파고들었다.

그런데 불망의 품에는 양정이 있었다. 의도하지 않았으나 그녀는 마치 방패처럼 불망의 앞을 막고 있었다. 찰나지간 불망의 신형이 움직였고 빈틈을 보았을 때 잠깐 망설이며 움찔거렸던 우완수의 검은 불망 대신 그녀의 오른쪽 어깨를 파고들어 간 것이다.

"으윽……."

검에 맞은 양정은 불망의 가슴으로 쓰러졌다.

우완수를 돌아보는 불망의 피칠한 눈이 부릅떠졌다.

대나무가 빛보다 빠르게 검을 쥔 우완수의 오른손을 향해 날아왔다.

우완수는 그것을 보았지만 피할 수 없었다. 더욱이 양정의 어깨를 함께 관통한 우완수의 검은 뽑히지 않았다.

그의 대나무가 너무 빨라 검을 뽑아낼 시간적 여유가 없다. 피하려면 오직 검을 잡은 손을 놓아야 했다.

그는 망설였다.

무사가 손에서 검을 놓을 수 있으랴!

하지만 검을 놓지 않는다면 팔이 떨어져 나갈 것이다.

무사의 명예와 오른팔.

선택이었다.

심한 갈등으로 인해 복잡하게 일그러진 우완수는 불행히도 강요당한 선택 중 어느 한 가지를 선택할 시간적 여유가 없었다.

불망의 대나무는 빨라도 너무 빨랐다.

대나무는 퍽! 소리를 내며 우완수의 팔을 내려쳤다.

우완수의 팔이 땅으로 떨어졌다. 뒤이어 베어진 팔꿈치에서 피보라가 몰아쳤다.

"컥!"

다른 사람의 팔을 베어보았어도 그 자신의 팔을 베여본 적이 없었던 우완수는 믿을 수 없는 듯 눈을 부릅뜨며 떨어져 나간 자신의 오른팔을 바라보았다.

우완수의 팔은 검을 놓치고 바닥에 떨어져서 붉은 피를 토했다.

지탱해 주는 힘이 사라진 그의 검은 무게를 이기지 못하고 양정의 어깨에 박힌 채 흔들리고 있었다. 그것이 그녀의 어깨에 더 큰 상처를 주었다.

불망은 양정의 어깨에 박힌 검을 뽑았다.

양정은 고통을 이기지 못하고 혼절했다.

"완수!"

설옥상은 백마 위에서 몸을 날렸다. 어느새 뽑아 든 그녀의 검은 불망을 노렸다.

불망은 우완수의 검을 짓쳐드는 설옥상을 향해 던졌다.

설옥상은 자신의 미간을 향해 날아오는 우완수의 검을 보았다. 불망을 향했던 그녀의 검이 우완수의 검을 막았다.

일층의 백마들이 일제히 이층을 향해 날아올랐다.

불망은 대나무를 의지해 허공으로 솟구쳤다. 뻥 뚫린 지붕 위로 그의 신형이 날아올랐다.

설옥상도 불망을 쫓아 지붕 위로 날아왔다.

불망은 지붕 위에서 다시 밑으로 뛰어내렸다. 설옥상은 한 줌 진기를 이용해 삼 장을 획 날며 불망이 마지막으로 서 있던 지붕 앞으로 달려갔다.

그 아래에는 불망의 말이 대기 중이었다.

설옥상이 뛰어가 내려다보았을 때, 불망의 비루먹은 말은 허겁지겁 어두운 저잣거리를 빠져나가고 있었다.

그녀는 더 이상 불망의 뒤를 쫓지 않았다.

'과연 쓸 만한 놈이야……. 그 미세한 틈을 이용해 도망칠 생각을 하다니!'

2

기화요초가 만발한 정원을 나비처럼 펄럭이며 하늘을 난다.

몸은 깃털처럼 가볍다.

가고 싶은 곳은 어디든 갈 수 있고, 보고 싶은 것은 무엇이든 볼 수 있으며, 먹고 싶은 것은 마음대로 먹을 수 있다. 하늘로 손을 뻗으면 파란 물감이 그대로 쏟아질 것 같다. 더없이 맑은 공기가 폐부로 들어 오며 상쾌함은 마음까지 환하게 했다.

세상을 다 가진 것 같은 기쁨.

그러나 그 뒤로 찾아오는 것은 아픔이었다.

양정은 고통을 참기 위해 피가 배일 정도로 입술을 깨물었다. 몽롱 한 희열의 의식 속에서 참담한 현실을 자각했다.

칠흑 같은 어둠이 깔린 현실은 지옥으로 떨어지는 무저갱의 시간적 공포였다.

양정은 검에 맞은 어깨를 만졌다. 말라 버린 핏덩이가 손끝에 와 닿 았다. 아파야 정상이건만 감각이 없었다.

'죽지는 않았구나. 그런데… 어떻게 된 거지?'

생각이라는 걸 할 수 있게 되자 양정은 주위를 돌아볼 여력이 생겼다.

그녀는 다 늙어 금방이라도 쓰러질 것처럼 헉헉대는 말을 탄 불망에게 의지한 채 어디론가 달려가고 있었다. 그녀의 삼단 같은 머리채가 바람에 흩어지며 한 폭의 수묵화처럼 허공으로 펼쳐졌다.

불망은 양정을 안고 있었다.

하지만 이건 안고 있다고 말하기 어려운 자세다.

그는 양정을 짐짝처럼 옆구리에 끼고 다른 한 손으로 말고삐를 잡은 채 달려가고 있었던 것이다.

그녀는 지금 자신의 자세가 굉장히 볼썽사납다는 걸 알았다. 하지만 아직까지 불망과 함께라는 데 안도했다. 모든 것이 참담하지만 한줄기 행복의 빛은 남아 있었다.

"아파요."

그것은 그녀조차 생각하지 않았던 전혀 의외의 말이었다. 그래서 그녀 자신도 조금 놀랐다.

불망은 반응하지 않았다.

그는 달려가는 데 집중할 뿐이다.

양정은 그가 듣지 못했을지도 모른다는 생각에 조금 더 큰 소리로 말했다.

"아프다니까요!"

"검에 맞았으니 당연히 아프지."

그제야 불망이 반응했다.

양정은 그가 굉장히 지혜로운 사람이라고 생각했으나 의외로 둔한 구석도 있다고 생각했다. 지금 같은 때가 바로 그러한 때였다. 아프다고 말하는 것은 '날 좀 봐주세요' 라는 말이지, 그 아픔의 이유를 설명하라는 게 아니라는 걸 왜 모른단 말인가. 이런 면에서 남자들은 대체로 답답하다.

"그게 아니고……."

일일이 행동 지침을 가르쳐 주기에는 자존심이 상했다.

그녀는 속으로 한숨을 푹푹 내쉬며 다시 말했다.

"오빠가 끌어안은 제 허리가 아프다고요. 끊어질 것 같아요."

그제야 불망은 양정을 번쩍 들어 자신의 앞자리에 앉혔다. 그는 혼절한 양정의 상체를 세우고 중심을 잡을 수 없었기에 어쩔 수 없이 옆구리에 끼고 왔다. 깨어난 이상 그럴 필요는 없었다.

그녀의 풀어헤쳐진 머리채가 불망의 코끝에서 나풀거렸다.

등과 어깨는 불망의 가슴과 밀착되었다.

불망의 심장 뛰는 소리가 두근거리며 양정에게 전해졌다. 양정은 마치 듣지 말아야 할 소리를 들은 것처럼 얼굴이 붉어졌다.

그와 함께한 시간은 그녀의 인생에서 백 분의 일도 되지 않는다.

하지만 태어나서부터 쭉 함께 살아왔던 것처럼 편안함을 느꼈다.

밀착된 가슴에서 느껴지는 심장의 박동은 두 사람이 함께 살아 있음을 알게 해주었다.

그녀는 왠지 부끄러워 자신도 모르게 고개를 숙였다. 그러면서 그녀는 그가 자신의 부끄러운 얼굴을 볼 수 없어서 다행이라고 생각했다.

"혈검련은 어떻게 되었나요?"

양정은 자신의 부끄러움을 감추기 위해 짐짓 아무렇지도 않은 듯한 음성으로 물었다.

"몰라."

"그럼 우리는 이미 그들의 사정권에서 도망친 건가요?"

"도망치지 않는다."

"……?"

"우리는 우리가 가야 할 곳으로 가는 것뿐. 혈검련이든 파황성이든 상관할 필요 없어."

3

하늘 높이 치솟은 곤륜의 팔만 사천 봉우리는 구름을 뚫고 우뚝 솟아 있었다. 그 가운데서도 으뜸은 옥룡봉(玉龍峰)이었다. 태양이 잠시 벽공에 걸린 정오를 제외하고는 언제나 짙은 음영 속에 잠겨 있는 옥룡봉은 신비 속에 파묻혀 있었다.

휘이이이이잉!

세차고 매운 바람은 쉬지 않고 봉우리를 휘몰아쳤다. 바람 소리는 속세와 떨어진 절령궁애(絶嶺窮崖)의 황량한 분위기를 더해준다.

그 아래 세상에 이름을 떨쳐 울리는 거대한 문파가 있다.

강호무림의 구파일방 중 하나인 곤륜파가 바로 그것이다.

길게 꼬리를 그으며 유성(流星)이 추락한다.

유성은 암흑으로 뒤덮인 곤륜의 봉우리에 청량한 빛줄기를 그으며 낙하했다.

일신에 푸른빛 도복을 입은 일흔가량의 노도사는 나이답지 않게 맑은 눈을 가졌다. 하나, 그의 맑은 눈에는 시름 또한 가득했다.

휘이이이잉…….

정처없이 불어오는 바람 한줄기가 노도사의 선기(仙氣) 충만한 몸을 스치며 다른 곳으로 몰려가고 있었다.

노도사는 바람을 맞으며 서 있었다.

유성이 지나간 곤륜의 밤하늘은 평화롭다.

저 평화로운 하늘, 그러나 그 하늘 아래 살아 숨 쉬는 인간은 탐욕과 질투, 전쟁 등으로 아수라 지옥을 그린다. 바람직하지 않은 일이다. 그는 일생을 선(禪)과 도(道)를 위해 바쳤으나 아직 길은 요원했다. 제세구민은커녕 자신의 한 몸조차 아직 구원하지 못했다.

대곤륜의 장문진인 청담자(靑潭子), 그는 그것이 아쉽다.

"하늘은 결국 피로 세상을 구원하실 셈인가?"

이미 결심은 섰다.

하지만 한 가지, 아무리 대의명분이 탁월해도 손에 피를 묻히는 일은 저어된다. 원시천존을 만날 수 있다면 물어보고 싶다. 이것이 과연 바른길인가를.

미세하게 바람이 움직이며 가늘게 풀잎을 밟는 소리가 들렸다. 작은 기침 소리와 함께 중년의 도사가 청담자의 앞에서 허리를 숙였다.

"장문진인께 아룁니다. 화룡전(火龍殿)으로 각 문파의 장문인들께서 속속 도착하고 계십니다."

"황산(黃山)에서는?"

"무림맹을 대신하여 청해지부의 조수방(趙秀邦) 분타주가 왔습니다."

넓은 직사각형의 탁자를 앞에 두고 모인 인원은 모두 열 명이었다.

이들은 각각 청해에서 이름을 떨치고 있는 무림명숙들로 한 사람 한 사람의 무게가 가볍지 않아 이처럼 모두 모이는 건 대단히 이례적인 일이었다. 더욱이 이 열 사람의 명숙은 개인적으로 온 것이 아니고 자신들의 세를 과시라도 하려는 것처럼 제자나 수하들을 데리고 왔으니 곤륜은 때 아닌 손님 접대로 북새통을 이루었다.

"모두들 알고 계시겠지만 제가 사전 설명을 하겠습니다."

청담자의 옆 자리에 앉아 있던 삼십대 중반의 사내가 포권하며 일어섰다. 가느다란 팔다리에 작은 손발을 지닌 여윈 체구의 그는 황산 무림맹 청해지부의 분타주 조수방이었다. 그의 강호상 별호는 만호리(萬狐狸). 여우처럼 꾀가 많다 하여 붙여진 별호였다.

그가 일어서자 어수선하던 군웅의 시선이 일제히 주목했다.

"맹에서는 오래전부터 파황성의 혈불이 중원 정복의 야심을 가지고 있다는 정보를 입수하였습니다. 그가 토번의 지난 영광을 재현하기 위해 제국을 세우려 한다면 그건 나라에서 할 일이지만 그의 일차적 야심은 무림 정복에 있습니다. 그렇다면 당연히 저희가 나서야 하지 않겠습니까?"

호소력 짙은 음성이었다. 더욱이 그의 말은 눈과 귀가 있고 정보를 제공받는 위치에 있는 사람이라면 누구나 알고 있는 일반적인 사실이었으니 군웅은 고개를 끄덕이며 동의를 표했다.

"특히 파황성은 청해에 근거를 두고 있습니다. 그렇다면 그들이 들고일어날 때, 가장 피해를 입는 곳이 어디겠습니까? 저는 이 문제에 대해 여러 선배 명숙들을 모신 자리에서 고견을 듣고자 합니다."

"그전에 한 가지 질문을 해도 되겠소?"

직사각형 탁자의 중간쯤에서 들리는 소리였다.

말을 잇기 위해 다시 입을 열려고 하던 조수방이 그쪽을 바라보았다.

호랑이 가죽으로 만든 옷을 입은 노인이 거만하게 상체를 의자에 푹 기댄 채 슬쩍 한 손을 들어올렸다. 조수방은 그를 보고 웃고 있었으나 누군지 언뜻 기억이 나지 않았다.

"말씀하시지요."

하지만 그는 잘 알고 있는 사람인 듯 친절하게 웃으며 대화를 양보했다.

"노부는 도끼 한 자루 걸머메고 산에서 나무만 하는 늙은이라 세상 정보에 어둡소."

'아!'

그제야 조수방은 그의 신분을 생각해 낼 수 있었다. 그는 정사 중간의 인물로 마음 가는 대로 행동하는 괴팍한 성격의 소유자 대부산인(大斧山人) 남시화(藍示華)였다. 대체로 오늘 곤륜에 오른 사람은 한 문파의 수뇌급이었으나, 대부산인은 따로 조직을 가진 것이 아니라 홀로 유아독존하는 인물이었다. 그에게는 명첩(名帖)을 보내지 않았는데, 왜 나타났는지 조수방은 조금 어리둥절했다.

"이번에 소문을 듣자 하니 혈불의 장보도가 시중에 흘러나왔다던데…… 사실인가?"

"사실입니다."

조수방은 남시화에게 정중히 포권하며 답변했다.

"혈불에게서 한 장의 장보도가 흘러나왔고 장보도는 한때 토번의 제왕이었던 송찬간포의 무덤 위치를 표시하고 있다 합니다. 그리고 무덤이 있는 곳은 바로 이곳 곤륜산의 만장곡(萬丈谷)입니다."

"일 년 열두 달 안개가 그치지 않아 그 깊이를 알 수 없어 만장단애라 불린다는 그 만장곡 말인가?"

누군가가 질문했다.

무덤을 만장곡에 쓴다는 건 상식적으로 이해가 되지 않았다. 대저 음택(陰宅:묏자리) 명당이라는 것은 풍수에 관심이 없는 사람도 흔히 알 듯 배산임수(背山臨水)가 기본이다. 이것을 바탕으로 좌청룡 우백호의 산세를 갖추고 있고 북으로 주산, 남으로는 남산을 갖추어야 하며 그 안에서 물길이 나가는 지세가 있어야 비로소 명당이라 이름 붙일 수 있었다. 그러나 만장곡은 이런 명당자리완 거리가 멀다. 일부러 시체를 방치하는 게 아니라면 한 나라의 제왕이었던 자의 무덤을 습하고 안개 낀 곳에 쓸 수는 없었다.

"일 년 열두 달 안개가 끼는 것은 아니지요. 하루에 반 시진 정도 걷히기도 하니까요."

조수방은 여전히 미소를 잃지 않은 채 농담처럼 질문에 대답했다.

"어쨌건 만장곡에 왜 무덤을 썼는지는 중요한 문제가 아니니 넘어가도록 히겠습니다. 우리 측에서 장보도를 찾기 위해 애를 썼습니다만, 공교롭게 엉뚱한 곳에서 혈불이 잃어버리고 말았습니다. 장보도를 훔친 자는 양정이라는 소녀인데, 그녀는 천산의 젊은 구도자라고 알려진 불망이라는 자와 무덤을 찾기 위해 곤륜으로 향한다는 정보입니다."

"확실한 정보인가?"

청해군가(靑海軍家)의 가주인 청해신권(靑海神拳) 군무강(軍武强)이 눈을 빛내며 물었다. 그 역시 장보도의 소문을 듣고 곤륜에 올랐다. 하나 장보도에 표시된 위치가 만장곡임은 금시초문이었다.

조수방은 군무강에게 포권했다.

"군 선배님, 파황성에 파견된 간자로부터 일백 마리의 전서구가 맹으로 날았습니다. 아시겠지만 아무리 귀소성이 강한 전서구라 할지라도 중도에서 천적에게 잡아먹히고 길을 잘못 드는 경우가 허다합니다. 일백 마리의 전서구 중 무사히 맹으로 귀환한 놈은 삼십여 마리였습니다. 이 삼십여 마리의 정보가 모두 일치합니다."

조수방은 무림맹에서 파견된 청해성의 정보 담당자였다. 그의 입에서 나온 말이라면 확신할 수 있었다.

군웅이 술렁거렸다.

파황성의 야심도 야심이지만 군웅은 본격적으로 다가온 보물에 더 관심이 많았다.

"철검문과 혈검련을 비롯해 이미 비밀을 알게 된 여러 문파가 암암리에 움직이는 걸로 드러났습니다. 토번에서 달라이라마도 문하 제자를 파견하였다는 정보가 입수되었습니다."

"달라이라마까지?"

"달라이라마는 현재 토번의 국왕이나 마찬가지니 관심을 갖는 건 당연하지요. 만약 달라이라마가 보물을 차지하게 돼도 결국 그는 엄청난 재화를 벌어들이는 것이니 그것을 기반 삼아 토번의 독립을 주장할 것입니다. 파황성이든 포달랍궁이든 우리에겐 좋지 않습니다."

"음. 관망할 수만은 없겠군."

청해신권 군무강이 침중하게 말하자 군웅이 일제히 고개를 끄덕였다.

보물은 토번의 것이니 토번으로 돌아가는 것이 맞다. 하지만 군웅 중 누구도 그런 생각을 하지 않았다. 오히려 토번으로 돌아간다면 자신들에게 위협이 될 거라고 생각했다.

송찬간포가 제국의 위대한 왕이었다 하나 그의 무덤에 묻힌 보물이 전비(戰費) 전액을 충당할 수 있을 정도로 엄청나지 않을 것이다. 그러니 보물을 얻는다면 독립을 주장할 것이라는 그들의 말은 아주 틀리다고 하기 어려웠으나 맞는 말도 아니었다.

여하튼 개인이 이룩할 수 있는 부와 차원이 다를 것이라는 건 불문가지다.

"보물은 취하는 사람이 임자다, 라는 강호의 불문율이 있습니다. 이 땅에 숨겨진 보물은 이 땅의 사람들이 찾아야 합니다."

"조 분타주의 생각에 나는 확실히 동의하오. 보물은 찾는 자가 임자요!"

군무강은 단호한 어조로 말했다.

군웅의 얼굴에 탐욕의 빛이 어렸다. 아무리 명예를 밥처럼 먹고사는 문파의 장문지존들이라 할지라도 한순간 욕심이 생기는 건 어쩔 수 없었다. 장문지존들이 문파의 제자들을 이끌고 곤륜에 오른 까닭도 바로 여기에 있었던 것이다.

"우리가 합심한다면 그들의 야욕을 충분히 막아낼 수 있소. 특히 파황성은 천산북로를 경계로 대치 중에 있소. 그가 힘과 재력을 모두 소유한다면 청해는 하룻밤 사이에 피로 잠기게 될 것이오. 절대 혈불에게 넘겨줄 수는 없소."

"그러나 우리에겐 안타깝게도 장보도가 없지 않소? 만장곡에 그의 무덤이 있다고 해도 만장곡은 그 길이만 십 리가 넘소. 안개 때문에 지척을 분간할 수 없는 그 안에서 어찌 무덤을 찾을 수 있겠소?"

천룡검보주(天龍劍保主) 조양검옹(朝陽劍翁) 낙일세(諾日世)가 군무강을 바라보며 물었다.

"만장곡 밖에서 기다리면 될 게요."

그쯤은 생각해 두었다는 듯 군무강은 거침없이 말했다.

"불망과 양정이라는 자는 반드시 만장곡으로 올 것이오. 설령 그들이 파황성의 마수에 목숨을 잃는다 해도 장보도를 가진 누군가가 올 것이 아니겠소? 기다리면 장보도를 가진 자를 자연히 만나게 될 것이오."

"오! 군 가주의 생각이 그럴듯합니다. 놈들은 온갖 힘을 다 빼고 만장곡까지 오겠으나 우리는 앉아서 기다리기만 하는 것이니 힘도 축적할 수 있는 것 아니겠소?"

몇 마디 말로써 보물은 이미 그들의 차지가 되었다.

이제 장문지존들은 보물을 차지한 후 분배 문제가 궁금해졌다. 어느 한 문파가 독식할 수는 없는 일이다. 그러나 노골적으로 그것을 물어보기는 어려웠다. 탐욕을 드러낸다는 건 명예에 금이 가는 일이었기에.

아무도 고양이 목에 방울을 달지 못하고 서로가 서로의 얼굴을 쳐다보았다. 은연중 주도자 역할을 맡고 있는 조수방은 나름대로 생각하는 바가 있었다. 때문에 장문지존들의 속 앓이를 알았지만 그 문제에 대해서 말하지 않았다.

보물은 개인이 탐할 수 없다.

무림맹에 귀속되어야 한다.

하지만 지금 밝히면 판은 깨지고 말 것이다. 어느 정신 나간 문파가 목숨을 걸고 빼앗은 재화를 고스란히 무림맹에 넘겨주겠는가.

조수방은 웃으며 말석에 앉아 있는 늙은 거지를 바라보았다.

"여러분의 생각이 일치하는 것 같습니다. 개방의 구양 타주(歐陽陀主)께서는 어떤 생각을 가지고 계십니까?"

늙은 거지는 개방의 청해 분타주인 응조(鷹爪) 구양요(歐陽搖)였다. 그는 한 문파의 수장이 아닌 일개 분타주였으나, 구파일방 중 하나인 개방의 분타주는 평범한 문파의 장문지존과는 비교할 수 없는 자리였다.

구양요는 자신의 이름이 호명되자 헛기침과 함께 의자 등받이에서 느릿하게 상체를 세우더니 입을 열었다.

"개방으로 들어온 정보에 의하면 이번 일은 우리의 생각대로만 되진 않을 걸세."

"개방에 들어온 정보는 무엇입니까?"

"그전에 한 가지 물어봄세. 파황성은 천산 최고의 조직으로 혈불이 어마어마한 재화가 숨겨진 장보도를 허술하게 보관했겠는가?"

"그렇다고 보긴 어렵지요."

"그렇다면 그것을 잃어버린 혈불은 바보가 아닌가?"

"……!"

"……!"

"혈불은 장보도를 잃어버린 후 공공연히 그 사실을 떠벌리고 있어. 우리 중 누구도 그가 장보도를 잃어버린 걸 모르는 자가 없게 되었어. 조 분타주가 혈불이라면 소문을 내서 사람들의 이목을 끌 텐가? 아무도 모르게 조용히 처리할 텐가?"

"맹에서도 거기에 대한 논의가 있었습니다."

"대책은?"

"음모가 있어도 움직이라는 지시가 내려왔습니다."

"음모가 있어도 움직여?"

구양요는 비릿하게 웃었다. 그의 썩은 앞니가 거멓게 드러났다.

"그 피해는 누가 입고?"

'피해'란 말이 나오자 좌중이 술렁거렸다.

각 문파는 정사마로 나누어져 있고, 같은 정도의 문파라 해도 세부적으로는 경쟁 관계다. 내가 피해를 입어 주변 문파가 상대적으로 우월해지는 걸 원하는 자는 없다.

"큰일을 하다 보면 사소한 피해는 불가피합니다. 특히 위험도가 높으면 높을수록 대가는 큰 법입니다."

"……!"

"사람은 일을 시작하기 전에 여러 가지 상황을 예측, 분석하고 결과를 도출해 냅니다. 그런데 아무리 생각하고 증거를 수집하고 분석해도 다른 결과가 나올 수 있습니다. 일을 시작하기 전 한 가지 대전제는 우리의 생각과 다른 결과가 나올 수 있다는 것입니다. 이번 일도 그렇습니다. 상대의 생각을 완벽히 알 수 없으니 추리할 뿐입니다. 뚜껑을 열어보기 전엔 그 안에 무엇이 들어 있는지 아무도 모릅니다. 하지만 가보는 것입니다. 바람이 없어도 바람을 만들어 달려가는 바람개비처럼."

술렁거리던 좌중이 일순간 조용해졌다.

조수방은 군웅을 바라보았다.

"그거참, 하늘을 뒤덮는 무공도 세 치 혀에는 당할 수 없다더니. 이 늙은 나무꾼은 조 분타주의 말에 따르겠네. 장문인은 어찌 생각하시오?"

대부산인 남시화는 웃으며 청담자를 바라보았다.

청담자는 경청하였을 뿐, 자신의 의견을 말하지 않았다. 하지만 그의 한마디가 곧 대세가 될 것임을 군웅은 부지중 인식하고 있었다. 청해성에서 곤륜파의 위치가 그러했다.

좌중의 시선이 모두 청담자의 입술 아래 모였다.

구양요는 아직 할 말이 많았지만 청담자에게 공이 넘어가자 일단 말문을 닫았다.

"빈도의 생각으로는."

청담자는 미미하게 웃으며 의자에 파묻혀 있던 허리를 세웠다.

"이번 일을 좌시하게 되면 앞으로 청해에서 파황성의 준동을 막기가 어려울 듯하외다. 다행히 장보도를 가진 두 남녀가 사건의 중심에 서 있으니 우리가 욕심을 조금만 줄이고 일에 참견한다면 직접적인 피해는 면하고 처리할 수 있으리라 보여지오만?"

"개인적으로 준동하지 말고 우두머리의 말을 따르라, 라는 뜻으로 해석해도 되겠소?"

"허허허. 남 대협이 핵심을 짚어주니 달리 드릴 말씀이 없구려. 우리가 딴마음을 갖지 않고 합심한다면 파황성은 그리 대단치 않소."

"으음."

구양요는 낮게 신음했다. 그는 청담자가 일을 너무 가볍게 본다고 생각했으나 달리 말하지 않았다. 어쨌든 청담자가 앞에 나선 이상 곤륜파가 솔선수범할 것이다. 개방은 지켜볼 뿐 나설 필요가 없게 되었다. 다행이라면 다행이었다.

큰 줄기가 결정되었고 이후 안건은 파생되어 나온 몇 가지다.

　회의를 마치고 나온 구양요는 술이나 한잔하자는 장문지존들을 뿌리치고 한 사람을 만나보기 위해 급히 옥룡봉을 내려갔다.

4

　휘이이이잉……!

　하늘 높은 줄 모르고 치솟아 있는 나뭇가지에 편월이 매달려 있다. 그 밑으로 살이 에일 듯한 새벽바람이 몰아친다.

　양정은 전신을 공처럼 둥글게 말아 쪼그리고 앉아 있었다. 그녀의 자세는 조금이라도 바람을 덜 맞아보려는 필사의 노력으로 보였다. 그럼에도 불구하고 오한에 바들바들 떨리는 몸은 보기에도 안쓰러웠다.

　양정은 이빨을 깨물며 억지로 추위를 참았다.

　새벽이었다.

　조금만 기다리면 아침이 올 것이다. 태양은 떠오르고 햇볕은 내리쪼일 것이다. 그때까지만 참으면 된다.

　양정은 스스로에게 최면을 걸었다.

　하지만 벌써 며칠째인가?

　그녀는 따뜻한 방이 그리웠다. 푹신한 이부자리에서 또래의 계집아이들과 재잘거리며 밤을 지새우면 소원이 없을 것 같았다.

　젊어서 고생은 사서 한다지만 이런 고생, 정말 하고 싶지 않다.

　'춥지만 않다면.'

　양정은 파랗게 질린 입술을 파르르 떨었다.

　'그래도 견뎌보겠는데…….'

잠이 들었다.

너무 추워 잠이 들 것 같지 않았지만 스르르 눈이 감겼다. 눈까풀 위로 천 근의 바위가 올라가 있는 것 같았다. 양정은 자신도 모르는 사이 아득한 나락의 끝으로 떨어졌다.

그의 다 떨어진 장포는 오랫동안 빨지 않아서 냄새가 났다. 그것은 땀과 피에 전 냄새 같기도 했고 음식물이 썩어서 나는 역겨운 냄새 같기도 했다.

양정은 꿈인 듯 눈을 떴다.

작렬하는 태양 빛이 그녀의 온몸으로 쏟아졌다. 눈이 부셨다. 양정은 미간을 찌푸리며 쏟아지는 햇빛을 가렸다. 그러나 모래알처럼 부서지는 태양 빛은 양정의 전신에 부딪치며 보석처럼 빛을 냈다.

애타게 기다리던 아침이 왔다.

산새 한 마리가 즐겁게 지저귀며 날아가고 있었다.

양정은 자신의 어깨 위로 걸쳐져 있는 불망의 장포를 보았다.

"……."

언제 벗어준 것일까.

불망은 어제 그녀가 본 모습 그대로 그녀의 옆에서 조금 물러나 가부좌를 틀고 있었다. 그의 헝클어진 머리 위에도 태양 빛이 쏟아지고 있었다. 그는 앉아서 잠을 자고 있는 것 같기도 했고 깊은 명상에 빠져 있는 사람 같기도 했다.

하지만 그는 잠을 자는 것도 명상을 하는 것도 아니었다.

그는 적에 대한 방비를 하고 있었다.

적은 언제, 어느 틈에 검을 찔러올지 알 수 없었다.

불망은 깊은 잠을 잘 수도 없었고, 깜박 잠이 들었다 해도 미세한 소리에 번쩍 눈을 떴다. 피곤한 일이었다. 그러나 지킬 수밖에 없는 그로서는 달리 방법이 없었다.

혈검련은 불망의 삼 장 앞에 있었다.

예의 무심한 눈빛과 냉철한 표정.

혈검련은 불망의 빈틈을 노리며 대기 중이었다.

틈만 보이면 죽인다.

설옥상이 그 중심부에 있었다.

혈검련이 불망의 틈을 노리듯 불망도 혈검련의 빈틈을 노렸다.

쌍방이 일 합 승부였다.

이 피 말리는 승부는 불망을 쉬지 못하게 했다.

대나무를 쥔 그의 오른손은 항상 발검 준비 중이다.

불망에게 시선을 떼지 않는 설옥상은 내심 감탄했다.

그녀는 이른바 천재라고 불리는 꽤 많은 사람을 만나본 적이 있었다. 평범한 사람에겐 불행한 일이지만 천재는 노력을 하지 않아도 경지에 이를 수 있다. 여기에 노력하는 천재라면, 천하를 구하고자 하면 구할 것이요, 도탄에 빠뜨리고자 하면 빠뜨릴 것이다.

설옥상은 불망이 어떠한 유의 천재인지 생각했다.

하지만 그는 천재가 아니었다.

그는 노력할 뿐이었다. 그것도 살아남기 위해.

설옥상은 파황성에서 '제일기재'라는 소리를 들으며 자랐다. 하나를 가르치면 열을 알았고, 열을 스물로 만들었다. 여자가 살아남기 힘든 척박한 세상이었기에 노력 역시 아끼지 않았다.

설옥상은 '제일기재'라는 소리를 자랑스러워하지 않았다. 그녀는 그녀 자신이 끝없이 노력하고 있음을 자랑스러워했다. 그녀는 불망이 그 자신만큼 노력하였음을 안다.

그래서 적으로 만났다는 것이 안타까웠다. 그를 수중에 넣을 수만 있다면 지금이라도 모든 것을 받아들이고 싶었다.

하지만.

그건 불가능한 일이었다.

설옥상은 알고 있었다.

불망은 그녀가 아니더라도 반드시 죽게 될 것임을.

단 한 사람으로 인해 송자보는 완전히 망했다.

대를 이어 내려온 패도문도 그의 손에서 봉문 아닌 봉문을 당했다. 죽는다면 구천에 가 역대 사조를 뵐 면목이 없다. 더 이상 잃어버릴 것도 없이 완전히 망해 버린 그에게 남은 것은 원독에 찬 악뿐이다.

'남은 모든 것을 털어서라도 끝장을 보겠다!'

한 달 전만 하더라도 이름도 몰랐던 자!

그런데 이제 그자를 죽여 버리는 것만이 필생의 숙원이 되어버렸다.

송자보는 패도문의 남은 제자들과 전 재산을 털어서 의뢰한 살수들을 대동했다. 만약 이 싸움에서마저 패배한다면 그는 정말 아무것도 남지 않은 초라한 늙은이로 전락하고 말 것이다.

죽립을 깊이 눌러쓴 송자보는 불망과 혈검련의 팽팽한 대치를 멀리 떨어진 매화나무 아래 서서 훔쳐보고 있었다.

그들의 대치는 관심 밖이었다.

그의 목표는 오직 한 가지.

불망의 목을 베는 것!

그는 호시탐탐 불망을 향해 치고 들어갈 기회를 노렸다. 수하들의 배치는 이미 끝나 있었다.

'그런데… 놈은 나에 대해 전혀 신경 쓰지 않아!'

패하는 것도 패하는 것이지만, 송자보는 그것이 더욱 자존심 상했다. 육십이 넘은 나이, 머리에 피도 안 마른 젊은 놈에게 조롱당하는 기분이 바로 이런 기분일 것이다.

마른하늘에 조금씩 눈발이 흩날리기 시작했다.

팽팽한 대치 속, 이런 날의 승부는 더욱 결과를 예측하기 어려웠다.

양정은 심한 열병을 앓고 일어난 사람처럼 핏기 없는 얼굴이었다. 며칠 동안 다듬지 못해 헝클어진 머리카락은 얼마나 많은 먼지를 뒤집어썼는지 본래의 윤기를 잃고 잿빛을 띠고 있었다. 그녀의 먼지 가득한 머리 위로 눈이 내린다.

"눈이 와요!"

천산에서부터 진저리쳐지도록 맞은 눈이었으나 다시 눈이 내리자 양정은 어린아이처럼 환하게 웃었다.

매화나무 아래 앉아 건량을 씹고 있던 제월광을 비롯한 혈검련의 사내들이 힐끗 양정을 쳐다보았지만 누구도 그녀의 말에 맞장구를 쳐주진 않았다. 아무도 눈 따위에 감흥을 느끼지 않았고 설사 감흥이 있다 해도 서로의 감흥을 나눌 만큼 즐거운 분위기가 아니다.

양정은 마치 눈 오기를 기다렸다는 듯 아픈 몸을 이끌고 대치 중인 혈검련을 향해 다가갔다. 누구도 예상치 못한 행동이었다.

혈검련 무사들의 손이 검병(劍柄)에 닿았다. 여차하면 그녀를 베어 버리겠다는 행동이었다.

양정은 아랑곳하지 않고 매화나무 아래에서 꽃을 따기 시작했다. 나무는 높고 그녀는 두 팔을 높이 쳐들고 까치발을 해도 손이 닿는 꽃잎은 얼마 되지 않았다.

"저 좀 위로 올려주시면 안 돼요?"

그녀는 가장 옆에 있는 혈검련의 무사 제월광에게 말했다.

그녀의 이런 모습은 어린 꼬마 계집아이처럼 천진난만하여 적에 대한 두려움이 보이지 않았다.

오히려 제월광이 적응이 되지 않아 꿀 먹은 벙어리처럼 멀뚱멀뚱 전면을 바라보며 그녀를 무시했다.

"지금 뭘 하는 게냐?"

제월광 대신 설옥상이 아미를 찌푸리며 물었다.

그녀는 양정처럼 돌출 행동을 보이는 자는 좋아하지 않았다.

"보면 몰라요? 매화꽃을 따고 있잖아요."

"살고 싶다면 그의 옆에 조용히 붙어 있어라."

설옥상은 기가 차다는 듯 냉소했다.

"왜요? 나의 무공은 별 볼일 없는데, 천하의 혈검련이 나를 상대로 검을 뽑을 건가요? 아니면 나를 인질로 잡아 그를 위협할 생각인가요?"

양정은 고개를 빳빳이 들고 설옥상을 향해 생글생글 웃었다.

설옥상은 뭐 이런 계집아이가 다 있나 해서 이제는 기가 차지도 않

있다.

그런데 알고 보면 운명은 참으로 묘하고 또 묘하다. 설옥상은 양정을 기억하지 못했고, 양정도 설옥상을 기억하지 못했으나 두 사람은 한때 같은 지붕 아래에서 살던 때가 있었다.

파황성의 채홍각이 바로 그곳이었다.

그곳에서 설옥상은 타고난 재질과 끊임없는 노력으로 혈불의 눈에 들어 무사가 되었다. 그러나 양정은 검에 대한 재질도 없었고 화화팔선녀가 되기엔 미모도 평범했다. 다만 그녀가 설옥상보다 뛰어난 것은 거짓말을 잘한다는 것과 순간 대처가 빠르다는 것 정도였다. 결국 그녀는 자신의 능력을 살려 장보도를 훔쳐 냈다. 이 두 사람의 극적인 만남은 키가 훌쩍 큰 오늘날 서로가 모르는 사이 쫓고 쫓기는 자로 대면하게 되었다.

"너 하나가 있다 하여 내가 더 수고로울 것도 없다. 그러나 네가 함부로 경거망동하다가 다른 자의 손에 사로잡히거나 죽임을 당한다면 그것은 문제다. 내가 그의 정신이 혼란한 틈을 타 승리하였다고 할 것이 아니냐."

양정은 고개를 돌려 멀리 매화나무 아래 서서 홀로 눈을 맞고 있는 송자보를 바라보았다. 설옥상은 양정이 함부로 움직이다가는 그에게 사로잡힐 위험이 있음을 말해주고 있는 것이다.

"흥. 언니가 염려할 정도로 나도 생각없는 아이는 아니에요."

'언니?'

설옥상은 양정을 바라보았으나 한 움큼 매화꽃을 딴 양정은 이미 자신의 자리로 되돌아가고 있었다.

“받으세요.”

불쑥 내밀어진 양정의 손이었다.

그녀의 손에는 매화꽃 다발이 가득 들려 있었다.

침묵하며 앉아 있던 불망은 고개를 들어 매화꽃과 양정을 번갈아 바라보았다.

그와 눈이 부딪치자 양정은 흰 이빨을 보이며 환하게 웃었다.

“어서요.”

“이 외중에 꽃잎을 말려 차를 끓여 먹을 생각인가?”

불망은 양정의 재촉에 매화꽃 다발을 받았다.

“이런 분위기없는 오빠 같으니라고. 고작 생각한다는 게 말려서 차를 끓여 먹는 건가요?”

“그게 아니라면 이걸 어디다 쓰지?”

불망은 여전히 주위를 경계하며 매화 향을 맡았다. 말려서 차를 끓여 먹든 그냥 버리든 간에 지금 이 순간 매화 향은 그의 긴장된 기분을 조금이나마 풀어주었다.

“오빠 가지라는 게 아니에요. 다시 제게 주세요.”

불망은 자신에게 아무 소용이 없는 매화꽃 다발을 다시 양정에게 내밀었다.

“고마워요, 오빠.”

양정은 그가 내민 매화꽃 다발을 두 손으로 소중하게 받았다.

“매화는 한평생을 춥게 살아가더라도 결코 그 향기를 팔아 안락함을 구하지 않죠.”

그녀는 매화 향을 맡으며 꿈을 꾸듯 말했다.

"오빠와 닮지 않았어요?"

"칭찬인가?"

"하하. 미련하다는 건데."

그녀는 무엇이 그리 우스운지 새우처럼 허리까지 구부리며 웃었다.

불망은 그녀의 말이 조금도 우습지 않았다.

"향기를 팔아 안락함을 구하지 않는 것이 왜 미련한 거지?"

'그걸 묻다니, 정말 미련한 자로군.'

융통성을 가지고 세상을 살아야 한다고 생각하는 설옥상은 과연 그가 매화처럼 미련하다고 생각했다.

"사실 오늘은 제 생일이에요."

양정은 불망의 물음에는 대답하지 않은 채 한 송이 매화꽃을 머리에 꽂았다.

"제 생일을 축하해 주서서 정말 고마워요, 오빠. 지금까지 한 번도 생일 선물을 받아본 적이 없었어요. 오빠가 준 이 매화꽃이 처음이에요."

"그렇군."

"이건 매화잠(梅花簪)이라 생각하고 머리에 꽂고 다닐래요. 나 예뻐요?"

불망은 피식 웃을 뿐 대답하지 않았다.

매화잠은 절개의 상징인 매화와 댓잎을 비녀에 새긴 것으로 일부종사를 다짐하는 여인의 상징이었다. 그녀가 매화잠이라고 말한 것은 나름대로 의미를 가진 것이었으나, 매화잠의 뜻을 알지 못하는 불망에겐 전혀 소용없는 행동이었다. 그녀는 그녀 자신만 만족할 뿐이다.

"꽃도 받고 매화잠도 받고… 난 정말 행복한 아이예요. 오빠는 생일이 언제죠? 오빠의 생일날 내가 멋진 선물을 해드릴게요."

"몰라."

"생일이 언제인지 몰라요?"

"어떤 날을 기념해 본 적은 한 번도 없다."

"오빠도 인생이 불쌍하군요."

"……."

"사실을 말하자면 나도… 내 생일이 언제인지 몰라요. 그냥 생각하기를… 첫눈이 오면 그날을 생일로 기념하자고 마음먹었어요."

"첫눈이라……."

양정을 만나기 전부터 오늘까지 지긋지긋하게 내리는 눈이었다.

천산에서 칠 년을 지낸 불망은 첫눈이란 개념이 도무지 머리 속에 들어오지 않았다.

"하하. 내 마음속에 생각해 둔 첫눈을 말하는 거예요. 오빠나 나나 일 년 열두 달 눈 덮인 천산에서 살았는데 실질적으로 첫눈이란 개념이 어디 있어요. 허구한 날 내리고 녹지도 않는걸. 그냥 오빠도 첫눈 오는 날 생일로 해요. 같이 축하하고 축하받으면 좋잖아요. 생일상 두 번 차릴 것도 없고."

'생일이라…….'

사람이 기본적으로 갖추어야 할 것들을 잊고 산 지 오래다.

5

"준비가 끝났습니다."

송자보는 죽립인의 보고를 받았다.

그의 전 재산을 털어 고용한 자객들이 모두 제 위치에 포진되었다는 보고였다.

송자보는 고개를 끄덕였다.

눈 내리는 하늘을 바라보는 그의 노안에 회한이 맺혔다.

전 재산을 털어 고용한 자객들은 청해에서 일류로 소문난 자들이었다. 이후 그는 거지가 되었지만 후회는 없었다.

"해낼 수 있겠지?"

송자보는 죽립인에게 물었다. 대답을 구하기 위함이 아니라 자신의 초조함을 억제하지 못한 질문이었다.

"문주님께서는 반드시 원하는 바를 이루실 겁니다."

"고맙네. 자네만이 끝까지 내 옆에 남아 있어주었어. 추운(秋雲), 내가 죽는다면 원국을 부탁하네. 내 아들이지만 많이 모자라는 것을 알고 있어. 자네가 도와주게."

죽립인 추운을 바라보는 송자보의 외눈이 간절했다.

그는 추운의 어깨를 가볍게 두드린 후 암반에서 일어났다.

결전의 시간이 왔다.

"쉴 만큼 쉬었으니 이제 그만 가겠네. 뒤돌아보지 않을 테니 너무 서운하다 하지 말게."

불망을 향해 걸어가는 송자보의 외눈이 자신도 모르는 사이 물기에 젖었다. 주마등처럼 육십 년, 그의 파란만장했던 인생이 눈앞을 스치고 지나갔다. 희로애락이 무쌍하던 인생이었다. 되새겨 보면 간절하지 않았던 순간이 없다.

송자보의 뒷모습을 바라보는 추운은 비장했다. 그는 삼십 년을 모셔 온 패도문주의 마지막을 눈에 담았다.

다가오는 송자보의 결연함을 보며 불망은 천천히 일어났다.

양정은 불망에게서 한 걸음 뒤로 빠졌다. 바로 옆에 붙어서 그의 행동에 불편을 주지 않으려 함이었다.

송자보의 신형이 불망의 눈앞을 막았다.

설옥상의 신호로 혈검련도 천천히 자리에서 일어났다.

"불망, 끝장을 보자."

송자보의 음성은 나직하고 강경했다.

"송자보! 허튼짓하지 말고 뒤로 물러서!"

설옥상의 침잠된 음성이 터져 나왔다.

"내 시야를 가리면 늙은이라 해도 용서치 않아!"

"설옥상, 잠시 기다려. 노부가 먼저 볼일이 있단 말이다."

"판을 깨면 모두 죽는다."

설옥상은 주변에서 밀려드는 살기를 느꼈다. 송자보는 그 자신이 미끼가 되어 불망을 사냥하려고 하는 것이다. 그렇다면 그는 한 가지 공개되지 않은 막강한 패를 가지고 있을 것이다.

'그것이 뭘까?'

설옥상은 송자보에게 향했던 시선을 불망에게 옮겼다.

밀려드는 살기, 그녀가 알았으니 불망도 알 것이다. 그러나 불망은 아무것도 모르는 사람처럼 묵묵히 서 있었다.

"독을 드셨소?"

문득 불망이 말했다.

'독?'

설옥상은 다시 송자보를 바라보았다.

"내 얼굴만 보고 그걸 알아내다니. 역시 만만치 않은 놈이었어. 그래, 아주 무섭고 지독한 독을 먹었다. 내 자신을 활활 태워 버릴 만큼!"

"나는 살기 위해 방어를 하였을 뿐이오. 당신과 패도문이 나타나지 않았다면 우리는 영원히 만날 일이 없었을 것이오."

"네 말이 맞다. 너는 아무것도 선택할 수 없는 상황에서 내가 선택했다. 그것은 되돌릴 수 있다면 되돌리고 싶을 정도로 잘못된 선택이었다. 그러나 이미 흘러 버린 시간을 무슨 수로 되돌릴 수 있겠느냐. 늦은 후회는 회한만 낳고 둘 중 하나는 죽어야 끝날 것 같다."

감정이 복받친 송자보의 눈에서 녹광(綠光)이 일렁였다. 녹광은 곧 녹루(錄淚)가 되어 흐른다.

"삭골녹액(削骨錄液)!"

설옥상이 부르짖었다.

"모두 숨을 멈추고 물러서라!"

혈검련이 일제히 숨을 멈췄다.

화아아아!

순간 송자보의 칠공(七孔)에서 녹색 연기가 세차게 뿜어 나왔다.

양정은 너무 놀라고 두려워 몸을 덜덜 떨며 설옥상의 말대로 숨을 멈추고 불망의 뒤로 숨었다.

송자보는 고통스러운지 얼굴을 포악하게 일그러뜨리며 손바닥으로 양쪽 귀의 연기 구멍을 막았다. 그러나 연기는 그의 검버섯 핀 손가락

사이로 더욱 세차게 뿜어졌다. 단 한 모금의 연기만 마셔도 내공의 운
용을 방해한다는 무시무시한 삭골녹액연(削骨錄液煙)이었다.

그것이 불망의 눈앞에서 뿜어지고 있었다.

송자보는 지옥의 독무담(毒霧潭)에서 몸부림치는 악귀처럼 몸을 비
틀었다.

"크으으! 혼자 죽을 수는 없다. 네놈과 같이 죽을 것이야!"

송자보의 소리치는 입에서까지 녹색 연기가 줄줄이 피어올랐다. 그
는 그 상태로 불망을 끌어안을 듯 달려왔다.

불망의 대나무가 송자보의 인후혈을 찍었다.

인후혈에 구멍이 뚫리며 거기서도 녹색 연기가 뿜어졌다. 그의 몸
안으로 박힌 불망의 대나무가 연기에 휩싸이며 녹액으로 떨어졌다.

송자보는 그 자리에서 털썩 무릎을 꿇었다.

"크크크…… 네놈은 내공을…… 내공을 쓰지 못할 것이야……."

몸의 구멍이란 구멍에서 모조리 녹연이 뿜어 나오는 송자보의 신형
은 조금씩 작아졌다. 아니, 몸이 조금씩 흘러내려 작아지고 있었다. 이
윽고 그는 완전히 녹아 사그라졌다. 자욱했던 녹연도 점차 사라졌다.

너무 끔찍한 장면이라 모두 입을 열지 못했다.

한참이 지난 후 숨을 참고 있던 양정이 도저히 참지 못하겠다는 듯
헉헉 숨을 몰아쉬며 겁에 질린 음성으로 물었다.

"오, 오빠… 삭골녹액의 연기를 한 모금이라도 마시면 죽어요?"

"뒤로 물러서라!"

대답 대신 불망은 양정을 매화나무 뒤로 감췄다.

그와 동시에 사방의 고목 위에서 쇠사슬이 날아왔다.

불망의 신형이 빙그르르 회전하며 허공으로 떠올랐다.

쇠사슬은 불망이 서 있던 바닥을 내려쳤다. 눈 쌓인 땅이 파이고 흙과 눈이 폭발한 것처럼 터져 올랐다.

바로 그 순간 십여 개의 검기가 하늘에서 떨어졌다.

송자보가 자신의 죽음과 함께 마지막으로 준비한 자객들이었다.

'맙소사! 그는 살수림(殺手林)의 자객들을 모조리 고용했잖아!'

하늘에서 떨어지는 검기를 바라보며 설옥상은 헛바람을 들이켰다.

불망의 대나무에서 기가 폭발할 듯 뿜어졌다. 검기와 대나무의 기가 부딪쳤다.

까까까깡!

잔설 위로 불똥이 튀며 마치 한낮의 불꽃놀이를 보는 것 같았다.

검기가 사라지며 십여 명의 흑의 복면인이 불망을 포위했다.

"너는 삭골독액에 중독되어 내공을 쓸 수 없을 텐데."

불망을 노려보는 흑의 복면인들의 눈동자가 믿기 어렵다는 듯 일그러져 있었다.

"그의 마지막 가는 길. 편안히 가시라고 말을 하지 않았어."

불망의 입가에 냉소가 흘렀다.

"삭골독액 따위로 나를 어떻게 할 수 없다!"

불망이 흑의 복면인들에게 짓쳐 들었다. 선공이었다.

"지금이 기회 아니야?"

제월광은 싸움판에서 시선을 떼지 않으며 설옥상의 옆으로 다가가 말했다.

"뭐가?"

"이 지루한 여행을 끝낼 수 있는 기회."

설옥상의 냉막한 눈이 제월광을 돌아보았다.

"혈검련은 외부인과 합공한 예가 없어. 그것은 우리 혈검련의 자존심이야."

돕는다면 오히려 불망을 도와야 했다.

내가 죽여야 할 자가 다른 자의 손에 죽는 것 역시 바람직한 일은 아니었다. 일이 그렇게 된다면 맡은 바 임무를 실패한 것이 되지 않겠는가.

청해성에는 세 개의 막강한 살수 집단이 있었다.

그중 살수림은 무공이 가장 강한 집단이었다.

밀려드는 흑의 복면인들은 끝이 없었다.

불망의 대나무는 벼락처럼 허공을 그으며 연속적으로 흑의 복면인들을 찔러갔다.

흑의 복면인들의 검도 일제히 불망을 공격했다.

이들의 검법은 생각 밖으로 고강했다. 뻗어 나오는 검기가 불망의 호신강기까지 무색하게 했다. 더욱이 반드시 불망을 죽여야 한다는 강한 집념으로 자신들의 안위를 돌보지 않고 목을 노려오니, 그 위세도 사뭇 엄엄했다.

불망은 삭골녹액 따위는 자신을 어떻게 할 수 없다고 호언장담했으나, 반드시 그런 것은 아니었다. 그는 월인신공으로 체내로 들어온 녹연을 억눌렀던 것뿐이다. 그러나 연속해서 내공을 쓰며 피의 돌기가 빨라지자 녹연을 억누르는 힘이 점점 약해졌다.

불망은 피를 토하며 쓰러질 것 같았다. 눈앞에서 아찔한 현기증이 일었다. 얼굴은 백지장처럼 하얗게 탈색되어 갔다. 며칠 동안 제대로 잠을 잔 적도 없는 피로가 일시에 몰려들었다.

쉬어야 한다.

하지만 쉴 틈이 없다.

쐐애애애액!

시퍼렇게 날이 선 검이 불망의 목을 노리며 짓쳐들었다.

불망은 피하지 않고 검을 쏘아온 흑의 복면인을 향해 돌진했다. 엄청나게 빠른 속도였고 마치 불 맞은 멧돼지를 연상시킬 만큼 저돌적인 돌진이었다.

흑의 복면인은 간담이 서늘해졌다.

지친 것이 역력한 그가 이렇게 강력한 공격을 해올지 몰랐다는 얼굴이었다.

불망의 대나무가 흑의 복면인의 가슴을 내리그었다. 하지만 그의 동작은 처음과 달리 눈에 띌 정도로 느렸다.

"놈은 지쳤어! 공격의 고삐를 늦추지 마라!"

흑의 복면인들은 서로가 서로를 독려했다.

하지만 불망은 그들의 외침을 듣지 못했다. 한가하지 않았기 때문이다. 그의 전신 세포는 오로지 싸움판에만 집중되어 있었다.

검기가 번갯불처럼 뻗어 나왔다.

불망은 그자의 검을 막을 생각으로 즉시 대나무를 그었다.

검은 막았지만 검기를 막지 못했다.

어깨의 옷자락이 찢어지며 맨살이 드러났다. 피가 튀고 살점이 뜯겨 나갔으나 감각이 없었다.

불망의 대나무가 다시 한 번 흑의 복면인을 짓쳐들었다.

흑의 복면인이 껑충 뛰며 뒤로 물러났다. 다른 자가 그가 사라진 자리를 메우며 공격해 왔다.

상황은 점점 더 급해졌다.

어디서 날아왔는지조차 모르는 검이 불망의 대나무에 부딪쳤다.

불망은 주르륵 밀려 나가며 찰나지간 주위를 둘러보았다.

즐비한 시체들이 산을 이루고 있었다. 어떤 이는 완전히 숨통이 끊어졌고 어떤 이는 아직 숨이 끊어지지 않아 고통 속에서 자벌레처럼 꿈틀거린다. 다리가 잘린 자와 내장이 파열되어 창자를 쏟아내고 있는 자가 피 구덩이에서 뒤엉켜 있었다.

다시 볼 수 없는 처참한 광경이었다.

'몇 명 남지 않았어!'

절반 이상으로 준 상대방의 숫자에 불망은 다시 힘을 냈다.

그의 대나무가 허공을 가를 때마다 흑의 복면인들은 눈 덮인 대지에 시뻘건 선혈을 뿌리며 뒹굴었다.

사방으로 검기가 난무하고 장력이 허공을 갈랐다.

고목의 배가 갈라지고 밑동이 뿌리째 뽑혔다.

기합성과 비명성이 잔설을 뒤흔들었다.

"죽어랏!"

누군가 불망을 향해 쌍장을 뻗어왔다.

눈앞에서 세 개의 검을 동시에 막고 있던 불망은 장력을 피할 수 없었다. 상대의 손바닥이 시야에 들어왔다고 느낀 순간 그것을 피할 수 없을 거라고 불망은 생각했다.

하지만 피해야 한다.

불망은 있는 힘을 다해 호신강기를 일으키며 전신 요혈을 방비했다.

펑!

장력이 불망의 복부를 강타했다.

“……!”

불망은 머리끝이 곤두서는 듯한 통증과 함께 붕! 날아가며 엉덩방아를 찧었다.

“오빠!”

한 명의 흑의 복면인을 맞아 싸우고 있던 양정이 소리쳤다.

그녀는 자신의 안위도 돌보지 않은 채 불망을 향해 달려갔다. 그때 흑의 복면인의 검이 양정의 허리를 갈랐다.

파앗!

피가 배어 나왔으나 양정은 아픔을 느끼지 못했다.

그녀는 쓰러진 불망을 살폈다.

“괜찮아요?”

아픔을 느끼지 못하나 그녀의 눈은 고통으로 일그러져 있었다. 불망의 지친 얼굴이 양정의 고통 가득한 눈동자에 투영되었다.

“우욱!”

불망은 구역질을 했다. 그의 볼이 공처럼 부풀어 올랐다.

불망은 내려다보고 있는 그녀를 향해 피를 쏟아왔다. 불망이 뿜은 피가 양정의 얼굴을 적셨다. 그녀의 파르르 떨리는 눈썹 끝에서 불망의 핏물이 떨어졌다.

상황은 아직 끝난 것이 아니었다.

흑의 복면인들이 몰려들었다.

한바탕 피를 토하고 나자 불망의 정신은 조금 맑아졌다.

그는 흑의 복면인들의 검을 피해 양정을 낚아채며 뇌려타곤을 전개
했다. 이것은 지랄병이 든 당나귀가 정신을 잃고 땅바닥을 뒹구는 모
양을 본떠 만든 신법으로 상대방의 공격을 도저히 피할 수 없을 때, 땅
바닥을 마구 뒹굴어서 간신히 몸을 피하는 수치스러운 신법이었다. 명
예를 중시하는 무림의 고수라면 차라리 죽을지언정 결코 뇌려타곤을
시전하지 않았다.

하지만 불망은 그 자신이 단 한 번도 무림의 고수라 생각하지 않았
고, 먹고 죽을 명예도 없는 몸이니 살 수만 있다면 그보다 더한 신법이
라도 전개했을 것이다.

뇌려타곤으로 간신히 위기를 피한 불망의 신체가 튕기듯 일어섰다.

슈슉.

대나무가 다시 앞을 찔렀다.

의식이 없었다. 상대의 모습이 보이지 않는다.

상대의 장력이 눈앞까지 날아온 후에야 겨우 알아차렸다.

목덜미에서 죽음을 재촉하는 검기가 느껴졌다.

불망은 화평객점에서 혈검련의 우완수가 그러했듯 둘 중 하나를 선
택해야 했다. 불망의 선택은 우완수보다 비교도 되지 않을 정도로 빨
랐다. 그는 본능적으로 움직였을 뿐, 선택이라는 걸 애초에 하지 않았
던 것이다.

불망의 대나무가 어느새 뒤로 돌아 검기를 쏟아내는 흑의 복면인의

손목을 내려쳤다.

퍽!

손목이 피떡이 되어 부서지며 피와 살이 작은 분수처럼 터져 올랐다.

장력은 불망의 옆구리를 강타했다.

엉겁결에 땅에 떨어진 검을 주워 든 양정은 장력을 내지른 흑의 복면인의 복부에 검을 박았다. 그와 함께 불망의 신형이 다시 양정에게 쓰러졌다. 양정은 불망의 무게를 이기지 못하고 휘청거리며 뒤로 넘어질 뻔했다. 그녀 역시 정신이 점점 아득해 온다. 허리에 남은 자상(刺傷)이 아픔은 주지 못했지만 그녀의 정신을 허물어뜨리고 있었던 것이다.

다시 두 개의 검이 쓰러질 듯 휘청이는 불망과 양정을 향해 날아왔다.

6

매화가 눈과 함께 흩날린다.

그는 모포(毛布)로 하반신을 가린 채 다 부서진 사륜거(四輪車)에 앉아 있었다. 얼굴은 마치 먹물을 들인 것처럼 검고 목에는 구멍이 뚫려 있는 기괴한 모습의 노인이었다.

노인의 뒤, 사륜거의 손잡이를 잡고 움직이는 또 한 명의 노인이 있었다. 쭈글쭈글한 얼굴에 다 기워진 삼베 옷. 목에는 길게 줄을 늘여 동냥할 때 쓰는 바가지를 걸고 있었다. 이 노인은 개방 청해지부의 분타주 웅조 구양요였다.

"사부님, 날씨가 춥습니다. 더 보시겠습니까?"

구양요는 더할 수 없이 공손한 음성으로 사륜거에 앉은 노인에게 말했다.

사지를 전혀 쓸 수 없는 이 노인은 다른 사람의 도움 없이는 움직일 수조차 없는 불구의 몸이었다. 구양요의 말에 그는 고개를 끄덕이는 것조차 힘이 들어 하지 못했다. 대신 그의 눈가가 파르르 떨리며 잔경련이 일었다.

사륜거 노인의 떨리는 눈에 불망의 지친 모습이 들어왔다.

'불망… 많이 컸구나.'

불망이라고 하니 불망인 줄 알았지, 우연히 길에서 만난다면 몰라볼 정도로 그는 훌쩍 커져 있었다.

"시작할까요?"

구양요가 다시 물었다.

"그, 렇, 게…… 해."

사륜거 노인은 힘들게 쥐어짜듯 한마디 한마디를 고통 속에 내뱉었다.

불망 최악의 위기다.

설옥상은 그를 위기에서 구해야 할지 말아야 할지 망설였다.

적의 적은 친구라는 논리는 그녀에게 성립되지 않는다.

"아무래도."

설옥상은 불망을 돕기로 결심했다. 일단 그를 살려놓아야 한다. 그것은 북리진강과의 약속이기도 했다. 그녀의 신형이 무겁게 일어섰다.

그때였다.

"와아아아!"

초목을 뒤흔들며 들려오는 함성!

수십 명의 무림인이 달려오고 있었다. 아니, 엄밀히 말해 그들은 무림인이 아니라 거지들이었다. 수십 명의 거지 떼가 동냥 그릇을 내던지고 밀려들었다.

거지 떼들은 흑의 복면인들을 향해 다짜고짜 공격해 들었다.

사방은 졸지에 패싸움으로 번졌다.

“뭐냐?”

설옥상은 돌연한 거지 떼의 등장에 주춤했다. 전혀 예상할 수 없었던 변수가 그녀의 걸음을 막았다.

불망은 가물거리는 눈을 억지로 뜨며 왜 거지들이 갑자기 나타나 자신을 돕는지 생각했다. 거지들이 자신을 도울 이유가 없다.

“나중에 생각하고 지금은 이곳을 빠져나가요.”

호흡을 돌린 양정은 불망의 옷자락을 잡아끌었다.

무엇이 어찌 되었든 간에 일단 살고 볼 일이었다.

‘팔 년 만에 네 이름을 다시 들었을 때 나는 심장이 멎는 줄 알았다. 내 인생에서 지울 수 없는 과오. 친구를 배신하고 순결한 동심을 농락했다. 씻을 수 없는 죄 앞에서 나는 훌쩍 커버린 너의 등을 두드려 줄 용기조차 없구나. 불망, 잘 컸다. 죽지 않아 고맙다. 대견하고 기특하다.’

떠나는 불망을 담는 궁귀 서촉의 습기 찬 눈동자가 애틋하고 아련했다.

第7章

만장단에는
안개 속에

“**도**둑이야! 도둑 잡아라!”

뒤에서 소리쳤다.

그 음성은 너무 또렷하게 양정의 귓가를 파고들었다.

하지만 그녀도 어려우니 어쩔 수 없었다.

“미안해요!”

손을 흔들며 도망치는 수밖에.

손맛을 느끼기는 십이삼 년 만이었다. 하긴, 마을에 몰래 잠입해 들어 널어놓은 빨래를 훔치는 것 따위는 손맛을 느낀다고 할 것도 없는 하찮은 도둑질이었다. 하지만 그것도 오랜만에 하다 보니 가슴이 콩닥콩닥 뛰고 손끝이 살짝 떨리기까지 했다.

“휴……!”

사람들이 쫓아오지 않는 곳까지 한참을 도망친 양정은 가쁜 숨을 몰아쉬며 가슴을 쓸어내렸다.

그녀는 손에 들린 축축하게 젖은 빨래를 전리품처럼 흐뭇하게 바라보았다.

'금은보화도 아니고 다 떨어진 빨래 도둑이라니. 이 신세 면했나 했더니… 정말 배운 게 도둑질이로구나.'

비참해야 정상이지만 그녀는 자신이 비참하지 않다고 최면을 걸었다.

'사람이 살다 보면 어려울 때도 있고 그런 거지 뭐. 음지가 양지 되고 양지가 음지 되는 그런 세상……. 좋잖아.'

그녀는 훔친 빨래를 직사광선이 내리쬐이는 바위 위에 하나하나 널기 시작했다. 젖은 빨래를 가지고 불망에게 돌아갈 수는 없었다. 그는 반드시 물어볼 것이다.

"어디서 난 거지?"

"마을에 내려가서 사정사정해서 얻었어요."

그녀는 그렇게 거짓말할 참이었다. 그러려면 일단 빨래를 뽀송뽀송하게 말려야 했다.

2

대곤륜(大崑崙).

당(唐)나라의 국사(國師)이자 풍수지리학의 대가였던 양균송(楊筠松)은 자신의 저서에서 '수미산(須彌山·곤륜산의 불교식 이름)은 천지의 뼈다' 라고 표현했다. 그 말은 곧 곤륜산이 모든 산의 근원이란 뜻이다.

거대한 산맥을 따라 도도히 흐르는 웅장함과 하늘 높이 치솟은 수많은 암벽과 봉우리는 과연 양균송의 표현에 조금의 거짓도 없음을 대변해 주었다.

"드디어… 곤륜산이에요."

파리한 양정의 얼굴에 희망이 떠오른다.

불망은 대나무에 몸을 의지한 채 양정의 옆에서 하늘 높이 치솟은 곤륜의 봉우리를 바라보았다. 우여곡절이 있었지만 그들은 기어이 곤륜산에 도착한 것이다.

'주(酒)' 라고 쓰인 채 하늘 높이 치솟아 나부끼는 깃발은 오랫동안 빨지 않아 더러웠고 가장자리가 찢겨 나가기까지 했다.

깃발 아래 위치한 산중 객잔은 지친 여행자들이 잠시 쉬어갈 수 있는 그런 곳이다. 눈보라를 막기 위해 하늘을 가린 천막은 강한 바람이라도 불면 날아가 버릴 듯 위태롭다.

산의 중턱에 자리한 이름 없는 이 객잔의 손님들은 대부분이 근처 산악을 주 무대로 활동하는 사냥꾼들이었다.

사냥꾼들은 이곳에 모여 앉아 지친 몸을 쉬기도 하고 뜨거운 술 한 잔으로 언 몸을 녹이며 사냥에 대한 정보와 자신들이 잡았던 사냥감들에 대해 입에서 침까지 튀기며 허풍을 떤다.

누가 얼마나 크고 대단한 놈을 잡았는지가 주된 화제인 곳이다. 호랑이라도 한 마리 잡은 자가 있다면 그 사람은 오늘의 영웅이다.

그런데 오늘, 여느 날과는 달리 객잔의 한쪽 구석에서 죽립을 깊이 눌러쓴 네 명의 흑의인이 아무런 말 없이 조용히 술을 마시고 있었다.

사냥꾼의 모습이 아닌 무림인의 모습이었다.

그러나 죽립인들을 신경 쓰는 사냥꾼은 없었다. 가끔 산중을 지나가는 무림인들이나 일반 여행객들이 객잔에 들르는 일도 비일비재했다.

다만 이 죽립인들이 여느 무림인들과 다른 점은 전혀 말이 없다는 것과 사냥꾼들의 허풍 섞인 놀라운 무용담에 별로 흥미를 보이지 않는다는 것 정도였다.

산로를 따라 잔설을 밟으며 두 사람이 걸어오고 있었다.

불망과 양정이었다.

몸에 맞지 않은 의복을 입고 있는 불망은 조금 우스꽝스럽게 보였다. 특히 병색이 완연하고 대나무를 지팡이처럼 의지하고 있는 그의 모습은 세파에 지치고 병까지 얻은 초라한 젊은이의 모습이었다.

이 두 사람이 객점에 들어오자 사냥꾼들은 일제히 무슨 신기한 동물이라도 구경하는 것처럼 그들을 쳐다보았다. 그건 병을 낳게 해달라고 사이비 도관(道觀)을 찾아 올라온 환자 같은 불망의 모습 때문은 아니었다. 대체로 여자를 만나기 어려운 직업군(職業群)이 있는데 군인, 원양어부(遠洋漁夫), 벌목꾼 등이 바로 그런 직업이다. 사냥꾼은 이들보단 낫다고 할 수 있었지만 깊은 산속으로 사냥을 떠나면 한두 달 세상 밖으로 나오지 않으니 여자 구경하기 힘든 직업임에 분명하다.

산중에서 만난 젊은 여자는 그래서 좀 더 각별한 법이었다.

그녀의 미추(美醜)는 차후 문제고 단지 젊다는 것 하나만으로 사냥꾼들의 시선은 양정에게 고정되어 떨어지지 않았다.

'젊으나 늙으나 사내들은 그저 젓가락 들 만한 힘만 있어도……'

양정은 흉물스럽게 자신의 전신을 훑고 지나가는 시선들이 기분 나빴으나 내색하지 않았다. 그녀는 불망을 부축하여 긴 나무 탁자에 앉게 했다.

객점의 주인은 수십 년간 같은 자리에서 객점을 운영하며 청춘을 다 보낸 반백의 늙은 부부였다. 뜨거운 물 주전자를 든 노인이 길게 하품을 하며 귀찮고 무료하다는 표정으로 불망과 양정에게 어슬렁어슬렁 걸어왔다.

"두 분, 뭘 드시겠소? 참고로 말하지만 차와 술을 제외하고 요깃거리는 소면과 만두뿐이오."

노인의 말투는 먹으려면 먹고 말라면 말라는 식이었다. 독점이라면 독점인 곳에서 영업을 하고 있으니 손님을 대하는 태도가 안하무인이었다.

"차와 소면을 주세요. 그런데 할아버지, 혹시 만장곡 가는 길을 아세요?"

양정은 불친절한 노인을 향해 생글생글 웃으며 물었다.

순간 말없이 앉아 술을 마시고 있던 네 명의 죽립인이 죽립 아래로 눈빛을 번득이며 불망과 양정을 훔쳐보았다.

"만장곡은 왜?"

"그걸 말해야 하나요?"

"너희도 보물을 찾으러 가는 것이냐?"

'이렇게까지 소문이 났단 말인가?'

양정은 가슴이 덜컥 내려앉았으나 시치미를 뚝 떼고 말했다.

"보물이라니요?"

"모른 척하기는. 내가 사십육 년째 여기서 장사를 하고 있어. 얼굴만 봐도 알지. 관상쟁이 다 됐다니까. 모르고 온 거라면 그냥 돌아가는 게 좋고."

노인은 더 이상 할 말 없다는 듯 휘휘 팔을 내저으며 주문한 음식을 가지러 갔다.

불망은 묵묵히 노인의 뒷모습을 바라볼 뿐 어떤 말도 하지 않았다.

"이봐! 예쁜 아가씨, 만장곡은 왜 찾는데?"

술이 거나하게 취한 사냥꾼 하나가 양정을 게슴츠레 보며 말을 걸어왔다.

"어디 있는지 알고 있나요?"

"암, 알다마다. 곤륜산에서 사냥을 하는 놈 중 만장곡의 위치를 모르는 놈은 없지."

"굉장히 유명한 곳인 모양이군요."

"유명? 하하하. 암, 유명하지. 유명하고말고. 만장곡에 들어간 자들 중 살아서 나온 자가 없으니."

"……!"

"거긴 말이야…… 꺼억!"

술에 취한 사냥꾼은 싸구려 술 냄새를 확 풍기며 말을 이었다.

"한 번 들어가면 못 나와."

"왜요?"

"안개 때문이지. 그 안에서 안개 때문에 길을 잃어."

"안개 때문에 길을 잃어서 못 나온다는 말을 날보고 믿으라고요?"

"하하하. 이 아가씨가 속고만 살았나? 꺼억! 사람 말을 못 믿네."

"소총(燒寵), 쓸데없는 말 그만두고 술이나 처먹어."

노인이 소면을 가지고 나오며 주정뱅이 사냥꾼의 말을 막았다.

"괜히 엄한 사람 목숨 잃게 하지 말고. 지금 그곳은 무림인이 쫙 깔렸다고. 알잖아? 그러니까 너희도 만장곡에 갈 생각을 버려. 보아하니 몸도 성치 않은 거 같은데 가까운 의원에나 찾아가 보라고."

한마디 말 없이 듣고만 있던 불망이 탁! 소리가 나도록 세차게 탁자 위에 은자를 올려놓았다.

"위치를 말해주고 이 돈을 가져가시오."

돈은 이유를 불문하고 사람의 입을 열게 하는 최고의 방법이었다.

술주정뱅이 사냥꾼의 눈은 언제 취했었냐는 듯 탐욕의 빛이 일렁였다. 그는 의자에서 벌떡 일어나 독수리가 병아리를 채가듯 빠르게 은자를 낚아챘다.

"나중에 딴말하지 마슈."

"일구이언(一口二言)은."

"네 아버지가 둘이다!"

"말씀하시오."

"저기 산 보이슈? 넘으시오. 그러면 계곡이 나올 게요."

"거긴 알아요."

불망과 양정이 넘어왔던 장소였다.

"그럼 계곡을 타고 자작나무 숲이 보일 때까지 올라가시오. 숲에 이르면 등성이를 타고 올라가서 왼쪽을 보시오. 구름에 뒤덮인 봉우리가 두 개 보일 거요. 그곳이 바로 만장곡이오."

"양정, 가자."

불망은 더 이상 들을 것도 없다는 듯 일어섰다.

양정은 아직 소면 국물도 맛보지 않은 상태였으나 불망이 일어나는 바람에 급히 음식 값을 지불하고 객점을 떠났다.

떠나는 두 사람의 뒷모습을 바라보며 공돈이 생긴 사냥꾼은 좋아했고 객점의 노부부는 순간의 실수로 그 돈을 자신들이 차지하지 못한 것에 안타까워했다.

죽립인들은 눈짓을 교환하며 전음을 나눴다.

그들의 탁자 위에는 한지가 펼쳐 있었는데, 거기에는 불망과 양정의 초상화가 그려져 있었다. 용모파기였다.

"더럽게 당한 모양이야. 용모파기와는 사뭇 다른 얼굴인데."

"하지만 틀림없어. 대나무를 든 것조차 같잖아."

"일단 보주님께 연락을 취한 후 우리가 놈들을 잡자."

"악전고투를 뚫고 여기까지 온 놈이야. 결코 만만히 볼 상대가 아니야."

"놈의 상태를 보고도 그런 말을 해? 지금 놈은 제 몸 하나 건사하기 어려워. 우린 네 명이야. 혈검련도 어쩌지 못한 놈을 우리가 잡는다면 청해에서 우리의 입지는 완전히 달라질 수 있어. 중산(重山), 일생에 기회는 여러 번 오는 것이 아니야."

죽립인들의 얼굴이 심각하게 굳었다.

불망을 잡았을 때, 얻을 수 있는 명예.

'기회가 왔을 때 잡아야 해!'

네 명의 죽립인은 일제히 고개를 끄덕였다.

검을 쥔 손에 힘이 들어갔다.

계곡을 한참 오르자 멀리 하늘 아래로 자작나무 숲이 눈에 들어왔다.

목적지가 가까워지자 양정은 점점 초조해졌다.

만장곡에 아무도 없다면 이야기가 달라지지만 객점의 노주인 말대로라면 많은 무림인들이 이미 소식을 듣고 집결해 있다는 것이 아닌가.

'그렇다면 이대로 만장곡을 가는 것이 과연 잘하는 일일까?'

여기까지 온 것은 실력도 실력이지만 운도 따랐다.

하지만 불망의 실력은 다했다. 아직 싸울 힘이 남아 있긴 하겠지만 과연 지금까지처럼 운이 좋을지는 의문이다.

"여기까지 오긴 왔지만, 오빠가 몸이 좀 나아지면 가는 것도 나쁘진 않은데……."

양정은 불망을 바라보며 말끝을 흐렸다.

처음 불망을 끌어들인 건 양정이었으나, 지금은 불망이 주도하고 있었다. 양정은 쉬어가도 된다고 하였으나 불망은 끝을 보려 했다.

숲 아래에서 다가오는 불망과 양정을 기다리는 일단의 무리가 모습을 나타냈다.

객점에서 본 네 명의 죽립인이었다.

불망은 객점에서 은연중 주변을 살펴보았던 터라 나타난 이들이 객점에 있던 자들임을 알았다. 그렇다면 말을 하지 않아도 적임을 알 수 있었다.

"누구냐?"

대나무를 지팡이처럼 의지한 불망은 물었다.

"알 것 없다."

죽립인들은 죽립 아래로 섬뜩한 웃음을 보이며 사방으로 불망을 포위한 채 다가왔다.

"겨우 넷?"

"크흐흐! 잠시 후면 본 파의 고수들이 모두 나타날 것이다. 그러나 우리 넷이면 네놈의 목을 치는 데 충분해."

"원하는 건?"

"장보도."

그 외 달리 원하는 건 목숨일 것이다. 살인멸구는 당연한 것이니.

"용기는 좋소만 잘될까 모르겠소."

"염혁을 꺾었다는 소문은 들었다. 하나 우리 네 명이 합치면 염혁 따위는 아무것도 아니야."

죽립인들은 일제히 검을 뽑았다.

불망은 그들의 보폭과 검을 쥔 자세를 보더니 피식 실소를 흘렸다.

"당신들은 염혁을 본 적도 없는 것 같군. 염혁을 보았다면 당신들의 실력으로 그를 폄하할 순 없지."

네 명 죽립인이 멈칫거렸다. 자존심이 잔뜩 상한 듯 얼굴이 일그러졌다. 하나 곧 흉광을 번뜩였다.

"그 대답은 검이 대신해 줄 것이다!"

죽립인들은 살기를 뿜어내며 일제히 불망을 향해 짓쳐들었다.

호랑이는 썩어 문드러져도 호랑이다. 이빨이 빠지고 발톱이 다 나갔다고 해서 개가 호랑이를 이길 수는 없다. 불나방이 제 몸 타오를 것도 모른 채 불을 보고 날아오는 것처럼 네 마리 개가 호랑이를 향해 달려들었다.

슈가각— 쿠앙!

지팡이로 사용되고 있던 불망의 대나무가 그들의 검과 정면으로 부딪쳤다.

"크으윽!"

"으윽!"

두 명의 죽립인이 일격에 허리와 목을 감싸며 쓰러졌다.

동료가 쓰러지자 나머지 두 죽립인이 주춤거렸다. 그들은 너무나 자신들을 과대평가한 것이다. 스스로를 믿는 자신감은 좋으나 지나치면 돌이킬 수 없는 결과를 만들기도 한다.

"당신들이 걸어온 싸움이니 책임도 당신들이 지도록 하시오!"

불망의 신형이 허공을 날았다.

대나무가 직도횡단의 기세로 뻗어왔다.

죽립인들은 도망갈 틈도 없이 정수리에 대나무를 맞으며 쓰러졌다.

불망은 쓰러진 그들의 중앙에 우뚝 서서 대나무를 등에 꽂았다.

"엄혁 따위는 아무것도 아니라고?"

그는 쓰러진 죽립인들을 내려다보며 비웃었다.

"너희가 지금보다 백배는 강해져도 그의 그림자조차 잡을 수 없어!"

4

염불 소리와 함께 황색 가사를 입은 이십여 명의 라마승이 산등성이를 올라왔다. 이들은 한눈에 봐도 중원인들과 다른 얼굴에 다른 모양의 가사를 걸치고 있었다.

객점의 노부부와 사냥꾼들은 어안이 벙벙한 얼굴로 전혀 예상치 못한 곳에서 만난 이국(異國)의 중들을 바라보았다.

라마승 중 한 명이 다가와 모두에게 합장하며 더듬거리는 한어로 말했다.

"이 길이 만장곡으로 가는 길이 맞소이까?"

"맞긴 맞⋯⋯."

객점의 노주인은 고개를 끄덕이다 말고는 돌연 말과 행동을 멈췄다. 그는 '위치를 말해주고 이 돈을 가져가시오' 라고 했던 불망의 조금 전 말을 떠올린 것이다.

'애석하게 저 소총 놈에게 그 돈을 빼앗기고 말았어. 다시 기회가 온다면 놓치지 말아야 해.'

노주인은 몇 번 헛기침을 하더니 라마승을 향해 말했다.

"거긴 왜 가시는데?"

"옴마니반메훔. 소승이 그런 것까지 말씀드려야 하오?"

"그건 아니오만 하도 찾는 분이 많아서. 위치를 말해주면 돈을 주겠다는 사람도 있고⋯⋯."

"그럼 길을 잘못 들지는 않은 모양이구려. 감사하오. 성불하십시오."

라마승이 합장배례하며 물러났다.

노주인은 뭔가 잘못되었다 생각되어 라마승을 잡으려 했으나 마땅히 잡을 명분도 없었다. 술에 취한 소총과 그 일행이 잔뜩 일그러진 노주인의 얼굴을 훔쳐보며 낄낄댔다.

"웃지 마, 이것들아!"

그는 엄한 곳에 화풀이를 했다.

라마승은 맨 앞에서 괴장(拐丈)에 몸을 의지한 채 서 있는 백발성성한 라마승에게 뭐라고 말하며 허리를 숙였다.

괴장을 짚은 백발성성한 라마승이 고개를 끄덕이며 앞장섰다.

이십여 명의 라마승이 일제히 염불을 외우며 백발성성한 라마승의 뒤를 따랐다.

"썩을 놈들! 외국의 땡초들까지 보물을 찾으러 온 거야?"

노주인은 심히 못마땅한 듯 땅바닥에 카악! 하고 침을 뱉었다.

5

흙먼지가 자욱하다.

지축을 울리는 말발굽 소리가 강렬하게 천지에 울려 퍼진다.

그리고 그들이 나타났다.

혈검련.

예상하고 있었던 일이지만 혈검련의 모습이 만장곡 입구에 나타나자 이미 그곳에 모여 있던 군웅의 가슴은 만근 무게의 바윗덩이가 짓누르는 것처럼 답답해졌다.

혈검련 중 가장 선두에 선 설옥상은 백마의 속도를 늦추며 모여 있는 군웅을 쓸어보았다.

이미 전해진 비합전서에서는 만장곡 입구의 상황을 자세히 설명해 주고 있었기 때문에 설옥상은 알고 있었다. 그러나 직접 대하고 보니 글로 보았던 것보다 정도인의 위세가 대단했다.

곤륜파의 장문진인 청담자는 중원 대륙 전체를 털어서도 무시할 수 없는 존재다. 그 외 개방과 청해군가, 천룡검보 등등.

청해성의 무림 거성들이 모조리 집결해 있는 것 같았다.

군웅 중에는 설옥상과 안면이 있는 자도 여럿 있었으나 그녀는 특별히 아는 척하지 않았다. 다만 입꼬리를 살짝 말아 올리며 냉소를 보였다.

"그는 아직 도착하지 않은 모양이군."

설옥상은 다시 한 번 주변을 쓸어보며 군웅이 자리잡고 있는 방위를 살폈다.

불망이 도착하기 전, 그를 맞이할 수 있는 좋은 자리를 점하고 있어야 한다. 그래야만 다른 자들보다 먼저 그를 차지할 수 있다.

6

만장곡은 자욱한 안개가 깔려 그 아래가 보이지 않았다.

곡의 위에 포진한 군웅도 희뿌옇게 보일 뿐 그 모습이 확연히 눈에 들어오지 않았다.

군웅은 마음이 맞는 사람들끼리 모여 앉아 긴장을 풀기 위해 이야기를 나누고 있었다. 그들이 공개적으로 나누는 이야기는 문파의 사소한 일들과 벗들의 안부를 묻는 것 정도였다.

청담지는 곤륜의 제자들을 이끌고 바위 위에 앉아 있었다. 그의 옆으로 조수방과 대부산인 남시화 등이 사뭇 긴장한 채 포진했다.

조수방은 신경을 쓰지 않는 척하면서 설옥상을 주시하고 있었다. 만약 싸움이 일어난다면 그녀와 포달랍궁의 라마승들이 최대의 적이 될거라 생각하는 것이다. 아직 포달랍궁은 도착하지 않았다.

문득 그는 개방의 구양요를 바라보았다.

구양요는 제자들을 하나하나 불러 뭔가를 지시하고 있었다.

'구양 분타주는 왜 그를 도왔을까?'

개방에서 불망의 위기를 도왔다는 소문은 파다했다. 조수방은 각종 정보를 취합하는 위치에 있으며 꽤 머리가 좋은 사람이었지만 궁귀 서축과 불망의 관계를 알 수 없으니 도무지 추리를 해낼 수 없었다.

'만약 그가 장보도를 차지할 생각으로 도운 것이라면 불망이 도망치도록 내버려 두지는 않았을 것이다.'

그렇기 때문에 더 이해도 안 갔다.

조수방은 구양요에게 소문에 대해 은밀히 물었다.

구양요는 아무렇지도 않게 '장보도가 다른 자의 손에 들어가기를 원치 않았기 때문일세' 라고 말했다.

그 말은 일견 일리가 있는 것 같으나 허점투성이다.

불망의 위기를 이용해 장보도를 탈취하였다면 '장보도가 다른 자의 손에 들어가기를 원치 않았기 때문일세' 라는 말에 적당히 부합된다. 하나 구양요는 그렇게 하지 않았다.

'개방이 장보도를 차지했다는 이목을 두려워했기 때문일까?'

개방 정도의 방대한 조직이라면 그것도 그리 두려운 일은 아니었을 것이다.

‘그렇다면?’

조수방은 구양요를 추궁해 알아내고 싶었지만, 그는 구양요를 추궁할 위치에 있지 않았다. 그가 그렇다고 하면 그런 것이다. 그렇지 않다고 말하기 위해서는 뚜렷한 증거를 내밀어야 한다. 불행히도 조수방은 그럴 만한 증거를 찾아내지 못했다.

‘결국 혈검련과 포달랍궁뿐 아니라 개방까지 주의를 경계해야 한다는 말이로군.’

초라한 행색의 두 사람이 걸어오고 있었다.

군웅의 시선이 일제히 두 사람을 향했다.

“……!”

“……!”

그런데 군웅은 믿을 수 없다는 듯 어리둥절한 얼굴로 불망과 양정을 바라보았다. 악전고투를 뚫고 천산에서 곤륜산까지 온 이 두 사람의 행색이 초라한 것은 그럭저럭 이해할 수 있었다. 그러나 병색이 완연하여 보잘것없이 보이는 건 이해하기 어려웠다. 온갖 고초를 이겨내고 왔다는 두 사람은 지팡이까지 짚은 채 바람에 날아가 버릴 듯 휘청거리기까지 하지 않는가.

‘저런 자가 청해성을 발칵 뒤집어놓은 무림고수란 말인가?’

불망의 허무함과 충혈된 눈은 보는 것만으로도 피곤했다.

그는 군웅이 모두 지켜보는 가운데 비틀거리며 만장단애로 걸어왔다. 앞을 막고 있는 몇몇 사람이 자신들도 모르게 길을 터주며 그의 전진을 도왔다.

"이곳인가?"

불망은 군웅의 시선을 상관하지 않은 채 안개가 자욱한 만장단애를 내려다보았다.

"그런가 봐요. 우리는 기어이 도착했군요."

불망의 한 팔을 잡고 있는 양정의 음성은 은은하게 떨렸다.

이처럼 많은 사람들에게 주목을 받아본 적이 없는 그녀는 난생처음 대하는 수많은 시선들에 야릇한 흥분까지 느꼈다.

만장단애를 가득 메운 군웅.

그러나 그들의 편은 없었다.

다만 먼저 나서는 자도 없었다. 이런 일은 뒤에 있을수록 수고가 덜 하다는 것을 군웅은 잘 알고 있었다. 만약 그렇지 않다면 불망이 안개 자욱한 만장단애를 내려다볼 시간도 없었을 것이다.

설옥상은 혈검련에 눈짓을 보냈다.

이미 불망을 상대로 승리하는 것은 의미가 없다. 그는 건드리기만 해도 쓰러질 정도로 허약해 보였다. 그녀는 군웅이 지켜보는 가운데, 불망의 장보도를 탈취할 생각이었다. 그래서 혈검련의 힘을 과시할 생 각이었다.

스르릉.

혈검련은 소리까지 내며 공개적으로 발검했다.

그들은 불망을 포위하는 것이 아니라 군웅이 불망에게 오는 것을 차 단했다.

"불망."

설옥상이 일어서며 그를 불렀다.

"너는 여기까지다."

흰 이빨을 드러내며 씨익 웃는 그녀의 미소는 환했다. 하지만 어울리지 않는 미소다.

"그럴까?"

"지금이라도 투항한다면 모든 자들로부터 너의 목숨을 보장하겠다."

"설 련주……"

불망은 희미하게 웃으며 설옥상을 불렀다.

"고마워."

"오겠느냐?"

"좋은 인연이었으면 어찌 되었을지 모르겠지만 지금은 아니지. 그냥 나는 혈검련이 아니면 여기까지 오지 못했을 거라고 생각해. 그동안 나를 지켜주느라 수고했어."

"……!"

그의 말의 의미를 모를 그녀가 아니었다.

설옥상의 얼굴이 일그러졌다. 하지만 그녀는 특별히 변명을 하는 성격은 아니었다. 어찌 되었든 간에 혈검련이 옆에 있었기에 불나방처럼 달려드는 다른 자들을 배제하고 불망은 곤륜산까지 도착한 것이다.

"고맙다면."

설옥상도 미소를 멈추지 않았다.

"대가를 지불해야지?"

"설옥상! 너무 나서는 것 아니냐? 여기에 혈검련만 있다고 생각하는 건 아니겠지?"

대부산인 남시화가 못마땅한 얼굴로 소리쳤다. 그는 혈혈단신이라 혼자 혈검련을 상대할 순 없었다. 그렇다고 해서 장보도를 포기할 수 있는 것도 아니었다. 때문에 그가 바라는 것은 빠른 혼전이었다. 만약 혈검련이 장보도를 가지게 된다면 혼전이 벌어진다 해도 그가 취할 수 있는 확률은 떨어졌다. 장보도는 혼전이 일어날 때까지 불망이 가지고 있는 것이 좋았다.

구양요가 제자들에게 손짓했다.

거지들이 슬슬 움직이며 혈검련을 포위했다.

"대부산인, 늙었다고 어른 대접을 받는 건 아냐. 능력있다면 나와보시지."

"끌끌. 이 나이에 머리에 피도 안 마른 계집아이와 손발을 다투란 말이냐?"

"감히!"

설옥상에 대한 조롱에 제월광은 참지 못하고 대부산인 남시화를 향해 검을 쏘았다.

대부산인 남시화는 끌끌 웃으며 들고 있던 도끼로 제월광의 검을 내려쳤다.

쾅!

불꽃이 튀며 제월광은 뒤로 주르륵 밀려 나갔다.

그에 반해 남시화는 그 자리에서 한 발자국도 밀려나지 않았다.

제월광은 깜짝 놀랐으나 이내 얼굴을 굳혔다.

"늙은이! 제법이구나."

그는 검을 고쳐 잡으며 공력을 십이성 끌어올렸다. 누가 봐도 아까의 일합은 그의 패배였으니 자존심이 상했던 것이다.

제월광은 신검합일의 자세로 남시화를 향해 짓쳐들었다.

그때였다.

"손을 멈추시오!"

더듬거리는 한어가 군웅의 머리 위로 날아왔다.

동시에 수십 명의 라마승이 나는 듯 산을 올라왔다.

군웅의 얼굴이 핼쑥해졌다. 포달랍궁의 승려들이 도착한 것이다.

"옴마니반메훔. 이곳 만장곡은 우리 서장인의 성지요. 본 궁의 허락 없인 함부로 무력을 사용할 수 없소."

달려온 라마승 중 일인이 앞으로 나서며 모든 군웅의 향해 합장했다.

어디선가 비릿한 비웃음이 터져 나왔다.

"흥! 곤륜산은 중원의 명산이건만, 어디서 나타난 땡초들이 서장의 성지라고 지껄이는 것이냐?"

"크크. 수백 년간 서장인이라곤 한 놈도 나타나지 않았던 이곳이 서장인의 성지라고? 땡초, 지나가는 개가 웃겠다."

합장하던 라마승은 뭐라고 반박하고 싶었지만, 그의 말발이 아무리 세다 할지라도 더듬거리는 한어로 한인과 말싸움을 하기엔 무리였다. 이런 경우 말보다 앞서는 건 주먹이다. 일단 기를 꺾지 않는다면 송찬간포의 무덤을 지키기 어렵다.

쿠아아앙!

라마승의 장심에서 시뻘건 불덩이가 터져 나와 비웃던 자 중 일인을 향해 쏟아졌다.

“마라화염장(魔羅火炎掌)!”

누군가 소리쳤다.

그렇다. 라마승의 이 일장은 포달랍궁이 절대무적장으로 자랑하는 마라화염장이었다. 그것은 상대를 단 일 장에 죽여 버리기 위한 의지의 표출이었다.

마라화염장이 비웃던 자의 신형을 덮쳤다.

그는 천룡검보의 소보주인 연혼검(煙魂劍) 낙균(諾菌)이었다.

낙균은 눈앞까지 날아온 마라화염장을 보고 기겁했다.

“소보주님! 피하세요!”

낙균의 주변에 있던 수하들이 일제히 몸을 날리며 소리쳤다.

“으헉!”

낙균의 일신 능력은 또래에 비해 탁월했다. 하지만 그리 대단한 것도 아니었다. 그는 코앞에서 활활 타오르며 짓쳐드는 마라화염장의 불길을 피할 도리가 없었다.

쾅!

불덩어리가 그의 안면을 강타했다.

머리카락에 불이 붙으며 확! 타올랐다.

“불! 불이다! 사람 살려!”

그는 한 문파의 소보주답지 않게 겁에 질려 고래고래 소리쳤다.

“균아! 누구 없느냐? 어서 물을 가져와!”

천룡검보주 낙일세의 눈이 확 돌았다. 낙균은 하나밖에 없는 아들이었다. 낙일세는 물을 가져오라고 소리치는 동시에 아들을 돌볼 생각도 없이 충천하는 분기를 참지 못하고 마라화염장을 전개한 라마승을 향해 검을 뽑았다.

천룡검보가 자랑하는 대천승삼십육검(大天昇三十六劍) 중 천승만변(天昇萬變)이 그의 검에서 뽑어졌다. 라마승은 조금도 물러서지 않고 마니차로 낙일세의 검을 막았다.

이 돌연한 싸움은 상황을 급하게 만들었다.

성격 급한 자들이 검을 뽑으며 만약의 사태에 대비했다.

대부산인 남시화와 제월광은 생사를 건 결투를 벌이고 있었다. 거기에 낙일세와 라마승의 싸움이 더해졌다.

천룡검보의 제자들은 보주의 싸움도 급했으나, 소보주인 낙균의 몸에 붙은 불을 끄는 것도 급했다. 하지만 깊은 산중이었다. 몇몇 군웅이 호로병에 마실 술과 물 등을 가지고 있긴 하였으나 사람의 몸에 붙은 불을 끌 정도로 많은 양의 물을 어디서 구한단 말인가.

"여기 물!!"

암암리에 다가온 자가 낙균에게 호로병의 물을 끼얹었다. 그러나 그것은 물이 아니라 술이었다. 그의 이 무식한 행동은 불에 기름을 부운 격이 되었다. 호로병에 담긴 독한 술로 인해 불은 낙균의 전신으로 번져 더욱 활활 타올랐다.

"으아아아악!"

낙균은 눈앞에서 시뻘겋게 번져 오르는 불길에 공포를 이기지 못하고 고래고래 비명을 질렀다. 머리 속이 텅 비며 아무 생각도 나지 않았다. 하다못해 고통도 없었다. 있다면 오로지 뜨겁다는 느낌뿐이었다.

"이런 미친놈!"

천룡검보의 제자 하나가 호로병의 술을 부운 자에게 장력을 내갈겼다. 불을 끄기 위해 호로병의 술을 물로 착각해서 부은 것인지, 아니면 불을 더욱 번지게 하기 위해 일부러 술을 부은 것인지 알 수 없는 자가 두개골이 부서지며 그 자리에서 즉사했다.

만장곡에 오른 인물치고 혈혈단신은 남시화를 비롯해 한두 사람뿐이었다.

순식간에 두개골이 부서져 찍소리 못하고 죽은 이 사람은 철검문의 부총관 마등창(馬登昌)이었다. 그는 철검문주 염운산(簾雲山)의 은밀한 지시에 낙균의 몸에 술을 부은 것이다.

"으헉! 천룡검보 놈이 마 부총관님을 죽였다!"

암반 위에 앉아 있던 염운산의 왕방울만 한 눈이 부릅떠졌다. 그의 두 눈에서 주체할 수 없는 살기가 줄기줄기 폭사되었다.

"천룡검보가 감히 마 부총관을 죽여?"

그의 주먹이 허공을 갈랐다.

"크아아악!"

마등창의 두개골을 부숴 버린 천룡검보의 제자가 염운산의 주먹에 으깨져 피떡이 되어 황천으로 떠났다.

"염운산! 뭐 하는 짓이냐?"

불타는 아들과 라마승 때문에 정신이 없는 낙일세가 버럭 소리쳤다.

"뜨거워! 뜨거워! 무, 물을!"

낙균은 바닥을 구르며 불을 끄려고 했으나 역부족이었다. 그는 활활 타 들어가며 사방으로 살 타는 냄새가 진동했다.

"저 사람들… 도대체 뭐 하는 거죠?"

양정은 돌연 시작된 싸움을 이해할 수 없었다.

원래 싸워야 할 주체는 불망과 그녀 자신이었다. 지금의 싸움은 주객전도다.

"누군가가 사건을 만들고 있는 거겠지."

싸움판을 바라보는 불망의 시선은 냉소적이었다.

천룡검보의 무사들과 철검문의 무사들이 일제히 검을 빼 들었다. 낙균과 마등창이 죽은 이상 불공대천의 원수가 된 것이다. 쌍방의 검이 불꽃을 튀겼다.

원래 철검문은 정사 중간의 문파로서 지금은 곤륜파를 비롯한 정도 무림인들과 만장곡을 지키고 있지만, 그들은 파황성의 사람으로 보아야 옳다.

라마승과 싸우고 있던 낙일세는 천룡검보와 철검문의 싸움이 벌어지자 손발이 답답해졌다. 철검문은 문주 염운산의 진두지휘 아래 일사불란하게 움직였지만 천룡검보는 그 자신이 라마승과 싸우고 있고, 소보주인 낙균은 불에 타 죽어버렸으니 명령 체계가 완전히 무너져 우왕좌왕하며 맥없이 쓰러지고 있었던 것이다.

"도와야 하지 않겠습니까?"

청해군가의 총관인 제일비객(第一飛客) 남천의(藍天意)는 가주 군무강을 향해 나직이 말했다. 천룡검보와 청해군가는 지척 거리에서 이백 년을 교류해 왔다. 그들이 위기에 처하면 당연히 도와야 했다.

그런데 군무강은 생각이 달랐다. 천룡검보가 오랫동안 함께해 왔으나 한 가족은 아니었다. 그들의 세가 약해지는 것은 나쁠 게 없었다. 그는 자신의 의중을 알지 못하고 '도와야 하지 않겠습니까?'라고 말한 남천의가 못마땅했다. 그러나 이미 말은 쏟아졌고 주변의 눈이 있으니 두고 보긴 어렵게 되었다.

"돕게."

군무강은 쓴물을 삼키며 어쩔 수 없이 말했다.

남천의가 허리를 숙인 후 제자들을 이끌고 싸움판으로 뛰어들었다.

청해군가가 나서자 천룡검보의 남은 제자들이 힘을 냈다.

철검문이 조금씩 뒤로 밀리기 시작했다.

지켜보던 청담자의 이마에 내 천(川) 자가 그려졌다. 군웅 중 최고 배분을 가지고 있는 그는 혼전을 원하지 않았다.

"무량수불! 모두 멈추시오!"

청담자의 신형이 허공으로 솟구쳐 오르더니 연한 솔잎을 밟고 도약하듯 가볍게 날아올랐다. 이어 곤륜파의 무상심법인 운룡대팔식 중 비룡회천(飛龍回天)이 펼쳐졌다. 청담자의 신형이 허공에서 낙일세를 압박하던 라마승을 향해 내리 덮쳤다.

예측 못한 청담자의 공격에 라마승은 눈앞이 아찔하여 손발을 제대로 움직이지 못했다. 그러나 주변의 라마승들이 병아리를 낚아채는 독수리처럼 내리 꽂히는 청담자를 두고 보지 않았다.

쿠아아아앙!

쇳덩이처럼 육중한 장력이 청담자를 향해 날아왔다.

청담자가 허공에서 신형을 비틀며 라마승의 천령개를 박살 낼 듯 손그림자를 떨쳐 냈다.

라마승은 동료들의 도움으로 찰나의 틈을 찾아 옆으로 몸을 굴렸다. 옷깃이 찢어지는 소리가 났다. 그는 요행히 머리가 박살나는 액운은 피했으나 몸을 완전히 피하지 못해 청담자의 발길질에 갈비뼈 아래의 승포가 크게 찢기고 말았다.

라마승들이 일제히 청담자를 향해 밀려들었다.

지친 낙일세는 뒤로 빠졌다.

장문인이 위기에 처하자 곤륜의 제자들이 일제히 검을 뽑았다.

싸움을 진정시키기 위해 뛰어든 청담자였으나 라마승들의 반격이 생각 외로 강해 판을 제압하지 못했다.

오히려 싸움은 더 거세게 번졌다.

'아뿔싸! 일이 잘못되었구나.'

늦은 후회였다.

처음의 싸움은 혈검련이 시작했으나 이제 혈검련은 힘을 비축한 채 불망만 포위하고 움직이지 않았다.

이해관계가 달린 자들이 싸움판으로 뛰어들었다.

주변은 청담자가 나서지 않았을 때보다 더욱 아수라장이 되어 도검이 난무하고 장영(掌影)이 횡횡했다.

만장곡에서 송찬간포의 무덤이 있는 위치를 정확하게 알고 있는 자는 불망과 양정뿐이었다. 대부산인 남시화는 제월광과 싸우고 있었으나, 그는 단지 싸우는 흉내만 낼 뿐 전력을 다하지 않았다. 그의 모든 오감은 불망과 양정에게 향해 있었다.

'저놈들 중 한 놈을 잡아야 한다!'

송찬간포의 무덤을 찾아갈 수 있는 유일한 방법이었다.

둘 중 하나를 잡아야 한다면 불망보다 양정이 수월했다.

남시화는 제월광을 상대하며 오직 그 기회를 노렸다.

기다리다 보면 기회는 반드시 온다.

양정은 싸움판에 넋을 놓고 있었다.

불망은 주적인 설옥상을 경계했다.

남시화는 조금씩 뒤로 밀리는 듯 눈치채지 못하게 불망에게 다가갔다. 그러던 어느 순간 그의 도끼가 만월부무(滿月斧舞)의 수법으로 제월광을 사정권 밖으로 밀어냈다. 동시에 남시화의 신형이 옆으로 돌며 허공으로 떠올랐다.

쐐애애액!

거대한 도끼가 불망의 정수리를 향해 내리 뻗었다.

깜짝 놀란 불망의 신형이 옆으로 뒤틀리는 순간, 남시화는 급히 도끼를 회수하며 양정의 목을 움켜쥐었다.

"아악!"

양정의 신형이 허공으로 붕 떠올랐다.

남시화는 눈 깜짝할 사이에 허공에 뜬 양정을 낚아채며 만장곡으로 몸을 날렸다. 일백 명이 넘는 군웅이 보는 앞에서 납치가 일어날 것이라고는 누구도 생각하지 못했다.

"양정!"

불망은 양정을 찾기 위해 남시화의 뒤를 따라 만장곡으로 신형을 날렸다.

"놈들이 만장곡으로 떨어졌다!"

"잡아랏!"

급박한 아우성과 함께 군웅은 속속 만장곡으로 신형을 날리기 시작했다.

第8章

양정!

만장곡.

자욱한 안개 속에서 사람의 손때가 전혀 묻지 않아 대자연 그대로의 모습이었다. 바닥에는 낙엽이나 짐승의 시체 등이 오랜 세월 동안 썩으면서 만들어진 장독(瘴毒)이 늪지처럼 형성되어 있었다. 장독은 사람의 목숨을 위협할 정도로 치명적인 독이었다.

안개 때문에 시계(視界)는 엉망이었다.

바닥은 발목까지 푹푹 빠져 기분이 좋지 못했다.

특히 앞이 보이지 않았으니 군웅은 미세한 부딪침에도 생명의 위협을 느끼며 검을 뽑았다. 곳곳에 사람과 짐승의 비명이 난무했다.

"놈들은 어디 있느냐?"

청해군가주 군무강은 답답함을 견디지 못하고 소리쳤으나 누구도 그의 말에 대답하지 않았다.

"웬 놈이냐?"

쐐애애액!

"으악!"

들리는 것은 오직 병장기의 부딪침과 비명뿐.

보이지 않는 곳에서의 싸움은 아무리 무림고수라 할지라도 온몸을 극도로 긴장시켜 오직 생존과 안위만을 돌보게 했다. 함께 숙식을 하였던 동료도 믿을 수 없는 밀림의 생존 경쟁이 시작되었다.

'이대로 가면 모두 다 죽는다!'

청담자는 파황성의 암계에 걸려들었음을 실감했다. 눈앞이 캄캄했다. 여기서 죽는다면 구천에 가 곤륜의 역대 조사들을 무슨 얼굴로 찾아뵙는단 말인가.

'서로 싸우다 죽지 않는다 할지라도 발목까지 푹푹 빠지는 장독에 내공이 약한 제자들은 살아남기 어려울 것이다.'

생각을 하는 외중에도 그는 자신에게 짓쳐드는 날카로운 검기를 느끼곤 옆으로 몸을 피했다.

"웬 놈이냐?"

몸을 피한 자리에서 다시 주먹이 날아왔다.

청담자는 그 자신이 죽지 않기 위해 상대의 주먹을 맞받아쳤다.

"으악!"

누군지 알 수 없는 자가 청담자의 주먹에 나가떨어졌다. 그는 어쩌면 자신의 제자일지도 모른다는 생각이 들자 청담자의 암담함은 견디기 어려울 지경이었다.

‘청해에서 이름깨나 날리는 무림인들은 모두 만장곡에 뼈를 묻게 생겼구나.’

“모두 싸움을 멈추시오! 모두!”

암담함은 고함으로 표출되었다.

하지만 누구도 그의 말을 듣지 않았다. 앞이 보이지 않는 이러한 싸움은 한 번의 물러섬으로 목숨을 잃을 수 있다. 때문에 상대가 먼저 손을 멈추지 않는 이상 끝나지 않는다.

남시화를 비롯하여 불망과 양정의 흔적을 찾을 길이 없었다. 아니, 그들이 바로 옆에 있다 할지라도 소리를 내지 않는다면 알 수 없다. 그러다 보니 목적지가 있을 까닭도 없었다. 성급하게 만장곡으로 뛰어내린 군웅은 후회막급이었으나, 이미 물은 쏟아졌고 목숨을 부지하려면 사투를 벌이는 수밖에 없었다.

“일단 사는 것이 먼저요! 지금은 서로 다투기보다 힘을 합칠 때요! 조금씩 양보하여 물러섭시다!”

청담자의 외침은 절규에 가까웠다.

“그의 말이 맞다. 혈검련은 주위를 방비하고 뒤로 물러서라!”

설옥상과 청담자가 처음으로 의기투합했다.

“셋과 동시에 모두 한 발 뒤로 물러나시고 손발을 멈춰주시오. 하나, 두울, 셋!”

군웅이 일제히 뒤로 물러났다. 몇몇 군웅이 등 뒤로 또 다른 자와 부딪쳤지만 다행히 큰 소란은 일어나지 않았다.

“주변에 마른 가지를 찾아 화섭자가 있으신 분은 불을 밝히시오.”

그러나 안개 속에서 마른 가지가 있을 턱도 없었다.

양정을 옆구리에 꿰찬 대부산인 남시화는 나는 듯 달렸다.

그 역시 안개가 자욱하여 사방을 분간할 수 없었다. 하지만 아무 곳이나 달려 몸을 피하지 않을 수 없는 운명이었다.

그는 달리는 와중에 힐끗 뒤를 돌아보았다.

'악귀 같은 놈!'

모습은 보이지 않았으나 살기가 느껴졌다. 그것은 놈이 자신의 뒤를 악착같이 쫓고 있다는 증거였다.

오직 놈 혼자라면 어떻게 해결 볼 수도 있을 것이다. 놈이 천산에서부터 악전고투를 뚫고 곤륜산 만장곡까지 달려왔다 해도 그것은 억세게 운이 좋았기 때문이지, 개세적인 무공 때문이라는 생각은 들지 않았다. 하지만 자욱하게 깔린 안개는 놈의 뒤에 또 다른 누군가가 있는지 없는지를 알아볼 수 없게 했다. 있다면 낭패다. 그러니 일신의 경공술로 놈을 떼어놓는 수밖에 없었다.

양정은 마음이 급했다.

남시화는 목적이 있으니 자신을 죽이지는 않을 것이다. 하지만 불망과 헤어져서는 살아도 사는 것이 아니다. 어떡하든 그를 가까이 오게 해야 했다.

양정은 그 자신이 어디에 있던 불망이 찾아올 수 있는 방법이 없을까 생각했다. 상황이 워낙 급해 머리가 잘 굴러가지 않았다. 하지만 생각이 정해지기도 전, 양정은 엉겁결에 소리쳤다.

"무덤의 위치를 말하겠어요!"

남시화의 귀가 쫑긋 세워졌다.

"어디냐?"

"구릉을 찾아 올라가세요."

"안개가 자욱해서 지척을 분간할 수 없는데 어떻게 구릉을 찾아!"

"어느 방향으로 달려왔죠?"

"동쪽으로 달렸다."

"그렇다면 제대로 달린 거예요. 더 가면 도랑이 있을 거예요."

"지나왔다."

"그럼 되었어요! 암반이 보이지 않나요?"

"아직 보이지 않는다."

"보일 때까지 가세요."

"너… 묻지도 않았는데 순순히 말하는 게 수상한걸! 설마, 다른 암계가 있는 건 아니겠지?"

"당신도 나도 만장곡은 처음이에요. 무슨 수가 있겠어요. 또 있다 해도 나는 지금 당신 수중에 있어요."

"그 말이 맞다."

남시화는 송찬간포의 무덤을 찾을 수 있다는 생각이 들자 힘을 냈다. 찾아내기만 한다면 그는 천하제일의 갑부가 되어 황제가 부럽지 않을 것이다. 물론 무덤의 재화를 군웅 몰래 밖으로 옮겨야 한다는 변수가 남아 있긴 하지만.

"암반이다!"

한참을 양정의 말대로 달린 남시화는 기뻐 소리쳤다.

"암반에 수(壽) 자가 새겨져 있는지 손가락으로 확인해 보세요!"

"뒤에서 놈이 쫓아오고 있는데, 언제 그따위를 확인한단 말이냐? 어서 다음을 말해!"

"암반 위가 언덕인가요?"

"그렇다!"

"언덕을 오르면 평지가 나올 거예요. 거기가 송찬간포의 무덤이 있는 곳이에요."

남시화는 나는 듯 평지로 올라섰다.

그는 오직 발의 감각으로 주변을 확인하며 무덤의 위치를 찾았다. 처음과 달리 불망과의 거리는 제법 벌어졌는지 쫓아오는 기색이 느껴지지 않았다.

"무덤을 찾았다. 안으로 들어가려면?"

"제단(祭壇)을 찾으세요."

"어디 있느냐?"

"아무것도 안 보이는데 내가 어떻게 알아요!"

남시화는 푹푹 빠지는 장독 속에서 오직 발의 감각으로 주변을 살폈다. 널찍한 몇 개의 돌이 그의 발끝에 걸렸다. 그는 그중에서 제단과 가장 흡사하다고 생각되는 돌을 손으로 만져 보았다. 면적이 매끈매끈한 것이 인공으로 다듬어놓은 게 분명했다. 넓이는 보통 무덤의 제단보다 훨씬 컸다. 왕의 무덤이라면 당연한 것이다.

그래도 만약을 알 수 없어 무덤의 주변을 두 바퀴나 돌았다. 처음 만져 보았던 돌을 제외한다면 달리 제단으로 사용될 만한 돌은 찾을 수 없었다.

"제단을 찾았나요?"

“찾았다.”

“그 아래가 무덤으로 들어가는 입구예요!”

“돌 아래 무슨 수작을 부려놓은 것은 아니겠지?”

남시화는 춤이라도 추고 싶을 정도로 기뻤으나 만약의 사태를 대비해 으름장을 놓았다.

“내가 여기를 와본 적이 있을 거라고 생각해요?”

“사람의 일이란 한 치 앞을 모르는 것이니 방비하는 게 좋다.”

“그럼 나를 내려줘요. 내가 제단을 옆으로 밀겠어요!”

“흥! 그런 식으로 도망가겠다고? 완전히 보물을 찾은 후 놓아주겠다!”

남시화는 양정을 옆구리에 찬 채 제단을 옆으로 밀었다. 과연 그 아래 한두 사람이 들어갈 만한 구멍이 뚫려 있었다. 그는 엎드려서 구멍 안을 들여다보았다. 안개도 안개지만 어두워 보이지 않았다.

“밑에 기관 장치가 있는 건 아니냐?”

“그것까진 나도 몰라요.”

무턱대고 들어갔다가 기관이 발동되어 독침이라도 튀어나온다면 낭패였다. 그는 무덤의 진입구를 찾았으나 의심이 발동되어 안으로 들어갈 수 없었다.

“아무래도 네가 먼저 들어가 봐야겠다.”

그런데 남시화가 양정을 막 밀어 넣으려는 찰나였다.

쿠아아아아앙!

싸늘한 검기가 등 뒤로 날아왔다.

불망이 도착한 것이다.

남시화는 깜짝 놀라며 구멍 속으로 몸을 던졌다. 남시화와 양정이 한데 뒤엉키며 구멍 속을 굴렀다.

불망도 남시화의 뒤를 따라 구멍 안으로 날아왔다.

구멍은 깊고 어두워 바닥이 보이지 않는 수직굴(垂直窟)이었다. 밑으로 내려갈수록 굴의 폭은 점차로 넓어지며 바닥이 드러났다.

남시화는 양정과 함께 수직굴에서 두어 번 굴렀으나 이내 중심을 잡고 무사히 바닥에 착지할 수 있었다.

불망도 두 사람의 뒤를 따라 곧바로 뛰어내렸다.

빛 한 점 없는 지하는 안개가 자욱한 바깥 세상과 다른 의미의 어둠이 깔려 있었다.

쾅! 소리와 함께 바닥에 몸이 부딪친 후 세 사람 모두 더 이상 움직이지 않았다. 미세한 움직임이라도 난다면 상대에게 위치를 파악하게 해주는 꼴이다. 불망과 남시화는 숨까지 죽였다. 양정은 호흡이 가빴으나 남시화의 솥뚜껑 같은 손이 그녀의 입과 코를 막았다. 양정은 얌전했다. 불망에게 위치를 알려주기 위해 발이라도 움직인다면 남시화는 즉시 자신을 죽여 버릴 것이다.

그들은 모두 어둠에 익숙해질 때까지 기다리며 안력을 돋웠다. 먼저 보는 자가 승리하는 것이다.

불망은 가부좌를 튼 채 눈을 감았다.

다시 눈을 떴을 때, 지하 내부가 어렴풋이 눈에 들어왔다. 지하는 광장이라 불려도 좋을 만큼 넓었다. 천장으로 뛰어내린 통로가 있었고 사면에는 회랑(回廊)처럼 구멍이 뻥뻥 뚫려 있었다.

불망은 급히 남시화를 찾았다.

"크크크! 지독한 놈! 여기까지 따라왔구나!"

그때, 달려드는 남시화의 도끼가 보였다.

"아악! 오빠!"

양정의 외침도 들렸다.

불망은 앉은 자세에서 남시화를 향해 쏘아졌다.

남시화는 불망이 억세게 운이 좋은 놈이라고 생각했을 뿐, 정작 그의 실력은 과소평가했다.

'내가 강호에서 명성을 날릴 때, 네놈의 어미조차 태어나지 않았을 것이다!'

상대에 대한 저평가는 종종 실수를 부른다. 이처럼 건곤일척의 승부에서는 더욱 그러했다. 단 한 번의 실수에 명줄이 날아간다.

펑!

대나무와 도끼가 부딪쳤는데, 가죽 북 터지는 소리가 났다.

남시화는 내력이 격탕 쳐 견딜 수가 없었다. 불망은 그가 상상할 수 없을 정도로 강했다.

'다 죽어 비실비실하게 보이던 놈이!'

남시화는 이빨을 깨물며 다시 도끼를 내려쳤다.

"아악!"

그들이 움직일 때마다 양정은 자지러지듯 비명을 질렀다.

남시화는 양정을 인질 삼아 도망쳐야 하나 생각했다. 하지만 좋은 방법이 아니다. 보아하니 그녀는 무덤 내부를 모른다. 데리고 있으면 짐만 될 뿐이다. 지금 불망과 싸움에 있어서도 그녀는 짐이었다.

'그렇다면?'

성질대로 하자면 쓸모가 다한 양정을 죽여 버려야겠지만 그것보다
더 좋은 방법이 있다. 남시화는 있는 힘껏 양정을 팽개쳤다. 양정의 신
형이 돌바닥에 부딪치며 피가 튀었다.

불망의 대나무가 날아왔다.

몸이 가벼워진 남시화는 대나무를 쳐내며 뒷걸음질쳤다.

그는 지하 광장의 회랑을 통해 도망치기 시작했다.

그의 뒤를 쫓기 위해 불망이 검기를 쏘아대며 신형을 날렸다.

"오빠……."

그때 양정이 그를 불렀다.

"나, 나… 무릎을 다친 것 같아요!"

"……!"

남시화의 뒤를 쫓던 불망은 걸음을 멈췄다.

남시화는 의도적으로 양정의 무릎이 깨지게 바닥에 팽개친 것이다.
오직 그것만이 불망의 걸음을 막는 방법이었다.

남시화의 의도는 적중했다.

불망은 다친 양정을 버려두고 남시화의 뒤를 쫓을 수 없었다.

불망은 숨을 헐떡이며 쓰러져서 일어나지 못하는 양정의 곁으로 다
가갔다.

"괜찮으냐?"

그의 음성은 무뚝뚝했으나 양정은 그 무뚝뚝함 속에서 다정(多情)을
느꼈다.

"기어이 여기까지 오기는 왔네."

"일어날 수 있겠느냐?"

양정의 무릎에선 피가 배어 나오고 있었다. 만약 뼈가 부서진 것이라면 문제가 심각하다.

"일어날 수 있을 것 같아요."

양정은 불망의 걱정을 덜어주기 위해 웃음을 보이며 억지로 일어났다. 한 걸음 내딛자 그대로 주저앉아 버릴 것 같았다. 하지만 양정은 있는 힘을 다해 아픔을 견뎠다.

"미안해요. 나 때문에 그가 도망쳐 버렸네."

"그는 상관할 것 없다."

우여곡절 끝에 무덤까지 찾아오긴 하였으나 나가는 것이 문제였다. 밖에는 일백이 넘는 군웅이 지키고 있을 테니. 하지만 아직 보물을 찾지 못했으니 미리부터 그 점을 걱정할 필요는 없었다.

"무덤이 뭐 이래? 곳곳에 동혈만 가득하고. 오빠, 우리 어디로 가죠?"

장보도는 무덤까지의 위치만을 그려놓았을 뿐, 안의 도면은 없었다.

그녀가 단도직입적으로 길을 묻자 불망은 뭐라 대답할 수 없었다. 어느 쪽으로 가야 하는지 그 역시 암담한 것이다.

"오빠는 저를 어떻게 생각하세요?"

주변을 두리번거리는 불망의 뒷모습을 바라보며 양정이 질문해 왔다.

불망은 광장의 주변을 둘러보며 남시화가 도망친 방향으로 들어가야겠다고 생각했다.

"일단 그가 간 방향으로 가보도록 하자."

"오빠."

그녀가 다시 부르자 불망은 뒤를 돌아보았다.

"내게 좀 와보세요."

불망은 힐끗 그녀를 쳐다보곤 다가왔다. 가까이 가서 보자 그녀는 눈물을 흘리고 있었다.

"울어? 아파서?"

양정은 고개를 저었다.

답답한 질문. 이 무정한 사람을 왜 가슴에 담았는지 알다가도 모를 일이었다.

"이제는 다시 돌아가려 해도 갈 수도 없겠죠. 사람들이 밖에서 지키고 있을 테니."

"왜 울지?"

두 사람의 대화는 겉돌고 있었다.

양정은 두 팔을 들어 다가오는 불망의 목덜미를 끌어안았다. 불망에 비해 키가 많이 모자라는 양정은 까치발을 하며 동동 굴렀다. 무릎이 너무 아팠다. 그녀는 불망에게 기댄 채 조금씩 미끄러졌다. 불망은 그녀가 미끄러지지 않도록 허리를 잡았다.

"만약."

양정은 불망의 가슴에 얼굴을 기댔다.

무정한 그였으나 심장은 따뜻했다.

"내가 죽는다면… 오빠는 나를 미워할 건가요?"

"무릎을 다쳤다고 해서 죽지 않아."

"그러니까 만약이라고 했잖아요. 나를 미워할 거예요?"

양정은 기어이 확답을 받아두려는 듯 불망을 재촉했다.

“어떤 경우에도.”

불망은 양손으로 양정의 볼을 쥐었다. 그녀의 볼은 지난날의 고초로 인해 앙상하게 말라 있었다. 불망은 그녀와 눈을 맞췄다.

“너를 미워하지 않겠다.”

불망은 그녀에게 진정을 가지고 확답했다.

눈물을 흘리는 양정의 얼굴에 환한 미소가 번졌다.

제대로 먹고 마시고 자지 못해서 파리하게 질린 그녀의 얼굴에 행복이 가득했다.

“그러면 다음 생일에는 오빠가 진정으로 원해서 제게 꽃을 선물해 주실 거예요?”

“그렇게 하겠다.”

“고마워요, 오빠. 하지만⋯ 꽃을 주지 않아도 좋아요. 나⋯ 나는 내년 생일에 다시 오빠를 볼 수 있으면 더 바랄 게 없을 거 같아요.”

양정의 볼을 타고 두 줄기 눈물이 주르르 흘러내렸다. 불망의 손이 양정의 눈물에 젖어 들어갔다.

불망은 양정이 왜 우는지 이해하지 못했다. 그는 양정의 눈물을 오랫동안 보아왔다. 처음 눈물을 보았을 때, 그는 생각했다.

속으면 안 된다.

여자의 눈물은 먹이를 잡아먹고 거짓으로 흘리는 악어의 눈물과 같다.

그러나.

불망은 양정의 두 눈에서 흐르는 눈물을 보며 생각했다.

네가 나를 속인다면 나는 철저하게 속아주겠다.

불망은 흐르는 양정의 눈물을 닦아주었다. 더러운 그녀의 얼굴에 하얗게 눈물자국이 났으나 불망은 전혀 우습지 않았다.

오히려 가슴이 답답해졌다. 목청껏 소리를 지르고 싶었다.

"다시는… 울지 마라."

그는 그렇게밖에 그녀를 위로할 수 없었다.

양정은 불망의 눈을 바라보며 웃었다. 그리고 눈을 스르르 감았다.

불망의 얼굴이 미끄러지듯 양정을 향해 떨어졌다.

양정의 더운 입김이 불망의 얼굴에 부딪쳤다.

불망의 건조한 입술이 양정의 입술에 닿았다.

불망은 한쪽 가슴이 와르르 무너지며 비수로 찌르는 듯한 아픔을 느꼈다. 그것은 양정을 향한 애절함이었으나, 불망은 알지 못했다.

지친 양정의 입술은 불망만큼 거칠었다.

그녀는 불망의 입술을 받으며 비에 젖은 참새처럼 파르르 떨었다.

이 남자는 나의 전부라고 그녀는 생각했다.

영원히 함께할 것이라고 맹세했다.

'영원히……'

양정의 눈물이 두 사람의 입술을 타고 하염없이 흘렀다.

2

동혈은 사방으로 이어져 있다.

어느 쪽으로 가야 바른 길인지 알 수 없었으며, 심지어 한 번 왔던 길인지 아닌지도 분간할 수 없었다.

송찬간포의 무덤이라고 해서 찾아왔으나 아직까지는 무덤이라기보다 사람의 혼을 빼놓는 미로에 가까웠다.

"도굴 때문이라고 하기엔 너무 심한걸."

어쨌든 전진하며 길을 찾는 수밖에 달리 도리가 없었다.

양정은 혼자 힘으로 걸을 수 없었기에 불망에게 안겨 걸었다.

그렇게 얼마를 걸었는지 알 수 없었다. 두 사람은 동혈의 끝에 와 있었다. 그들 앞에는 석벽이 가로막혀 있었다.

"길을 잘못 든 것일까?"

불망이 물었다.

양정은 가까이 다가가 주먹으로 석벽을 쳤다.

쾅쾅! 하는 소리가 어느 한쪽 석벽에서 다른 쪽과 달랐다.

"저 안으로 공간이 있는 것 같아요."

불망도 그렇게 생각했다.

그는 석벽을 향해 힘껏 장력을 내질렀다.

쿠르릉! 소리와 함께 석벽이 문처럼 열렸다.

그와 동시에 열려진 석문 안쪽에서 매우 이상한 냄새가 독하게 코를 찔러왔다. 그것은 비린내였다. 양정과 불망은 코를 막으며 전면을 들여다보았다.

물길이었다.

그런데 그 물길 속에 도저히 헤아릴 수 없을 정도의 물뱀들이 꿈틀꿈틀 뒤꼬이고 있었다. 물 반 고기 반이라는 말이 있는데, 이곳은 물 반 물뱀 반이었다. 양정은 여자치고 꽤 담력이 강한 편이었으나 이 우글거리는 물뱀을 보고는 머리칼이 쭈뼛하지 않을 수 없었다.

"여, 여길 지나가야 하나요?"

"반대편으로 가야 한다면 그래야 할 것 같다."

다행히 물은 깊어 보이지 않았다. 하지만 문제는 물뱀을 밟지 않는 다면 디딜 곳이 없다는 것이다.

"길이는 얼마나 되는 것 같아요?"

"십 장은 족히 될 것 같다."

"그렇다면 뛰어넘을 수 있는 거리도 아니군요. 내가 오빠를 업고 가겠어요. 어차피 내 다리… 이제 힘들 거 같아요."

양정은 절망적으로 말했으나 불망은 듣지 못한 것처럼 자신의 말을 했다.

"네가 업기에 나는 너무 무겁다."

불망은 지체하지 않고 내공을 운용하여 혈맥을 막았다. 물뱀에게 물렸을 때를 대비하기 위함이었다.

불망은 양정을 양팔로 안고 물뱀들이 우글거리는 물속으로 발을 넣었다. 물은 그의 무릎까지 차 올랐다.

양정은 심한 격동으로 인해 바들바들 떨었다. 그녀는 불망에게 조금의 도움도 되지 못하는 자신의 처지가 죽고 싶을 정도로 미웠다. 살아 도움이 되지 않는다면 죽어서라도 도움이 되고 싶었다.

'오빠……'

마음속으로 그를 부르는 피맺힌 절규가 그녀의 가슴을 찢었다.

물뱀이 피부에 닿는 감촉은 좋지 않았다. 더욱이 한 걸음 옮길 때마다 물이 흔들리고 물뱀들이 다시 자리를 잡기 위해 꿈틀거렸다. 그 와중에 수많은 물뱀들이 불망의 다리를 물었다. 하지만 그는 조금도 내색하지 않고 양정을 안심시켰다.

그의 발이 앞으로 빠질 때마다 물에 홍건하게 피가 고였다. 피는 또 다른 물뱀을 불렀다.

끝이 보이기 시작했다. 도약을 한다면 단번에 반대편으로 닿을 수 있을 것 같았다.

"몸을 날릴 생각이다. 나를 꼭 붙잡아라."

이 장여를 남겨두고 불망의 신형이 허공으로 날았다.

그런데 맞은편 지면에 발이 닿는 순간이었다. 불망은 공중에 뜬 채 바닥에 누군가 쓰러져 있는 걸 보았다. 놀랍게도 그 사람은 대부산인 남시화였다.

'그가 여기서 죽었어?

그것은 곧 물길을 건너왔다는 뜻이다. 그 역시 건너편을 얼마 남겨 두지 않은 상태에서 물뱀의 공격을 견디지 못하고 신형을 날렸을 것이다.

'그런데 죽었다?

불망은 본능적으로 위험을 느꼈다.

쾅!

그의 신형이 물길 너머에 닿는 순간 천지를 뒤흔드는 폭음이 일었다. 동시에 사방에서 독화살이 날아왔다.

불망은 깜짝 놀라며 바닥에 발을 디디자마자 다시 허공으로 치솟았다. 독화살이 불망이 사라진 바로 그 자리에 내리 꽂혔다.

불망은 목덜미가 서늘해졌다. 남시화의 시체를 보고 마음의 준비를 하지 않았더라면 그 역시 어떻게 되었을지 장담할 수 없었다.

"오빠! 조심하세요!"

슈슈슈슉!

독화살이 연속적으로 날아왔다.

피할 도리가 없었다. 불망은 대나무로 독화살을 쳐내기 시작했다.

양정은 바닥을 구를 때, 흙먼지를 먹어 재채기를 했다.

불망의 몸놀림은 눈부실 정도로 빨랐다.

하지만 쉬지 않고 쏟아지는 독화살은 상대의 사정을 전혀 봐주지 않았다.

전진을 할 수 없었다. 그러나 전진을 하지 않는다면 언제 이 위기를 벗어날 수 있겠는가. 쏟아지는 독화살이 모두 떨어질 때까지 어림없는 일이다. 불망은 천막밀밀의 수법으로 전면을 보호하며 앞으로 달려나갔다.

양정은 메마른 입술을 혀로 적셨다. 그러나 혓바닥까지 바싹 타올라 그녀는 더 심한 갈증을 느꼈다.

쐐애액!

발이 땅에 닿을 때마다 독화살이 날아왔다.

아마도 발이 닿는 순간 기관이 작동하는 모양이었다. 허공을 날아서 갈 수는 없으니 독화살을 멈추게 할 수는 없을 것 같았다.

불망은 급히 왼쪽으로 몸을 비틀었다. 그때 또 다른 독화살이 불망의 뒤에서 빠르게 날아왔다. 불망은 너무 급해 옆으로 굴렀다. 두 사람이 한 무더기가 되어 나뒹굴었다.

그때 양정의 단중혈을 향해 독화살이 날아왔다.

불망은 얼른 양정을 끌어당기려 했지만 이미 늦었다. 그는 너무 다

급한 나머지 왼손으로 그녀의 단중혈을 덮쳤다.

양정의 몸이 움찔거렸다. 그도 그럴 것이 단중혈은 젖가슴과 젖가슴 사이 움푹 파인 부분이었다. 불망에게 모든 것을 다 주어도 아깝지 않았으나, 본능적으로 나오는 여자의 경계심은 어쩔 수 없었다.

불망은 본의 아니게 양정의 가슴 위로 손바닥을 올려놓게 되었다. 그러나 황망 중이라 그곳이 어디인지, 지금 자신의 행위가 어떠한지를 생각할 겨를이 없었다.

불망이 단중혈을 막는 순간 독화살이 덮쳤다. 독화살은 불망의 손등을 꿰뚫었다.

팟!

피가 튀었다.

그는 독화살이 양정의 단중혈에 꽂히지 않게 하기 위해 손을 옆으로 비틀었다. 독화살이 불망의 손등을 뚫고 양정의 옷깃을 아슬아슬하게 스쳤다. 그러나 옷섶에 피가 배어 나왔다.

"나, 난 괜찮아요."

양정은 고통을 참으며 웃었다.

피가 나오는데 무엇이 괜찮단 말이야!

불망은 소리치고 싶었으나 그럴 틈이 없었다. 그는 자신의 상처도 돌보지 못한 채 다시 독화살을 피하기에 여념이 없었다.

양정은 식은땀을 흘리고 있었다. 불망의 손등에선 검은 피가 흐르기 시작했다.

동혈의 끝이 보였다.

그러나 그곳은 다시 막혀 있었다.

"살 수 있어. 살 수 있어."

양정의 정신은 혼미한 상태였다. 그녀는 무슨 말이든 중얼거리지 않는다면 혼절할 것 같아 연신 살 수 있다고 중얼거렸다.

'벽을 뚫어야 한다!'

달리 도망갈 길이 없으니 독화살을 피하기 위해서는 벽이라도 뚫고 도망쳐야 했다. 물길이 나오기 전 석벽처럼 이곳의 석벽도 외부와 연결되어 있을 수 있었다.

양정이 정신이 혼미해지는 것처럼 불망도 혼미해지고 있었다. 물뱀에게 물어뜯긴 양쪽 다리에선 핏물이 끊임없이 배어 나왔고, 독화살이 꽂힌 손등은 검게 죽어갔다.

불망은 마지막으로 자신의 운명을 걸었다. 더 이상 시간을 지체하다가는 양정의 목숨도 보장할 수 없었다.

불망은 원진까지 끌어올리며 신검합일의 자세를 취했다.

그의 온몸에서 시퍼런 검기가 달무리처럼 그를 보호했다.

원진까지 끌어올리자 그동안 억눌러 두었던 내상까지 터져 버렸다. 그는 칠공에서 핏물을 흘리며 온몸이 피범벅이 되었다.

쐐애액!

대나무와 그가 하나가 되어 석벽을 향해 짓쳐들었다.

콰앙!

천지번복의 타격음과 동시였다.

우르르르릉!

석벽은 그대로인데 동혈의 천장이 무너지기 시작했다.

불망은 한 모금 선혈을 울컥 토하며 무릎을 꿇었다. 지금 그의 전신은 엉망이 되었고 한 줌의 내력조차 끌어올릴 수 없는 상태였다.

우르르르릉!

독화살이 거짓말처럼 사라졌다.

대신 동혈이 무너지기 시작했다. 극렬한 진동이 두 사람의 귓전에서 요동쳤다. 천장에서 돌가루가 떨어졌다. 무릎을 꿇은 불망은 더 이상 힘을 쓸 수 없는지 움직이지 못했다. 울렁증이 있는 사람처럼 가끔씩 가슴을 덜컹거리며 피를 토해내는 것이 그가 아직 죽지 않았다는 반증이었다.

"오빠!"

양정은 불망을 끌어안았다.

불망은 눈을 뜨며 그녀를 바라보았다.

"피해야 해요."

그녀는 있는 힘을 다해 불망을 끌어당겼다. 하지만 어디로 가야 한단 말인가.

천장의 균열된 틈에서 돌가루는 계속 떨어졌다.

"너…… 빨리…… 피해……."

불망은 또박또박 말을 하고 싶었으나 목구멍에서 탁 걸린 그의 말은 말이 되어 나오지 않았다. 피하라고 하였으나 어디로 피해야 하는지는 불망도 양정두 몰랐다.

양정은 쩔뚝거리며 구석으로 불망을 끌어당겼다. 부서진 무릎 뼈가 주저앉아 버릴 것 같았다.

그런데 그때였다.

그그그궁!

동혈의 맞은편 벽면이 거대한 기계음을 동반한 채 갈라지기 시작했다.

양정은 무의식적으로 그쪽을 향해 고개를 돌렸다. 벽이 올라가며 새로운 동혈이 보였다.

'그래! 바로 저곳이야!'

그녀가 느낀 희열은 말로 표현할 수 없었다.

드디어 송찬간포의 무덤이 드러나는 것이라고 그녀는 막연히 생각했다. 그러나 그것은 잠깐의 생각이었다. 목숨이 경각에 달려 있는 이 마당에 금은보화를 어디에 쓰겠는가. 양정은 동혈이 완전히 무너지기 전, 맞은편 동혈로 피해야 한다고 생각했다.

그그그궁!

벽은 계속 위로 올라가고 있었고 그 안은 거대한 암흑천지를 이루고 있어 밖에 있는 사람은 안을 들여다볼 수 없었다.

양정은 쓰러질 듯 쓰러질 듯 비틀 걸음으로 불망을 끌어당겼다.

여자, 그것도 혼절하기 직전의 몸으로 건장한 사내를 끌어당기는 것은 힘에 부쳐도 너무 부쳤다. 그렇다고 멈출 수도 없다.

무너지는 동혈과 열리는 벽면은 양정에게 희망과 절망을 동시에 안겨주었고 그것은 참기 힘든 긴장과 초조를 불러왔다. 양정의 가슴은 터질 듯 두근거렸다.

원진까지 소비하여 내상이 모조리 터져 버린 불망은 손가락 하나 까딱할 여력이 없었다. 더욱이 정신까지 점점 혼미해지는 와중에서 양정에 의해 자신이 운반되고 있음을 알자 깊은 자괴감에 빠졌다. 그래서 그는 자신의 힘으로 일어서려고 노력했다.

어차피 양정은 자신을 두고 혼자 가지 않을 것이다.

죽으려면 같이 죽고 살아도 같이 살아야 한다.

그는 스스로 움직여야 한다고 생각했다. 그는 기어서라도 가야 한다고 생각했다. 그래서 양정의 수고를 덜어주어야 한다.

양정도 불망의 의지를 알았다.

조금 더 시간이 걸리긴 하겠지만 양정은 불망을 끌어당기지 않았다. 그가 스스로 갈 수 있도록 부축만 했다. 불망은 기어서 석벽을 향해 이동했다.

목적지는 멀지 않았다. 그러나 지금 그의 움직임으로는 만 리 길보다 먼 곳이다.

동혈은 계속해서 무너지고 있었다.

이제는 돌가루가 아니라 돌무더기가 떨어졌다. 먼지 가루로 인해 시야는 뿌옇게 습막이 끼었다.

"오빠! 저기까지만 가면 돼요. 저기까지만!"

양정은 마지막까지 불망을 독려했다.

그그그그긍!

기계음과 함께 올라간 석벽이 이제는 내려오기 시작했다. 이것은 두 사람으로선 상상도 하고 싶지 않은 끔찍한 일이다.

"오빠, 빨리!"

양정은 울고 싶어졌다.

"……!"

그러나 비몽사몽간인 불망은 아직 상황 파악이 되지 못했다. 그는 양정이 이동하고자 하는 곳으로 몸을 맡기고 있을 뿐, 어디로 가는지 알아볼 수 없었다.

양정은 애타게 그의 얼굴을 보며 더욱 힘을 냈다.

그그그긍!

석벽과의 거리는 손에 잡힐 듯 가깝게 다가왔다.

하지만 그녀는 절망을 느꼈다. 석벽은 이제 한 사람이 겨우 통과할 수 있을 만큼 작은 구멍을 뚫어놓고 있었다.

"들어갈 수 있을까?"

양정은 어금니를 깨물었다. 그때 사람의 몸뚱이만 한 돌덩이가 양정의 왼쪽 다리를 향해 떨어졌다. 그러나 양정의 모든 신경은 열린 벽면으로 향해 있었기에 눈치채지 못했다.

쾅!

"아악!"

양정은 비명을 질렀다. 그리고 그녀는 더 이상 움직일 수 없었다. 떨어진 돌덩이가 그녀의 다리를 짓눌렀다. 양정은 까무러칠 듯한 고통에 눈자위가 허옇게 뒤집혔다.

분했다.

고지가 저긴데!

양정은 피를 토하고 싶을 정도로 분했다.

그러나 양정은 불망만이라도 살려야 한다는 한 가닥 의지로 몸을 추슬렀다. 양정은 그의 신형을 석문을 향해 힘껏 밀었다. 마지막 힘이었다. 그녀가 가진 마지막 힘이 그를 밀어 넣는 데 모두 소진되었다.

불망의 몸은 힘이 모두 빠진 채 중심을 양정에게 싣고 있었기 때문에 떠밀리듯 석문 안으로 빨려 들어갔다. 그리고 그의 몸은 순간 이동을 한 것처럼 양정의 일 장 앞에서 밑으로 뚝 떨어졌다.

'오…… 빠…….'

마지막이다.

양정은 그의 마지막 모습을 가슴속에 담아두려는 듯 불망에게서 눈을 떼지 못했다. 안타까운 그녀의 눈에서는 눈물조차 흘러내리지 않았다. 사라진 그를 보러 가고 싶었으나 돌덩이에 깔린 그녀는 움직이지 못했다.

그그긍!

석문은 완전히 떨어졌다.

한 사람은 석문 밖에서, 다른 한 사람은 석문 안에서 의식을 잃었다.

동혈을 무너뜨리고 있는 크고 작은 돌덩이는 하염없이 바닥에 쌓였다. 양정의 몸은 돌덩이에 눌려 점점 사라져 갔다.

3

군웅이 송찬간포의 무덤을 찾아낸 건 만장곡에 들어온 지 이틀이 지난 후였다. 구한 나뭇가지에 입고 있던 옷가지를 둘둘 말아 만든 횃불을 들고 만장곡을 샅샅이 뒤진 후의 성과였다. 만약 제단이 열려 그 아래의 구멍이 보이지 않았다면 영원히 무덤을 찾을 수 없었거나, 더 긴 시간이 걸렸을 것이다.

불을 밝힌 채 지하 광장으로 떨어진 군웅은 이곳이 송찬간포의 무덤임을 의심했다.

“무덤이라고 믿어지지 않는데.”

한마디 의심의 말을 던진 조수방은 힐끗 라마승 등을 쳐다보았다.

중원에서는 무덤을 이런 식으로 만들지 않지만 서장에서는 어떠냐는 나름대로의 질문이었다.

그러나 라마승들은 자기들끼리 뭐라고 이야기할 뿐, 조수방의 궁금증을 해소시켜 주지 않았다.

조수방은 자신이 서장어를 배우지 못한 것에 대해 후회했다.

“여기 핏자국과 싸웠던 흔적이 있어요!”

그때 바닥을 유심히 살피던 청해군가의 제자 중 한 명이 소리쳤다.

군웅이 우르르 몰려갔다.

과연 바닥에 점점이 핏자국이 있었다. 주변의 흙바닥이 어지럽게 패인 걸로 보아서 싸웠던 흔적도 확실했다. 조수방은 찬찬히 살피다 부서진 대나무 조각을 발견할 수 있었다. 불망이 들어왔다는 확실한 증거였다. 조수방은 다른 사람이 보기 전에 대나무 조각을 감췄다. 진실은 아는 사람이 적을수록 좋은 법이다.

“싸웠던 자가 불망과 남시화일까?”

“현재로선 다른 자들을 생각할 수 없지 않겠소?”

“그렇다면 일단 우리가 잘못 들어온 건 아니라는 말이구려.”

라마승들은 중원인들과 함께 행동하지 않았다.

설옥상을 비롯한 혈검련도 한발 뒤로 물러서 관망할 뿐 적극적으로 나서지 않았다.

철검문과 천룡검보, 청해군가 등은 대의를 위해 만장곡 내에서 휴전을 한 상태였다.

라마승들은 자신들끼리 뭐라고 의논을 한 후 자체적으로 움직이기 시작했다.

"저들이 뭔가 발견한 모양이오. 따라갑시다!"

무덤 안에서 흩어질 수 없었다. 어디에 보물이 있는지 모르는 상황에서 한 사람이라도 시선 밖으로 사라지게 내버려 둘 수 없었다. 어색한 동행이 이어졌다.

라마승들이 앞장을 섰고 군웅이 뒤를 따랐다.

혈검련은 맨 뒤에 붙었다.

서로 어울리지 않는 성향의 사람들이었으나 일촉즉발의 위기감은 팽배해도 아직까지 용케 도검을 뽑지는 않았다.

회랑처럼 이어진 동혈을 끊임없이 전진했다.

그렇게 한참을 전진한 후, 군웅은 뭔가 지독한 냄새에 코를 틀어막았다. 비린내였다.

잠시 후 군웅은 무너진 석벽과 이어진 물길을 발견했다.

그리고 그 안에 우글거리는 물뱀 떼에 인상을 찡그렸다.

"여기까지는 제대로 뒤를 쫓아온 것 같소만."

군무강은 물뱀 떼를 내려다보며 은연중 미간을 찌푸리고 있는 청담자에게 말했다.

"뱀독이 있는 것 같지 않으니 이놈들에게 물려 죽지는 않겠지만 꽤 기분 나쁜 장소임에 틀림없소."

"지나가야 할 것 같은데…… 그런데 저 너머는?"

횃불로 어둠을 밝히고 있으니 물길 너머가 뿌옇게나마 보였다. 특히 그곳은 천장이 무너져 돌무더기가 바닥으로 내리 쏟아져 있었으니 지금까지 걸어온 곳과는 확연히 달랐다.

그곳에 뭔가 있다, 라는 건 세 살 먹은 어린아이도 짐작할 수 있었다.

군웅의 마음이 급해졌다.

그들은 물뱀 따위는 아랑곳하지 않고 물길 속을 나는 듯 달리기 시작했다.

먼저 발견된 것은 남시화의 시신이었다.

그는 세 대의 독화살을 맞은 채 무너진 석부의 초입에서 죽어 있었다. 혼자 잘 먹고 잘살겠다는 탐욕이 부른 결과였다. 군웅은 남시화와 같은 탐욕이 없다고 스스로에게 자신할 수 없었지만 그의 죽음에 애도를 표하진 않았다. 인과응보다. 몇몇 군웅은 침을 뱉고 지나갔다. 오직 청담자만이 잠깐 고개를 숙여 애도를 표했다.

"여기 또 한 사람이 묻혀 있습니다!"

앞장서서 주변을 살피던 개방의 거지가 소리쳤다.

구양요는 가슴이 섬뜩해져 바람처럼 달려갔다. 거대한 돌덩어리 아래 사람의 옷자락이 보였다.

군웅이 구양요의 뒤로 우르르 몰려왔다.

물과 기름처럼 섞이지 않았던 설옥상의 혈검련과 라마승들도 호기심을 참지 못하고 잰걸음으로 달려왔다.

처음 발견한 거지는 흥분한 얼굴로 돌덩어리 아래 틈을 가리켰다.

"타주님, 저곳입니다. 저기… 옷자락이 보이시지요?"

"돌을 치워라."

명을 받은 개방의 거지들이 돌 더미를 치우기 시작했다.

지켜보고 있던 군웅의 눈이 빛나고 있었다. 하나 돌덩어리에 깔린 사람을 구해낸다는 박애 정신 따위는 없었다.

"불망 놈은 아닌 것 같아."

돌들이 조금씩 치워지며 누군가가 허탈하게 말했다.

밑에 깔린 자가 불망과 양정 둘 중 하나라면 모두들 불망이기를 바랐던 것이다. 엄밀히 따져 두 사람과 이해관계가 없는 자들은 둘 중 누가 죽어도 마찬가지였다. 하지만 젊은 여자보다 남자가 죽기를 바라는 건 수염 난 자들 사이에서 암묵적으로 흐르는 공통된 인식인 모양이었다.

이윽고 돌들이 치워지고 양정의 허망한 모습이 드러났다.

그녀의 한쪽 다리는 완전히 으깨지고 선혈이 낭자하여 형체를 분간할 수 없었다. 짓이겨진 살점은 핏덩이와 함께 엉겨 붙었고 그 위로 돌가루가 뒤섞여 암회색을 띠고 있었다.

"그녀가 죽었느냐?"

구양요는 그녀와 가장 가까이 있는 제자에게 다급히 물었다.

제자가 그녀의 맥을 짚었다.

"주, 죽은 것 같습니다."

<제2권 끝>

무한 상상 · 공상 세계, 청어람 신무협&판타지

『두령』,『사마쌍협』을 보았다면
꼭 섭렵해야 할 월인의 최신작!

2005년 무협계를 평정할 거대한 놈이 나타났다!

『천룡신무』 (天龍神舞)

천룡신무(天龍神舞) / 월인 지음

처음에는 운 좋게 병신춤만 추는 인간들을 만나 사지육신을 온전히 보존하고 있는 줄 알았다.
그리고 십 년 동안 이상한 춤만 가르쳐 주고 몽둥이 휘두르는 법은 물론, 주먹 쥐는 법 하나 가르쳐 주지 않은 사부를 원망하기도 했었다.

하지만 이젠 그딴 거 필요없다.
사부께서는 용무(龍舞)를 열심히 수련하면 네놈 몸뚱이 하나는 네 마음대로 움직일 수 있다고 하셨다.
그리고 그렇게 만들어주셨다.
사부께서는 한계를 뛰어넘고 초식을 무너뜨리는 춤을 가르쳐 주신 것이다.

중원의 무공 따위는 눈 아래로 내려다볼 수 있는 춤!

그래서 천룡신무(天龍神舞)이리라……

매력적인 작품 세계를 보여온 월인만의 매혹에 다시 한 번 유혹당한다!